徐志摩经典散文

徐志摩 著

目 录

第一辑
落叶与秋的自剖

- 003　序
- 006　落叶
- 024　想飞
- 029　印度洋上的秋思
- 036　我的祖母之死
- 051　北戴河海滨的幻想
- 055　悼沈叔薇
- 058　伤双括老人
- 062　自剖
- 069　我的彼得
- 075　家德
- 082　秋声

第二辑
欧游漫录

- 097　给陆小曼
  　　　——代序
- 098　巴黎的鳞爪
- 116　泰戈尔
- 123　谒见哈代的一个下午
- 130　海滩上种花
- 137　欧游漫录
- 189　意大利的天时小引
- 191　翡冷翠山居闲话
- 195　罗曼罗兰
- 203　我所知道的康桥
- 214　这是风刮的
- 216　吸烟与文化

第三辑 志摩随笔

- 223 雨后虹
- 231 泰山日出
- 234 我们看戏看的是什么?
- 237 天下本无事
- 246 迎上前去
- 252 零碎
- 257 话匣子(一)
  ——《汉姆雷德》与留学生
- 261 话匣子(二)
  ——一大群骡;一只猫;赵元任先生
- 264 再谈管孩子
- 270 丑西湖
- 275 天目山中笔记
- 280 海粟的画
- 283 年终便话
- 288 一个行乞的诗人

第一辑

落叶与秋的自剖

序①

这是我的散文集,一半是讲演稿:《落叶》是在师大,《话》在燕大,《海滩上种花》在附属中学,讲的。《青年运动》与《政治生活与王家三阿嫂》是为始终不曾出世的"理想"写的;此外三篇——《论自杀》,《列宁忌日——谈革命》,《守旧与"玩"旧》都是先后在晨报副刊上登过的。原来我想加入的还有四篇东西:一是《吃茶》,平民中学的讲演,但原稿本来不完全,近来几次搬动以后,连那残的也找不到了;一是《论新文体》,原稿只剩了几页,重写都不行;还有两篇是英文,一是曾登《创造月刊》的《艺术与人生》,一是一次"文友会"的讲演——Personal Impressions of H. G. Wells, Edward Carpenter, and Ka therine Mansfield,——但如今看来都有些面目可憎,所以决意给割了去。

我的懒是没法想的,要不为有人逼着我,我是决不会自己发心来印什么书。促成这本小书,是孙伏园兄与北新主人李小峰

---

① 作于一九二六年六月二十八日,同年六月,北新书局初版徐志摩散文集《落叶》时辑入,同年7月3日又载《晨报副刊》,署名徐志摩。

兄，我不能不在此谢谢他们的好意与助力。

　　这书的书名，有犯抄袭的嫌疑，该得声明一句。《落叶》是前年九月间写的，去年三月欧行前伏园兄问我来印书，我就决定用那个名字，不想新近郭沫若君印了一部小说也叫《落叶》，我本想改，但转念同名的书，正如同名的人，也是常有的事，没有多大关系，并且北新的广告早一年前已经出去，所以也就随它。好在此书与郭书性质完全异样，想来沫若兄气量大，不至拿冒牌顶替的罪名来加给我吧。末了，我谢谢我的朋友闻一多，因为他在百忙中替我制了这书面的图案。

　　上面是作者在这篇序里该得声明的话；我还想顺便添上几句不必要的。我印这本书，多少不免踌躇。这样几篇杂凑的东西，值得留成书吗？我是个为学一无所成的人，偶尔弄弄笔头也只是随兴，那够得上说思想？就这书的内容说，除了第一篇《落叶》反映前年秋天一个异常的心境多少有点分量或许还值得留，此外那几篇都不能算是满意的文章，不是质地太杂，就是笔法太乱或是太松，尤其是《话》与《青年运动》两篇，那简直是太"年轻"了，思想是不经爬梳的，字句是不经洗炼的，就比是小孩拿木片瓦块放在一堆，却要人相信那是一座皇宫——且不说高明的读者，就我这回自己校看的时候，也不免替那位大胆厚颜的《作者》捏一大把冷汗！

　　我有一次问顾颉刚先生他一天读多少时候书。他说除了吃饭与睡觉！我们可以想象我们"古史辨"的作者就在每天手拿着饭箸每晚头放在枕上的时候还是念念不忘他的"禹"与他的"孟姜女"！这才是做学问；像他那样出书才可以无愧。像我这样的人那里说得上？我虽则未尝不想学好，但天生这不受羁绊的性情，一方在人事上未能绝俗,一方在学业上又不曾受过站得住的训练,结果只能这"狄来当"式的东拉西凑;近来益发感觉到活力的单薄与意识的虚浮,比如阶砌间的一凹止水,暗涩涩的时刻有枯竭的恐怖,那还敢存什么"源远流长"的妄想?

志摩六月二十八日,北京

落　叶

前天你们查先生来电话要我讲演，我说但是我没有什么话讲，并且我又是最不耐烦讲演的。他说：你来吧，随你讲，随你自由的讲，你爱说什么就说什么。我们这里你知道这次开学情形很困难，我们学生的生活很枯燥很闷，我们要你来给我们一点活命的水。这话打动了我。枯燥、闷，这我懂得。虽则我与你们诸君是不相熟的，但这一件事实，你们感觉生活枯闷的事实，却立即在我与诸君无形的关系间，发生了一种真的深切的同情。我知道烦闷是怎么样一个不成形不讲情理的怪物，他来的时候，我们的全身仿佛被一个大蜘蛛网盖住了，好容易挣出了这条手臂，那条又叫黏住了。那是一个可怕的网子。我也认识生活枯燥，他那可厌的面目，我想你们也都很认识他。他是无所不在的，他附在各个人的身上，他现在各个人的脸上。你望望你的朋友去，他们的脸上有他，你自己照镜子去，你的脸上，我想，也有他。可怕的枯燥，好比是一种毒剂，他一进了我们的血液，我们的性情，我们的皮肤就变了颜色，而且我怕是离着生命远，离着坟墓近的颜色。

我是一个信仰感情的人，也许我自己天生就是一个感情性的人。比如前几天西风到了，那天早上我醒的时候是冻着才醒过来的，我看着纸窗上的颜色比往常的淡了，我被窝里的肢体像是浸在冷水里似的，我也听见窗外的风声，吹着一片枣树上的枯叶，一阵一阵的掉下来，在地上卷着，沙沙的发响，有的飞出了外院去，有的留在墙角边转着，那声响真像是叹气。我因此就想起这西风，冷醒了我的梦，吹散了树上的叶子，他那成绩在一般饥荒贫苦的社会里一定格外的可惨。那天我出门的时候，果然见街上的情景比往常不同了；穷苦的老头小孩全躲在街角上发抖；他们迟早免不了树上枯叶子的命运。那一天我就觉得特别的闷，差不多发愁了。

因此我听着查先生说你们生活怎样的烦闷，怎样的干枯，我就很懂得，我就愿意来对你们说一番话。我的思想——如其我有思想——永远不是成系统的。我没有那样的天才。我的心灵的活动是冲动性的，简直可以说痉挛性的。思想不来的时候，我不能要他来，他来的时候，就比如穿上一件湿衣，难受极了，只能想法子把他脱下。我有一个比喻，我方才说起秋风里的枯叶；我可以把我的思想比作树上的叶子，时期没有到，他们是不很会掉下来的；但是到时期了，再要有风的力量，他们就只能一片一片的往下落；大多数也许是已经没有生命了的，枯了的，焦了的，但其中也许有几张还留着一点秋天的颜色，比如枫叶就是红的，海棠叶就是五彩的。这叶子实用是绝对没有的；但有人，比如我自己，就有爱落叶的癖好。他们初下来时颜色有很鲜艳的，但时候久了，颜色也变，除非你保存得好。所以我的话，那就是我的思想，也是与落叶一样的无用，至多有时有几痕生命的颜色就是了。你们不爱的尽可以随意的踩过，绝对不必理会；但也许有少数人有缘分的，不责备他们的无用，竟许会把他们捡起来揣在怀里，间在书里，想延留他们幽澹的颜色。感情，真的感情，是难得的，是名贵的，是应当共有的；我们不应该拒绝感情，或是压迫感情，那是犯罪的行为，与压住泉眼不让上冲，或是掐住小孩不让喘气一样的犯罪。人在社会里本来是不相连续的个体。感情，先天的与后天的，是一种线索，一种经纬，把原来分散的个体织成有文章的整体。但有时线索也有破烂与涣散的时候，所以一个社会里必须有新的线索继续的产出，有破烂的地方去补，有涣散的地方去拉紧，才可以维持这组织大体的匀整，有时生产力特别加增时，我们就有机会或是推广，或是加添我们现有的面积，或是加密，像网球板穿双线似的，我们现成的组织，因为我们知道创造的势力与破坏的势力，建设与溃败的势力，上帝与撒旦的势力，是同时存在的。这两种势力是在一架天平上比着；他们很少平衡的时候，不是这头沉，就是那头沉。是的，人类的命运是在一架大天平上比着，一个巨大的黑影，那是我们集合的化身，在那里看着，他的手里满拿着分量的法码，一会往这头送，一会又往那头送，地球尽转着，太阳、月亮、星，轮流的照着，我们的运命永远是在天平上称着。

　　我方才说网球拍，不错，球拍是一个好比喻。你们打球的知道网拍上那里几根线是最吃重，最要紧，那几根线要是特别有劲的时候，不仅你对敌时拉球，抽球，拍球格外来的有力，出色，并且你的拍子也就格外的经用。少数特强的分子保持了全体的匀整。这一条原则应用到人道上，就是说，假如我们有力量加密，加强我们最普通的同情线，那线如其穿连得到所有跳动的人心时，那时我们的大网子就坚实耐用，天津人说的，就有根。不问天时怎样的坏，管他雨也罢，云也罢，霜也罢，风也罢，管他水流怎样的急，我们假如有这样一个强有力的大网子，那怕不能在时间无尽的洪流里——早晚网起无价的珍品，那怕不能在我们运命的天平上重重的加下创造的生命的分量？

所以我说真的感情，真的人情，是难能可贵的，那是社会组织的基本成分。初起也许只是一个人心灵里偶然的震动，但这震动，不论怎样的微弱，就产生了及远的波纹；这波纹要是唤得起同情的反应时，原来细的便并成了粗的，原来弱的便合成了强的，原来脆性的便结成了韧性的，像一缕缕的苎麻打成了粗绳似的；原来只是微波，现在掀成了大浪，原来只是山罅里的一股细水，现在流成了滚滚的大河，向着无边的海洋里流着。比如耶稣在山头上的训道（"Sermon on the Mount"），还不是有限的几句话，但这一篇短短的演说，却制定了人类想望的止境，建设了绝对的价值的标准，创造了一个纯粹的完全的宗教。那是一件大事实，人类历史上一件最伟大的事实。再比如释迦牟尼感悟了生老病死的究竟，发大慈悲心，发大勇猛心，发大无畏心，抛弃了他人间的地位，富与贵，家庭与妻子，直到深山里去修道，结果他也替苦闷的人间打开了一条解放的大道，为东方民族的天才下一个最光华的定义。那又是人类历史上的一件奇迹。但这样大事的起源还不止是一个人的心灵里偶然的震动，可不仅仅是一滴最透明的真挚的感情滴落在黑沉沉的宇宙间？

感情是力量，不是知识。人的心是力量的府库，不是他的逻辑。有真感情的表现，不论是诗是文是音乐是雕刻或是画，好比是一块石子掷在平面的湖心里，你站着就看得见他引起的变化。没有生命的理论，不论他论的是什么理，只是拿石块扔在沙漠里,无非在干枯的地面上添一颗干枯的分子,也许掷下去时便听得出一些干枯的声响,但此外只是一大片死一般的沉寂了。所以感情才是成江成河的水泉,感情才是织成大网的线索。

但是我们自己的网子又是怎么样呢?现在时候到了,我们应当张大了我们的眼睛,认明白我们周围事实的真相。我们已经含糊了好久,现在再不容含糊的了。让我们来大声的宣布我们的网子是坏了的,破了的,烂了的;让我们痛快的宣告我们民族的破产,道德、政治、社会、宗教、文艺,一切都是破产了的。我们的心窝变成了蠹虫的家,我们的灵魂里住着一个可怕的大谎!那天平上沉着的一头是破坏的重量,不是创造的重量;是溃败的势力,不是建设的势力;是撒旦的魔力,不是上帝的神灵。霎时间这边路上长满了荆棘,那边道上涌起了洪水,我们头顶有骇人的声响,是雷霆还是炮火呢?我们周围有一哭声与笑声,哭是我们的灵魂受污辱的悲声,笑是活着的人们疯魔了的狞笑,那比鬼哭更听的可怕,更凄惨。我们张开眼来看时,差不多更没有一块干净的土地,那一处不是叫鲜血与眼泪冲毁了的;更没有平安的所在,因为你即使忘得了外面的世界,你还是躲不了你自身的烦闷与苦痛。不要以为这样混沌的现象是原因于经济的不平等,或是政治的不安定,或是少数人的放肆的野心。这种种都是空虚的,欺人自欺的理论,说着容易,听着中听,因为我们只盼望脱卸我们自身的责任,只要不是我的分,我就有权利骂人。但这是,我着重的说,懦怯的行为;这正是我说的我们各个人灵魂里躲着的大谎!你说少数的政客,少数的军人,或是少数的富翁,是现在变乱的原因吗?我现在对你说:先生,你错了,你很大的错了,你太恭维了那少数人,你太瞧不起你自己。让我们一致的来承认，在太阳普遍的光亮底下承认，我们各个人的罪恶，各个人的不洁净，各个人的苟且与懦怯与卑鄙！我们是与最肮脏的一样的肮脏，与最丑陋的一般的丑陋，我们自身就是我们运命的原因。除非我们能起拔了我们灵魂里的大谎，我们就没有救度；我们要把祈祷的火焰把那鬼烧净了去，我们要把忏悔的眼泪把那鬼冲洗了去，我们要有勇敢来承当罪恶；有了勇敢来承当罪恶，方有胆量来决斗罪恶。再没有第二条路走。如其你们可以容恕我的厚颜，我想念我自己近作的一首诗给你们听，因为那首诗，正是我今天讲的话的更集中的表现：——

一　毒　药

今天不是我唱歌的日子，我口边涎着狞恶的微笑，不是我说笑的日子，我胸怀间插着发冷光的利刃；相信我，我的思想是恶毒的，因为这世界是恶毒的，我的灵魂是黑暗的，因为太阳已经灭绝了光彩，我的声调是像坟堆里的夜，因为人间已经杀尽了一切的和谐，我的口音像是冤鬼责问他的仇人，因为一切的恩已经让路给一切的怨；

但是相信我，真理是在我的话里，虽则我的话像是毒药，真理是永远不含糊的，虽则我的话里仿佛有两头蛇的舌，蝎子的尾尖，蜈蚣的触须；只因为我的心里充满着比毒药更强烈，比咒诅更狠毒，比火焰更猖狂，比死更深奥的不忍心与怜悯心与爱心，所以我说的话是毒性的，咒诅的，燎灼的，虚无的；

相信我，我们一切的准绳已经埋没在珊瑚土打紧的墓宫里，最劲冽的祭肴的香味也穿不透这严封的地层：一切的准则是死了的；

我们一切的信心像是顶烂在树枝上的风筝，我们手里擎着这道断了的鹞线：一切的信心是烂了的；

相信我，猜疑的巨大的黑影，像一块乌云似的，已经笼盖着人间一切的关系：人子不再悲哭他新死的亲娘，兄弟不再来携着他姊妹的手，朋友变成了寇仇，看家的狗回头来咬他主人的腿：是的，猜疑淹没了一切；

在路旁坐着啼哭的，在街心里站着的，在你窗前探望的，都是被奸污的处女：池潭里只见烂破的鲜艳的荷花；

在人道恶浊的涧水里流着，浮荇似的，五具残缺的尸体，它们是仁义礼智信，向着时间无尽的海澜里流去；

这海是一个不安靖的海，波涛猖獗的翻着，在每个浪头的小白帽上分明的写着人欲与兽性；

到处是奸淫的现象：贪心搂抱着正义，猜忌逼迫着同情，懦怯猥亵着勇敢，肉欲侮弄着恋爱，暴力侵凌着人道，黑暗践踏着光明；

听呀，这一片淫猥的声响，听呀，这一片残暴的声响；

虎狼在热闹的市街里，强盗在你们妻子的床上，罪恶在你们深奥的灵魂里……

二　白　旗

来，跟着我来，拿一面白旗在你们的手里——不是上面写着激动怨毒，鼓励残杀字样的白旗，也不是涂着不洁净血

液的标记的白旗,也不是画着忏悔与咒语的白旗(把忏悔画在你们的心里);

你们排列着,噤声的,严肃的,像送丧的行列,不容许脸上留存一丝的颜色,一毫的笑容,严肃的,噤声的,像一队决死的兵士;

现在时辰到了,一齐举起你们手里的白旗,像举起你们的心一样,仰看着你们头顶的青天,不转瞬的,惶恐的,像看着你们自己的灵魂一样;

现在时辰到了,你们让你们熬着,壅着,迸裂着,滚沸着的眼泪流,直流,狂流,自由的流,痛快的流,尽性的流,像山水出峡似的流,像暴雨倾盆似的流……

现在时辰到了,你们让你们咽着,压迫着,挣扎着,汹涌着的声音嚎,直嚎,狂嚎,放肆的嚎,凶狠的嚎,像飓风在大海波涛间的嚎,像你们丧失了最亲爱的骨肉时的嚎……

现在时辰到了,你们让你们回复了的天性忏悔,让眼泪的滚油煎净了的,让悲恸的雷霆震醒了的天性忏悔,默默的忏悔,悠久的忏悔,沉彻的忏悔,像冷峭的星光照落在一个寂寞的山谷里,像一个黑衣的尼僧匍伏在一座金漆的神龛前;

……

在眼泪的沸腾里,在嚎恸的酣彻里,在忏悔的沉寂里,你们望见了上帝永久的威严。

三 婴儿

我们要盼望一个伟大的事实出现,我们要守候一个馨香的婴儿出世：——

你看他那母亲在她生产的床上受罪！

她那少妇的安详，柔和，端丽，现在在剧烈的阵痛里变形成不可信的丑恶：你看她那遍体的筋络都在她薄嫩的皮肤底里暴涨着，可怕的青色与紫色，像受惊的水青蛇在田沟里急泅似的，汗珠站在她的前额上像一颗颗的黄豆，她的四肢与身体猛烈的抽搐着，畸屈着，奋挺着，纠旋着，仿佛她垫着的席子是用针尖编成的，仿佛她的帐围是用火焰织成的；

一个安详的，镇定的，端庄的，美丽的少妇，现在在绞痛的惨酷里变形成魔鬼似的可怖：她的眼，一时紧紧的阖着，一时巨大的睁着，她那眼，原来像冬夜池潭里反映着的明星，现在吐露着青黄色的凶焰，眼珠像是烧红的炭火，映射出她灵魂最后的奋斗，她的唇，原来是朱红色的，现在像是炉底的冷灰，她的口颤着，撅着，扭着，死神的热烈的亲吻不容许她一息的平安，她的发是散披着，横在口边，漫在胸前，像揪乱的麻丝，她的手指间，还紧抓着几穗拧下来的乱发；

这母亲在她生产的床上受罪：——

但是她还不曾绝望，她的生命挣扎着血与肉与骨与肢体的纤维，在危崖的边沿上，抵抗着，搏斗着，死神的逼迫；

她还不曾放手，因为她知道（她的灵魂知道！）这苦痛不是无因的，因为她知道她的胎宫里孕育着一点比她自己更伟大的生命的种子，包涵着一个比一切更永久的婴儿；

因为她知道这苦痛是婴儿要求出世的征候，是种子在泥土里爆裂成美丽的生命的消息，是她完成她自己生命的使命的机会；

因为她知道这忍耐是有结果的，在她剧痛的昏瞀中，她仿佛听着上帝准许人间祈祷的声音，她仿佛听着天使们赞美未来的光明的声音；

因此她忍耐着，抵抗着，奋斗着……她抵拼绷断她统体的纤维，她要赎出在她胎官里动荡着的生命，在她一个完全，美丽的婴儿出世的盼望中，最锐利，最沉酣的痛感逼成了最锐利最沉酣的快感……

这也许是无聊的希冀，但是谁不愿意活命，就使到了绝望最后的边沿，我们也还要妄想希望的手臂从黑暗里伸出来挽着我们。我们不能不想望这苦痛的现在只是准备着一个更光荣的将来，我们要盼望一个洁白的肥胖的活泼的婴儿出世！

新近有两件事实，使我得到很深的感触。让我来说给你们听听。

前几时有一天俄国公使馆挂旗，我也去看了。加拉罕站在台上，微微的笑着，他的脸上发出一种严肃的青光，他侧仰着他的头看旗上升时，我觉着了他的人格的尊严，他至少是一个有胆有略的男子，他有为主义牺牲的决心，他的脸上至少没有苟且的痕迹，同时屋顶那根旗杆上，冉冉的升上了一片的红光，背着遥远没有一斑云彩的青天。那面簇新的红旗在风前料峭的袅荡个不定。这异样的彩色与声响引起了我异样的感想。是腼腆，是骄傲，还是鄙夷，如今这红旗初次面对着我们偌大的民族？在场人也有拍掌的，但只是断续的拍掌，这就算是我想我们初次见红旗的敬意；但这又是鄙夷，骄傲，还是惭愧呢？那红色是一个伟大的象征，代表人类史里最伟大的一个时期；不仅标示俄国民族流血的成绩，却也为人类立下了一个勇敢尝试的榜样。在那旗子抖动的声响里我不仅仿佛听出了这近十年来那斯拉夫民族失败与胜利的呼声，我也想象到百数十年前法国革命时的狂热，一七八九年七月四日那天巴黎市民攻破巴士梯亚牢狱时的疯癫。自由，平等，友爱！友爱，平等，自由！你们听呀，在这呼声里人类理想的火焰一直从地面上直冲破天顶，历史上再没有更重要更强烈的转变的时期。卡莱尔（Carlyle）在他的法国革命史里形容这件大事有三句名句，他说，"To describe this scene transcends the talent of mortals. After four hours of world bedlam it surrenders. The Bastille is down!"他说："要形容这一景超过了凡人的力量。过了四小时的疯狂他（那大牢）投降了。巴士梯亚是下了！"打破一个政治犯的牢狱不算是了不得的大事，但这事实里有一个象征。巴士梯亚是代表阻碍自由的势力，巴黎士民的攻击是代表全人类争自由的势力，巴士梯亚的"下"是人类理想胜利的凭证。自由，平等，友爱！友爱，平等，自由！法国人在百几十年前猖狂的叫着。这叫声还在人类的性灵里荡着。我们不好像听见吗，虽则隔着百几十年光阴的旷野。如今凶恶的巴士梯亚又在我们的面前堵着；我们如其再不发疯，他那牢门上的铁钉，一个个都快刺透我们的心胸了！

这是一件事。还有一件是我六月间伴着泰戈尔到日本时的感想。早七年我过太平洋时曾经到东京去玩过几个钟头，我记得到上野公园去，上一座小山去下望东京的市场，只见连绵的高楼大厦，一派富盛繁华的景象。这回我又到上野去了，我又登山去望东京城了，那分别可太大了！房子，不错，原是有的；但从前是几层楼的高房，还有不少有名的建筑，比如帝国剧场帝国大学等等，这次看见的，说也可怜，只是薄皮松板暂时支着应用的鱼鳞似的屋子，白松松的像一个烂发的花头，再没有从前那样富盛与繁华的气象。十九的城子都是叫那大地震吞了去烧了去的。我们站着的地面平常看是再坚实不过的，但是等到他起兴时小小的翻一个身，或是微微的张一张口，我们脆弱的文明与脆弱的生命就够受。我们在中国的差不多是不能想着世界上，在醒着的不是梦里的世界上，竟可以有那样的大灾难。我们中国人是在灾难里讨生活的，水、旱、刀兵、盗劫，那一样没有，但是我敢说我们所有的灾难合起来也抵不上我们邻居一年前遭受的大难。那事情的可怕，我敢说是超过了人类忍受力的止境。我们国内居然有人以日本人这次大灾为可喜的，说他们活该，我真要请协和医院大夫用 X 光检查一下他们那几位，究竟他们是有没有心肝的。因为在可怕的运命的面前，我们人类的全体只是一群在山里逢着雷霆风雨时的绵羊，那里还能容什么种族政治等等的偏见与意气？我来说一点情形给你们听听，因为虽则你们在报上看过极详细的记载，不曾亲自察看过的总不免有多少距离的隔膜。我自己未到日本前与看过日本后，见解就完全的不同。你们试想假定我们今天在这里集会，我讲的，你们听的，假如日本那把戏轮着我们头上来时，要不了的搭的搭的搭的三秒钟我与你们与讲台与屋子就永远诀别了地面，像变戏法似的，影踪都没了。那是事实，横滨有好几所五六层高的大楼，全是在三四秒时间内整个儿与地面拉一个平，全没了。你们知道圣书里面形容天降大难的时候，不要说本来脆弱的人类完全放弃了一切的虚荣，就是最凶猛的野兽与飞禽也会在霎时间变化了性质，老虎会来小猫似的挨着你躲着，利喙的鹰鹞会得躲入鸡棚里去窝着，比鸡还要驯服。在那样非常的变动时，他们也好似觉悟了这彼此同是生物的亲属关系，在天怒的跟着同是剥夺了抵抗力的小虫子，这里面就发生了同命运的同情。你们试想就东京一地说，二三百万的人口，几十百年辛勤的成绩，突然的面对着最后审判的实在，就在今天我们回想起当时他们全城子像一个滚沸的油锅时的情景，原来热闹的市场变成了光焰万丈的火盆，在这里而人类最集中的心力与体力的成绩全变了燃料，在这里面艺术教育政治社会人的骨与肉与血都化成了灰烬，还有百十万男女老小的哭嚷声，这哭声本体就可以摇动天地，——我们不要说亲身经历，就是坐在椅子上想象这样不可信的情景时，也不免觉得害怕不是？那可不是玩儿的事情。单只描写那样的大变，恐怕至少就须要荷马或是莎士比亚的天才。你们试想在那时候，假如你们亲身经历时，你的心理该是怎么样？你还恨你的仇人吗？你还不饶恕你的朋友吗？你还沾恋你个人的私利吗？你还有欺哄人的机会吗？你还有什么希望吗？你还不搂住你身旁的生物，管他是你的妻子，你的老子，你的听差，你的妈，你的冤家，你的老妈子，你的猫，你的狗，把你灵魂里还剩下的光明一齐放射出来，和着你同难的同胞在这普遍的黑暗里来一个最后的结合吗？

　　但运命的手段还不是那样的简单。他要是把你的一切都扫灭了，那倒也是一个痛快的结束；他可不然。他还让你活着，他还有更苛刻的试验给你。大难过了，你还喘着气；你的家，你的财产，都变了你脚下的灰，你的爱亲与妻与儿女的骨肉还有烧不烂的在火堆里燃着，你没有了一切；但是太阳又在你的头上光亮的照着，你还是好好的在平定的地面上站着，你疑心这一定是梦，可又不是梦，因为不久你就发现与你同难的人们，他们也一样的疑心他们身受的是梦。可真不是梦；是真的。你还活着，你还喘着气，你得重新来过，根本的完全的重新来过。除非是你自愿放手，你的灵魂里再没有勇敢的分子。那才是你的真试验的时候。这考卷可不容易交了，要到那时候你才知道你自己究竟有多大能耐，值多少，有多少价值。

我们邻居日本人在灾后的实际就是这样。全完了，要来就得完全来过，尽你己身的力量不够，加上你儿子的，你孙子的，你孙子的儿子的儿子的孙子的努力也许可以重新撑起这份家私，但在这努力的经程中，谁也保不定天与地不再捣乱；你的几十年只要他的几秒钟。问题所以是你干不干？就只干脆的一句话，你干不干，是或否？同时也许无情的运命，扭着他那丑陋可怕的脸子在你的身旁冷笑，等着你最后的回话。你干不干，他仿佛也涎着他的怪脸问着你！

我们勇敢的邻居们已经交了他们的考卷；他们回答了一个干脆的干字，我们不能不佩服。我们不能不尊敬他们精神的人格。不等那大震灾的火焰缓和下去，我们邻居们第二次的奋斗已经庄严的开始了。不等运命的残酷的手臂松放，他们已经宣言他们积极的态度对运命宣战。这是精神的胜利，这是伟大，这是证明他们有不可摇的信心，不可动的自信力；证明他们是有道德的与精神的准备的，有最坚强的毅力与忍耐力的，有内心潜在着的精力的，有充分的后备军的，好比说，虽则前敌一起在炮火里毁了，这只是给他们一个出马的机会。他们不但不悲观，不但不消极，不但不绝望，不但不矮着嗓子乞怜，不但不倒在地下等救，在他们看来这大灾难，只是一个伟大的戟刺，伟大的鼓励，伟大的灵感，一个应有的试验，因此他们新来的态度只是双倍的积极，双倍的勇猛，双倍的兴奋，双倍的有希望；他们仿佛是经过大战的大将，战阵愈急迫愈危险，战鼓愈打得响亮，他的胆量愈大，往前冲的步子愈紧，必胜的决心愈强。这，我说，真是精神的胜利，一种道德的强制力，伟大的，难能的，可尊敬的，可佩服的。泰戈尔说的，国家的灾难，个人的灾难，都是一种试验：除是灾难的结果压倒了你的意志与勇敢，那才是真的灾难，因为你更没有翻身的希望。

这也并不是说他们不感觉灾难的实际的难受，他们也是人，他们虽勇，心究竟不是铁打的。但他们表现他们痛苦的状态是可注意的；他们不来零碎的呼叫，他们采用一种雄伟的庄严的仪式。此次震灾的周年纪念时，他们选定一个时间，举行他们全国的悲哀；在不知是几秒或几分钟的期间内，他们全国的国民一致的静默了，全国民的心灵在那短时间内融合在一阵忏悔的，祈祷的，普遍的肃静里（那是何等的凄伟！）；然后，一个信号打破了全国的静默，那千百万人民又一致的高声悲号，悲悼他们曾经遭受的惨运；在这一声弥漫的哀号里，他们国民，不仅发泄了蓄积着的悲哀，这一声长号，也表明他们一致重新来过的伟大的决心（这又是何等的凄伟！）。

这是教训，我们最切题的教训。我个人从这两件事情——俄国革命与日本地震——感到极深刻的感想；一件是告诉我们什么是有意义有价值的牺牲，那表面紊乱的背后坚定的站着某种主义或是某种理想，激动人类潜伏着一种普遍的想望，为要达到那想望的境界，他们就不顾冒怎样剧烈的险与难，拉倒已成的建设踏平现有的基础，抛却生活的习惯，尝试最不可测量的路子。这是一种疯癫，但是有目的的疯癫；单独的看，局部的看，我们尽可以下种种非难与责备的批评，但全部的看，历史的看时，那原来纷乱的就有了条理，原来散漫的就成了片段，甚至于在经程中一切反理性的分明残暴的事实都有了他们相当的应有的位置，在这部大悲剧完成时，在这无形的理想"物化"成事实时，在人类历史清理结账时，所得便超过所出，赢余至少是盖得过损失的。我们现在自己的悲惨就在问题不集中，不清楚，不一贯；我们缺少——用一个现成的比喻——那一面半空里升起来的彩色旗（我不是主张红旗我不过比喻罢了！）使我们有眼睛能看的人都不由的不仰着头望；缺少那青天里的一个霹雳，使我们有耳朵能听的不由的惊心。正因为缺乏这样一个一贯的理想与标准（能够表现我们潜在意识所想望的），我们有的那一部疯癫性——历史上所有的大运动都脱不了疯癫性的成分——就没有机会充分的外现，我们物质生活的累赘与沾恋，便有力量压迫住我们精神性的奋斗；不是我们天生不肯牺牲，也不是天生懦怯，我们在这时期内的确不曾寻着值得或是强迫我们牺牲的那件理想的大事，结果是精力的散漫，志气的怠惰，苟且心理的普遍，悲观主义的盛行，一切道德标准与一切价值的毁灭与埋葬。

人原来是行为的动物，尤其是富有集合行为力的，他有向上的能力，但他也是最容易堕落的，在他眼前没有正当的方向时，比如猛兽监禁在铁笼子里。在他的行为力没有发展的机会时，他就会随地躺了下来，管他是水潭是泥潭，过他不黑不白的猪奴的生活。这是最可惨的现象，最可悲的趋向。如其我们容忍这种状态继续存在时，那时每一对父母每次生下一个洁净的小孩，只是为这卑劣的社会多添一个堕落的分子，那是莫大的亵渎的罪业；

所有的教育与训练也就根本的失去了意义，我们还不如盼望一个大雷霆下来毁尽了这三江或四江流域的人类的痕迹！

再看日本人天灾后的勇猛与毅力，我们就不由的不惭愧我们的穷，我们的乏，我们的寒伧。这精神的穷乏才是真可耻的，不是物质的穷乏。我们所受的苦难都还不是我们应有的试验的本身，那还差得远着哪；但是我们的丑态已经恰好与人家的从容成一个对照。我们的精神生活没有充分的涵养，所以临着稀小的纷扰便没了主意，像一个耗子似的，他的天才只是害怕，他的伎俩只是小偷；又因为我们的生活没有深刻的精神的要求，所以我们合群生活的大网子就缺少最吃分量最经用的那几条普遍的同情线，再加上原来的经纬已经到了完全破烂的状态，这网子根本就没了联结，不受外物侵损时已有溃散的可能，那里还能在时代的急流里，捞起什么有价值的东西？说也奇怪，这几千年历史的传统精神非但不曾供给我们社会一个巩固的基础，我们现在到了再不容隐讳的时候，谁知道发现我们的桩子，只是在黄河里造桥，打在流沙里的！

难怪悲观主义变成了流行的时髦！但我们年轻人，我们的身体里还有生命跳动，脉管里多少还有鲜血的年轻人，却不应当沾染这最致命的时髦，不应当学那随地躺得下去的猪，不应当学那苟且专家的耗子，现在时候逼迫了，再不容我们刹那的含糊。我们要负我们应负的责任，我们要来补织我们已经破烂的大网子，我们要在我们各个人的生活里抽出人道的同情的纤维来合成强有力的绳索，我们应当发现那适当的象征，像半空里那面大旗似的，引起普遍的注意；我们要修养我们精神的与道德的人格，预备忍受将来最难堪的试验。简单的一句话，我们应当在今天——

过了今天就再没有那一天了——宣传我们对于生活基本的态度。是还是否；是积极还是消极；是生道还是死道；是向上还是堕落？在我们年轻人一个字的答案上就挂着我们全社会的运命的决定。我盼望我至少可以代表大多数青年，在这篇讲演的末尾，高叫一声——用两个有力量的外国字——

"Everlasting yea！"

想　飞

假如这时候窗子外有雪——街上，城墙上，屋脊上，都是雪，胡同口一家屋檐下偎着一个戴黑兜帽的巡警，半拢着睡眼，看棉团似的雪花在半空中跳着玩……假如这夜是一个深极了的啊，不是壁上挂钟的时针指示给我们看的深夜，这深就比是一个山洞的深，一个往下钻螺旋形的山洞的深……

假如我能有这样一个深夜，它那无底的阴森捻起我遍体的毫管；再能有窗子外不住往下筛的雪，筛淡了远近间飚动的市谣；筛泯了在泥道上挣扎的车轮；筛灭了脑壳中不妥协的潜流……

我要那深，我要那静。那在树荫浓密处躲着的夜鹰轻易不敢在天光还在照亮时出来睁眼。思想：它也得等。

青天里有一点子黑的。正冲着太阳耀眼，望不真，你把手遮着眼，对着那两株树缝里瞧，黑的，有槤子来大，不，有桃子来大——嘿，又移着往西了！

我们吃了中饭出来到海边去。（这是英国康槐尔极南的一角，三面是大西洋。）勘丽丽的叫响从我们的脚底下匀匀的往上颤，齐着腰，到了肩高，过了头顶，高入了云，高出了云。啊，你能不能把一种急震的乐音想象成一阵光明的细雨，从蓝天里冲着这平铺着青绿的地面不住的下？不，那雨点都是跳舞的小脚，安琪儿的。云雀们也吃过了饭，离开了它们卑微的地巢飞往高处做工去。上帝给它们的工作，替上帝做的工作。瞧着，这儿一只，那边又起了两！一起就冲着天顶飞，小翅膀动活的多快活，圆圆的，不踌躇的飞，——它们就认识青天。一起就开口唱，小嗓子动活的多快活，一颗颗小精圆珠子直往外唾，亮亮的唾，脆脆的唾，——它们赞美的是青天。瞧着，这飞得多高，有豆子大，有芝麻大，黑刺刺的一屑，直顶着无底的天顶细细的摇，——这全看不见了，影子都没了！但这光明的细雨还是不住的下着……

飞。"其翼若垂天之云……背负苍天，而莫之夭阏者"；那不容易见着。我们镇上东关厢外有一座黄泥山，山顶上有一座七层的塔，塔尖顶着天。塔院里常常打钟，钟声响动时，那在太阳西晒的时候多，一枝艳艳的大红花贴在西山的鬓边回照着塔山上的云彩，——钟声响动时，绕着塔顶尖，摩着塔顶天，穿着塔顶云，有一只两只有时三只四只有时五只六只蜷着爪往地面瞧的"饿老鹰"，撑开了它们灰苍苍的大翅膀没挂恋似的在盘旋，在半空中浮着，在晚风中泅着，仿佛是按着塔院钟的波荡来练习圆舞似的。那是我做孩子时的"大鹏"。有时好天抬头不见一瓣云的时候听着貅忧忧的叫响，我们就知道那是宝塔上的饿老鹰寻食吃来了，这一想象半天里秃顶圆睛的英雄，我们背上的小翅膀骨上就仿佛豁出了一锉锉铁刷似的羽毛，摇起来呼呼响的，只一摆就冲出了书房门，钻入了玳瑁镶边的白云里玩儿去，谁耐烦站在先生书桌前晃着身子背早上上的多难背的书！啊，飞！不是那在树枝上矮矮的跳着的麻雀儿的飞；不是那凑天黑从堂扁后背冲出来赶蚊子吃的蝙蝠的飞；也不是那软尾巴软嗓子做窠在堂檐上的燕子的飞。要飞就得满天飞，风拦不住云挡不住的飞，一翅膀就跳过一座山头，影子下来遮得阴二十亩稻田的飞，到天晚飞倦了就来绕着那塔顶尖顺着风向打圆圈做梦……听说饿老鹰会抓小鸡！

　　飞。人们原来都是会飞的。天使们有翅膀，会飞，我们初来时也有翅膀，会飞。我们最初来就是飞了来的，有的做完了事还是飞了去，他们是可羡慕的。但大多数人是忘了飞的，有的翅膀上掉了毛不长再也飞不起来，有的翅膀叫胶水给胶住了再也拉不开，有的羽毛叫人给修短了像鸽子似的只会在地上跳，有的拿背上一对翅膀上当铺去典钱使过了期再也赎不回……真的，我们一过了做孩子的日子就掉了飞的本领。但没了翅膀或是翅膀坏了不能用是一件可怕的事。因为你再也飞不回去，你蹲在地上呆望着飞不上去的天，看旁人有福气的一程一程的在青云里逍遥，那多可怜。而且翅膀又不比是你脚上的鞋，穿烂了可以再问妈要一双去，翅膀可不成，折了一根毛就是一根，没法给补的。还有，单顾着你翅膀也还不一定到时候能飞，你这身子要是不谨慎养太肥了，翅膀力量小再也拖不起，也是一样难不是？一对小翅膀驮不起一个胖肚子，那情形多可笑！到时候你听人家高声的招呼说，朋友，回去罢，趁这天还有紫色的光，你听他们的翅膀在半空中沙沙的摇响，朵朵的春云跳过来拥着他们的肩背，望着最光明的来处翩翩的，冉冉的，轻烟似的化出了你的视域，像云雀似的只留下一泻光明的骤雨——"Thou ant unseen, but yet I hear thy shrill delight"① ——那你，独自在泥土里淹着，够多难受，够多

---

　　① 大意是"你无影无踪，但我仍听见你的尖声欢叫。"

懊恼，够多寒伧！趁早留神你的翅膀，朋友。

是人没有不想飞的。老是在这地面上爬着够多厌烦，不说别的。飞出这圈子，飞出这圈子！到云端里去，到云端里去！那个心里不成天千百遍的这么想？飞上天空去浮着，看地球这弹丸在太空里滚着，从陆地看到海，从海再看回陆地。凌空去看一个明白——这才是做人的趣味，做人的权威，做人的交代。这皮囊要是太重挪不动，就掷了它，可能的话，飞出这圈子，飞出这圈子！

人类初发明用石器的时候，已经想长翅膀。想飞。原人洞壁上画的四不象，它的背上掮着翅膀；拿着弓箭赶野兽的，他那肩背上也给安了翅膀。小爱神是有一对粉嫩的肉翅的。挨开拉斯（Icarus）是人类飞行史里第一个英雄，第一次牺牲。安琪儿（那是理想化的人）第一个标记是帮助他们飞行的翅膀。那也有沿革——你看西洋画上的表现。最初像是一对小精致的令旗，蝴蝶似的粘在安琪儿们的背上，像真的，不灵动。渐渐的翅膀长大了，地位安准了，毛羽丰满了。画图上的天使们长上了真的可能的翅膀。人类初次实现了翅膀的观念，彻悟了飞行的意义。挨开拉斯闪不死的灵魂，回来投生又投生。人类最大的使命，是制造翅膀；最大的成功是飞！理想的极度，想象的止境，从人到神！诗是翅膀上出世的；哲理是在空中盘旋的。飞：超脱一切，笼盖一切，扫荡一切，吞吐一切。

你上那边山峰顶上试去，要是度不到这边山峰上，你就得到这万丈的深渊里去找你的葬身地！"这人形的鸟会有一天试他第一次的飞行，给这世界惊骇，使所有的著作赞美，给他所从来的栖息处永久的光荣。"啊！达文謇！

但是飞？自从挨开拉斯以来，人类的工作是制造翅膀，还是束缚翅膀？这翅膀，承上了文明的重量，还能飞吗？都是飞了来的，还都能飞了回去吗？钳住了，烙住了，压住了，——这人形的鸟会有试他第一次飞行的一天吗？……

同时天上那一点子黑的已经迫近在我的头顶，形成了一架鸟形的机器，忽的机沿一侧，一球光直往下注，硼的一声炸响，——炸碎了我在飞行中的幻想，青天里平添了几堆破碎的浮云。

印度洋上的秋思①

　　昨夜中秋。黄昏时西天挂下一大帘的云母屏，掩住了落日的光潮，将海天一体化成暗蓝色，寂静得如黑衣尼在圣座前默祷。过了一刻，即听得船梢布篷上窸窸窣窣啜泣起来，低压的云夹着迷蒙的雨色，将海线逼得像湖一般窄，沿边的黑影，也辨认不出是山是云，但涕泪的痕迹，却满布在空中水上。

　　又是一番秋意！那雨声在急骤之中，有零落萧疏的况味，连着阴沉的气氛，只是在我灵魂的耳畔私语道："秋！"我原来无欢的心境，抵御不住那样温婉的浸润，也就开放了春夏间所积受的秋思，和此时外来的怨艾构合，产出一个弱的婴儿——"愁"。

　　天色早已沉黑，雨也已休止。但方才啜泣的云，还疏松地幕在天空，只露着些惨白的微光，预告明月已经装束齐整，专等开幕。同时船烟正在莽莽苍苍地吞吐，筑成一座蟠鳞的长桥，直连及西天尽处，和轮船泛出的一流翠波白沫，上下对照，留恋西来

---

　　① 作于一九二二年十月六日志摩自欧洲返国的船上，载于同年十二月二十九日《晨报》副刊。

的踪迹。

北天云幕豁处，一颗鲜翠的明星，喜滋滋地先来问探消息，像新嫁媳的侍婢，也穿扮得遍体光艳。但新娘依然姗姗未出。

我小的时候，每于中秋夜，呆坐在楼窗外等看"月华"。若然天上有云雾缭绕，我就替"亮晶晶的月亮"担忧。若然见了鱼鳞似的云彩，我的小心就欣欣怡悦，默祷着月儿快些开花，因为我常听人说只要有"瓦楞"云，就有月华；但在月光放彩以前，我母亲早已逼我去上床，所以月华只是我脑筋里一个不曾实现的想象，直到如今。

现在天上砌满了瓦楞云彩，霎时间引起了我早年许多有趣的记忆——但我的纯洁的童心，如今那里去了！

月光有一种神秘的引力。她能使海波咆哮，她能使悲绪生潮。月下的喟息可以结聚成山，月下的情泪可以培畤百亩的畹兰，千茎的紫琳耿。我疑悲哀是人类先天的遗传，否则，何以我们几年不知悲感的时期，有时对着一泻的清辉，也往往凄心滴泪呢？

但我今夜却不曾流泪。不是无泪可滴，也不是文明教育将我最纯洁的本能锄净，却为是感觉了神圣的悲哀，将我理解的好奇心激动，想学契古特白登来解剖这神秘的"眸冷骨累"。冷的智永远是热的情的死仇。他们不能相容的。

但在这样浪漫的月夜，要来练习冷酷的分析，似乎不近人情！所以我的心机一转，重复将锋快的智刃收起，让沉醉的情泪自然流转，听他产生什么音乐，让绻缱的诗魂漫自低回，看他寻出什么梦境。

明月正在云岩中间，周围有一圈黄色的彩晕，一阵阵的轻霭，在她面前扯过。海上几百道起伏的银沟，一齐在微叱凄其的音节，此外不受清辉的波域，在暗中愤愤涨落，不知是怨是慕。

我一面将自己一部分的情感，看入自然界的现象，一面拿着纸笔，痴望着月彩，想从她明洁的辉光里，看出今夜地面上秋思的痕迹，希冀她们在我心里，凝成高洁情绪的菁华。因为她光明的捷足，今夜遍走天涯，人间的恩怨，那一件不经过她的慧眼呢？

印度的Ganges（埂奇）河边有一座小村落，村外一个榕绒密绣的湖边，坐着一对情醉的男女，他们中间草地上放着一尊古铜香炉，烧着上品的水息，那温柔婉恋的烟篆，沉馥香浓的热气，便是他们爱感的象征。月光从云端里轻俯下来，在那女子胸前的珠串上，水息的烟尾上，印下一个慈吻，微哂，重复登上她的云艇，上前驶去。

一家别院的楼上，窗帘不曾放下，几枝肥满的桐叶正在玻璃上摇曳斗趣，月光窥见了窗内一张小蚊床上紫纱帐里，安眠着一个安琪儿似的小孩，她轻轻挨进身去，在他温软的眼睫上，嫩桃似的腮上，抚摩了一会儿。她又将银色的纤指，理齐了他脐圆的额发，蔼然微哂着，又回她的云海去了。

一个失望的诗人，坐在河边一块石头上，满面写着忧郁的神情，他爱人的倩影，在他胸中像河水似的流动，他又不能在失望的渣滓里榨出些微甘液，他张开两手，仰着头，让大慈大悲的月光，那时正在过路，洗沐他泪腺湿肿的眼眶，他似乎感觉到清心的安慰，立即摸出一枝笔，在白衣襟上写道：

月光，

你是失望儿的乳娘！

面海一座柴屋的窗棂里，望得见屋里的内容：一张小桌上放着半块面包和几条冷肉——晚餐的剩余，窗前几上开着一本家用的《圣经》，炉架上两座点着的烛台，不住地在流泪，旁边坐着一个皱面驼腰的老妇人，两眼半闭不闭地落在伏在她膝上悲泣的一个少妇，她的长裙散在地板上像一只大花蝶。老妇人掉头向窗外望，只见远远海涛起伏，和慈祥的月光在拥抱蜜吻，她叹了声气向着斜照在《圣经》上的月彩喏道：

"真绝望了！真绝望了！"

她独自在她精雅的书室里，把灯火一齐熄了，倚在窗口一架藤椅上，月光从东墙肩上斜泻下去，笼住她的全身，在花砖上幻出一个窈窕的情影，她两根垂辫的发梢，她微澹的媚唇，和庭前几茎高峙的玉兰花，都在静谧的月色中微颤，她加她的呼吸，吐出一股幽香，不但邻近的花草，连月儿闻了，也禁不住迷醉，她腮边天然的妙涡，已有好几日不圆满：她瘦损了。但她在想什么呢？月光，你能否将我的梦魂带去，放在离她三五尺的玉兰花枝上。

威尔斯西境一座矿床附近，有三个工人，口衔着笨重的烟斗，在月光中间坐。他们所能想到的话都已讲完，但这异样的月彩，在他们对面的松林，左首的溪水上，平添了不可言语比说的妩媚，惟有他们工余倦极的眼珠不阖，彼此不约而同今晚较往常多抽了两斗的烟，但他们矿火熏黑，煤块擦黑的面容，表示他们心灵的薄弱，在享乐烟斗以外，虽然秋月溪声的载刺，也不能有精美情绪之反感。等月影移西一些，他们默默地扑出了一斗灰，起身进屋,各自登床睡去。月光从屋背飘眼望进去,只见他们都已睡熟;他们即使有梦,也无非矿内矿外的景色!

月光渡过了爱尔兰海峡,爬上海尔佛林的高峰,正对着静默的红潭。潭水凝定得像一大块冰,铁青色。四周斜坦的小峰,全都满铺着蟹青和蛋白色的岩片碎石,一株矮树都没有。沿潭间有些丛草,那全体形势,正像一大青碗,现在满盛了清洁的月辉,静极了,草里不闻虫吟,水里不闻鱼跃;只有石缝里潜洞沥淅之声,断续地作响,仿佛一座大教堂里点着一星小火,益发对照出静穆宁寂的境界,月儿在铁色的潭面上,倦倚了半晌,重复拔起她的银舄,过山去了。

昨天船离了新加坡以后,方向从正东改为东北,所以前几天的船梢正对落日,此后"晚霞的工厂"渐渐移到我们船向的左手来了。

昨夜吃过晚饭上甲板的时候,船右一海银波,在犀利之中涵有幽秘的彩色,凄清的表情,引起了我的凝视。那放银光的圆球正挂在你头上,如其起靠着船头仰望。她今夜并不十分鲜艳:她精圆的芳容上似乎轻笼着一层藕灰色的薄纱;轻漾着一种悲喟的音调;轻染着几痕泪化的雾霭。她并不十分鲜艳,然而她素洁温柔的光线中,犹之少女浅蓝妙眼的斜瞟;犹之春阳融解在山巅白云反映的嫩色,含有不可解的迷力,媚态,世间凡具有感觉性的人,只要承沐着她的清辉,就发生也是不可理解的反应,引起隐复的内心境界的紧张——像琴弦一样——人生最微妙的情绪,载震生命所蕴藏高洁名贵创现的冲动。有时在心理状态之前,或于同时,撼动躯体的组织,使感觉血液中突起冰流之冰流,嗅神经难禁之酸辛,内藏汹涌之跳动,泪腺之骤热与润湿。那就是秋月兴起的秋思——愁。

昨晚的月色就是秋思的泉源,岂止,直是悲哀幽骚悱怨沉郁的象征,是季候运转的伟剧中最神秘亦最自然的一幕,诗艺界最凄凉亦最微妙的一个消息。

今夜月明人尽望,不知秋思在谁家。

中国字形具有一种独一的妩媚,有几个字的结构,我看来纯是艺术家的匠心:这也是我们国粹之尤粹者之一。譬如"秋"字,已经是一个极美的字形;"愁"字更是文字史上有数的杰作;有石开湖晕,风扫松针的妙处,这一群点画的配置,简直经过柯罗的画篆,米仡朗其罗的雕圭,Chopin 的神感;像——用一个科学的比喻——原子的结构,将旋转宇宙的大力收缩成一个无形无踪的电核;这十三笔造成的象征,似乎是宇宙和人生悲惨的现象和经验,吁喟和涕泪,所凝成最纯粹精密的结晶,满充了催迷的秘力。你若然有高蒂闲(Gautier)异超的知感性,定然可以梦到,愁字变形为秋霞黯绿色的通明宝玉,若用银槌轻击之,当吐银色的幽咽电蛇似腾入云天。

我并不是为寻秋意而看月,更不是为觅新愁而访秋月;蓄意沉浸于悲哀的生活,是丹德所不许的。我盖见月而感秋色,因秋窗而拈新愁:人是一簇脆弱而富于反射性的神经!

我重复回到现实的景色,轻裹在云锦之中的秋月,像一个遍体蒙纱的女郎,她那团圆清朗的外貌像新娘,但同时她幂弦的颜色,那是藕灰,她踟躇的行踵,掩泣的痕迹,又使人疑是送丧的丽姝。所以我曾说:

秋月呀?

我不盼望你团圆。

这是秋月的特色,不论她是悬在落日残照边的新镰,与"黄昏晓"竞艳的眉钩,中宵斗没西陲的金碗,星云参差间的银床,以至一轮腴满的中秋,不论盈昃高下,总在原来澄爽明秋之中,遍洒着一种我只能称之为"悲哀的轻霭"和"传愁的以太"。即使你原来无愁,见此也禁不得沾染那"灰色的音调",渐渐兴感起来!

秋月呀!
谁禁得起银指尖儿
浪漫地搔爬呵!

不信但看那一海的轻涛,可不是禁不住她一指的抚摩,在那里低徊饮泣呢!就是那:

无聊的云烟,
秋月的美满,
熏暖了飘心冷眼,
也清冷地穿上了轻缟的衣裳,
来参与这
美满的婚姻和丧礼。

十月六日

我的祖母之死

一

> 一个单纯的孩子,
> 过他快活的时光,
> 兴匆匆的,活泼泼的,
> 何尝识别生存与死亡?

这四行诗是英国诗人华茨华斯（William Wordsworth）一首有名的小诗叫做"我们是七人"（We are Seven）的开端,也就是他的全诗的主意。这位爱自然,爱儿童的诗人,有一次碰着一个八岁的小女孩,发鬈蓬松的可爱,他问她兄弟姊妹共有几人,她说我们是七个,两个在城里,两个在外国,还有一个姊妹一个哥哥,在她家里附近教堂的墓园里埋着。但她小孩的心理,却不分清生与死的界限,她每晚携着她的干点心与小盘皿,到那墓园的草地里,独自的吃,独自的唱,唱给她的在土堆里眠着的兄姊听,虽则他们静悄悄的莫有回响,她烂漫的童心却不曾感到生死间有不可思议的阻隔；所以任凭华翁多方的譬解，她只是睁着一双灵动的小眼，回答说：

"可是，先生，我们还是七人。"

二

其实华翁自己的童真，也不让那小女孩的完全：他曾经说"在孩童时期，我不能相信我自己有一天也会得悄悄的躺在坟里，我的骸骨会得变成尘土"。又一次他对人说"我做孩子时最想不通的，是死的这回事将来也会得轮到我自己身上"。

孩子们天生是好奇的，他们要知道猫儿为什么要吃耗子，小弟弟从那里变出来的，或是究竟先有鸡还是先有鸡蛋；但人生最重大的变端——死的现象与实在，他们也只能含糊的看过，我们不能期望一个个小孩子们都是搔头穷思的丹麦王子。他们临到丧故，往往跟着大人啼哭；但他只要眼泪一干，就会到院子里踢毽子，赶蝴蝶，就使在屋子里长眠不醒了的是他们的亲爹或亲娘，大哥或小妹，我们也不能盼望悼死的悲哀可以完全翳蚀了他们稚羊小狗似的欢欣。你如其对孩子说，你妈死了，你知道不知道——他十次里有九次只是对着你发呆；但他等到要妈叫妈，妈偏不应的时候，他的嫩颊上就会有热泪流下。但小孩天然的一种表情，往往可以给人们最深的感动。我生平最忘不了的一次电影，就是描写一个小孩爱恋已死母亲的种种天真的情景。她在园里看种花，园丁告诉她这花在泥里，浇下水去，就会长大起来。那天晚上天下大雨，她睡在床上，被雨声惊醒了，忽然想起园丁的话，她的小脑筋里就发生了绝妙的主意。她偷偷的爬出了床，走下楼梯,到书房里去拿下桌上供着的她死母的照片,一把揣在怀里,也不顾倾倒着的大雨,一直走到园里,在地上用园丁的小锄掘松了泥土,把她怀里的亲妈,谨慎的取了出来,栽在泥里,把松泥掩护着;她做完了工就蹲在那里守候,穿着白色的睡衣,在深夜的暴雨里,蹲在露天的地上,专心笃意的盼望已经死去的亲娘,像花草一般,从泥土里发长出来!

三

我初次遭逢亲属的大故,是二十年前我祖父的死,那时我还不满六岁。那是我生平第一次可怕的经验,但我追想当时的心理,我对于死的见解也不见得比华翁的那位小姑娘高明。我记得那天夜里,家里人吩咐祖父病重,他们今夜不睡了,但叫我和我的姊妹先上楼睡去,回头要我们时他们会来叫的。我们就上楼去睡了,底下就是祖父的卧房,我那时也不十分明白,只知道今夜一定有很怕的事,有火烧,强盗抢,做怕梦,一样的可怕。我也不十分睡着,只听得楼下的急步声,碗碟声,唤婢仆声,隐隐的哭泣声,不息的响音。过了半夜,他们上来把我从睡梦里抱了下去,我醒过来只听得一片的哭声,他们已经把长条香点起来,一屋子的烟,一屋子的人,围拢在床前,哭的哭,喊的喊,我也挨了过去,在人丛里偷看大床里的好祖父。忽然听说醒了醒了,哭喊声也歇了,我看见父亲趴在床里,把病父抱持在怀里,祖父倚在他的身上,双眼紧闭着,口里衔着一块黑色的药物,他说话了,很清的声音,虽则我不曾听明他说的什么话,后来知道他经过了一阵昏晕,他又醒了过来对家人说:"你们吃吓了,这算是小死。"他接着又说了好几句话,随讲音随低,呼气随微,去了,再不醒了,但我却不曾亲见最后的弥留,也许是我记不起,总之我那时早已跪在地板上,手里擎着香,跟着大众高声的哭喊了。

四

此后我在亲戚家收殓虽则看得不少,但死的实在的状况却不曾见过。我们念书人的幻想力是比较的丰富,但往往因为有了幻想力,就不管生命现象的实在,结果是书呆子,陆放翁说的"百无一用是书生"。人生的范围是无穷的:我们少年时精力充足什么都不怕尝试,只愁没有出奇的事情做,往往抱怨这宇宙太窄,青天太低,大鹏似的翅膀飞不痛快,但是……但是平心的说,且不论奇的、怪的、特别的、离奇的,我们姑且试问人生里最基本的事实,最单纯的,最普遍的,最平庸的,最近人情的经验,我们究竟能有多少的把握,我们能有多少深彻的了解,我们是否都亲身经历过?譬如说:生产、恋爱、痛苦、悲、死、妒、恨、快乐、真疲倦、真饥饿、渴、毒焰似的渴、真的幸福、冻的刑罚、忏悔,种种的情热。我可以说,我们平常人生观、人类、人道、人情、真理、哲理,本能等等名词不离口吻的念书人们,什么文学家,什么哲学家——关于真正人生基本的事实的实在,知道的——恐怕是极微至少,即使不等于圆圈。我有一个朋友,他和他夫人的感情极厚,一次他夫人临到难产,因为在外国,所以进医院什么都得他自己照料,最后医生宣言只有用手术一法,但性命不能担保,他没有法子,只好和他半死的夫人诀别(解剖时亲属不准在旁边)。满心毒魔似的难受,他出了医院,走在道上,走上桥去，像得了离魂病似的，心脉春臼似的跳着，最后他听着了教堂和缓的钟声，他就不自主的跟着钟声，进了教堂，跟着在做礼拜的跪着，祷告、忏悔、祈求、唱诗、流泪（他并不是信教的人），他这样的挨过时刻，后来回转医院时，一步步都是残酷的磨难，比上行刑场的犯人，加倍的难受，他怕见医生与看护妇，仿佛他的命运是在他们的手掌里握着。事后他对人说"我这才知道了人生一点子的意味！"

五

所以不曾经历过精神或心灵的大变的人们，只是在生命的户外徘徊，也许偶尔猜想到几分墙内的动静，但总是浮的浅的，不切实的，甚至完全是隔膜的。人生也许是个空虚的幻梦，但在这幻象中，生与死，恋爱与痛苦，毕竟是陡起的奇峰，应得激动我们彷徨者的注意，在此中也许有可以感悟到一些幻里的真，虚中的实，这浮动的水泡不曾破裂以前，也应得饱吸自由的日光，反射几丝颜色！

我是一只不羁的野驹，我往往纵容想象的猖狂，诡辩人生的现实，比如凭借凹折的玻璃，觉察当前景色。但时而复再，我也能从烦嚣的杂响中听出清新的乐调，在炫耀的杂彩里，看出有条理的意匠。这次祖母的大故，老家庭的生活，给我不少静定的时刻，不少深刻的反省。我不敢说我因此感悟了部分的真理，或是取得了若干智慧；我只能说我因此与实际生活更深了一层的接触，益发激动我对于人生种种好奇的探讨，益发使我惊讶这迷谜的玄妙，不但死是神奇的现象，不但生命与呼吸是神奇的现象，就连日常的生活与习惯与迷信，也好像放射着异样的光闪，不容我们擅用一两个形容词来概状，更不容我们倡言什么主义来抹杀——一个革新者的热心，碰着了实在的寒冰！

六

我在我的日记里翻出一封不曾写完不曾付寄的信，是我祖母死后第二天的早上写的。我时在极强烈的极鲜明的时刻内，很想把那几日经过感想与疑问，痛快的写给一个同情的好友，使他在数千里外也能分尝我强烈的鲜明的感情。那位同情的好友我选中了通伯①。但那封信却只起了一个呆重的头，一为丧中忙，二为我那时眼热不耐用心，始终不曾写就，一直挨到现在再想补写，恐怕强烈已经变弱，鲜明已经透暗，逃亡的囚逋，不易追获的了。我现在把那封残信录在这里，再来追慕当时的情景。

　　通伯：

　　我的祖母死了！从昨夜十时半起，直到现在，满屋子只是号啕呼抢的悲音，与和尚、道士、女僧的礼忏鼓磬声。二十年前祖父丧时的情景，如今又在眼前了。忘不了的情景！你愿否听我讲些？

　　我一路回家，怕的是也许已经见不到老人，但老人却在生死的交关仿佛存心的弥留着，等待她最钟爱的孙儿——即不能与他开言诀别，也使他尚能把握她依然温暖的手掌，抚

---

① 通伯，即陈源（西滢）。

摩她依然跳动着的胸怀，凝视她依然能自开自阖虽则不再能表情的目睛。她的病是脑充血的一种，中医称为"卒中"（最难救的中风）。她十日前在暗房里踬仆倒地，从此不再开口出言，登仙似的结束了她八十四年的长寿，六十年良妻与贤母的辛勤，她现在已经永远的脱辞了烦恼的人间，还归她清净自在的来处。我们承受她一生的厚爱与荫泽的儿孙，此时亲见，将来追念，她最后的神化，不能自禁中怀的摧痛，热泪暴雨似的盆涌，然痛心中却亦隐有无穷的赞美，热泪中依稀想见她功成德备的微笑，无形中似有不朽的灵光，永远的临照她绵衍的后裔……

七

旧历的乞巧那一天，我们一大群快活的游踪，驴子灰的黄的白的，轿子四个脚夫抬的，正在山海关外，纡回的，曲折的绕登角山的栖贤寺，面对着残圮的长城，巨虫似的爬山越岭，隐入烟霭的迷茫。那晚回北戴河海滨住处，已经半夜，我们还打算天亮四点钟上莲峰山去看日出，我已经快上床，忽然想起了，出去问有信没有，听差递给我一封电报，家里来的四等电报。

我就知道不妙，果然是"祖母病危速回"！我当晚就收拾行装，赶早上六时车到天津，晚上才上津浦快车。正嫌路远车慢，半路又为水发冲坏了轨道过不去，一停就停了十二点钟有余，在车里多过了一夜，直到第三天的中午方才过江上沪宁车。这趟车如其准点到上海，刚好可以接上沪杭的夜车，谁知道又误了点，误了不多不少的一分钟，一面我们的车进站，他们的车头鸣的一声叫,别断别断的去了!我若然是空身子,还可以冒险跳车,偏偏我的一双手又被行李雇定了,所以只得定着眼睛送它走。

所以直到八月二十二日的中午我方才到家。我给通伯的信说"怕的是已经见不着老人",在路上那几天真是难受,缩不短的距离没有法子,但是那急人的水发,急人的火车,几面凑拢来,叫我整整的迟一昼夜到家!试想病危了的八十四岁的老人,这二十四点钟不是容易过的,说不定她刚巧在这个期间内有什么动静,那才叫人抱憾哩!可是结果还算没有多大的差池——她老人家还在生死的交关等着!

八

奶奶——奶奶——奶奶!奶——奶!你的孙儿回来了,奶奶!没有回音。老太太阖着眼,仰面躺在床里,右手拿着一把半旧的雕翎扇很自在的扇动着。老太太原来就怕热,每年暑天总是扇子不离手的,那几天又是特别的热。这还不是好好的老太太,呼吸顶匀净的,定是睡着了,谁说危险!奶奶,奶奶!她把扇子放下了,伸手去摸着头顶上挂着的冰袋,一把抓得紧紧的,呼了一口长气,像是暑天赶道儿的喝了一碗凉汤似的,这不是她明明的有感觉不是?我把她的手拿在我的手里,她似乎感觉我手心的热,可是她也让我握着,她开眼了!右眼张得比左眼开些,瞳子却是发呆,我拿手指在她的眼前一挑,她也没有瞬,那准是她瞧不见了——奶奶,奶奶——她也真没有听见,难道她真是病了,真是危险,这样爱我疼我宠我的好祖母,难道真会得……我心里一阵的难受,鼻子里一阵的酸,滚热的眼泪就迸了出来。这时候床前已经挤满了人,我的这位,我是那位,我一眼看过去,只见一片惨白忧愁的面色,一双双装满了泪珠的眼眶。我的妈更看的憔悴。她们已经伺候了六天六夜,妈对我讲祖母这回不幸的情形,怎样的她夜饭前还在大厅上吩咐事情,怎样的饭后进房去自己擦脸,不知怎样的闪了下去,外面人听着响声才进去,已经是不能开口了,怎样的请医生,一直到现在还没有转机……

一个人到了天伦骨肉的中间,整套的思想情绪,就变换了式样与颜色。你的不自然的口音与语法没有用了;你的耀眼的袍服可以不必穿了;你的洁白的天使的翅膀,预备飞翔出人间到天堂的,不便在你慈母跟前自由的开豁;你的理想的楼台亭阁,也不轻易的放进这二百年的老屋;你的佩剑、要塞,以及种种的防御,在争竞的外界即使是必要的,到此只是可笑的累赘。在这里,不比在其余的地方,他们所要求于你的,只是随熟的声音与笑貌,只是好的,纯粹的本性,只是一个没有斑点子的赤裸裸的好心。在这些纯爱的骨肉的经纬中心,不由得你不从你的天性里抽出最柔糯亦最有力的几缕丝线来加密或是缝补这幅天伦的结构。

所以我那时坐在祖母的床边,含着两朵热泪,听母亲叙述她的病况,我脑中发生了异常的感想,我像是至少逃回了二十年的光阴,正如我膝前子侄辈一般的高矮,回复了一片纯朴的童真,早上走来祖母的床前,揭开帐子叫一声软和的奶奶,她也回叫了我一声,伸手到里床去摸给我一个蜜枣或是三片状元糕,我又叫了一声奶奶,出去玩了,那是如何可爱的辰光,如何可爱的天真,但如今没有了,再也不回来了。现在床里躺着的,还不是我的亲爱的祖母,十个月前我伴着到普陀登山拜佛清健的祖母,但现在何以不再答应我的呼唤,何以不再能表情,不再能说话,她的灵性那里去了,她的灵性那里去了?

九

一天,一天,又是一天——在垂危的病榻前过的时刻,不比平常飞驶无碍的光阴,时钟上同样的一声嘀嗒,直接的打在你的焦急的心里,给你一种模糊的隐痛——祖母还是照样的眠着,右手的脉自从起病以来已是极微仅有的,但不能动弹的却反是有脉的左侧,右手还是不时在挥扇,但她的呼吸还是一例的平均,面容虽不免瘦削,光泽依然不减,并没有显著的衰象,所以我们在旁边看她的,差不多每分钟都盼望她从这长期的睡眠中醒来,打一个呵欠,就开眼见人,开口说话——果然她醒了过来,我们也不会觉得离奇,像是原来应当似的。但这究竟是我们亲人绝望中的盼望,实际上所有的医生,中医、西医、针医,都已一致的回绝,说这是"不治之症"。中医说这脉象是凭证,西医说脑壳里血管破裂,虽则植物性机能——呼吸、消化——不曾停止,但言语中枢已经断绝——此外更专门更玄学更科学的理论我也记不得了。所以暂时不变的原因,就在老太太本来的体元太好了,拳术家说的"一时不能散工",并不是病有转机的兆头。

我们自己人也何尝不明白这是个绝症;但我们却总不忍自认是绝望:这"不忍"便是人情。我有时在病榻前,在凄悒的静默中,发生了重大的疑问。科学家说人的意识与灵感,只是神经系最高的作用,这复杂,微妙的机械,只要部分有了损伤或是停顿,全体的动作便发生相当的影响;如其最重要的部分受了扰乱,他不是变成反常的疯癫,便是完全的失去意识。照这一说,体即是用,离了体即没有用;灵魂是宗教家的大谎,人的身体一死什么都完了。这是最干脆不过的说法,我们活着时有这样有那样已经尽够麻烦,尽够受,谁还有兴致,谁还愿意到坟墓的那一边再去发生关系,地狱也许是黑暗的,天堂是光明的,但光明与黑暗的区别无非是人类专擅的假定,我们只要摆脱这皮囊,还归我清静,我就不愿意头戴一个黄色的空圈子,合着手掌跪在云端里受罪!

再回到事实上来,我的祖母——一位神智最清明的老太太——究竟在那里?我既然不能断定因为神经部分的震裂她的灵感性便永远的消灭,但同时她又分明的失却了表情的能力,我只能设想她人格的自觉性,也许比平时消淡了不少,却依旧是在着,像在梦魇里将醒未醒时似的,明知她的儿女孙曾不住的叫唤她醒来,明知她即使要永别也总还有多少的嘱咐,但是可怜她的眼球再不能反映外界的印象,她的声带与口舌再不能表达她内心的情意,隔着这脆弱的肉体的关系,她的性灵再不能与她最亲的骨肉自由的交通——也许她也在整天整夜的伴着我们焦急,伴着我们伤心,伴着我们出泪,这才是可怜,这才真叫人悲感哩!

十

到了八月二十七那天,离她起病的第十一天,医生吩咐脉象大大的变了,叫我们当心,这十一天内每天她只咽入很困难的几滴稀薄的米汤,现在她的面上的光泽也不如早几天了,她的目眶更陷落了,她的口部的筋肉也更宽弛了,她右手的动作也减少了，即使拿起了扇子也不再能很自然的扇动了——她的大限的确已经到了。但是到晚饭后，反是没有什么显象。同时一家人着了忙，准备寿衣的，准备冥银的，准备香灯等等的。我从里走出外，又从外走进里，只见匆忙的脚步与严肃的面容。这时病人的大动脉已经微细的不可辨，虽则呼吸还不至怎样的急促。这时一门的骨肉已经齐集在病房里，等候那不可避免的时刻。到了十时光景，我和我的父亲正坐在房的那一头一张床上，忽然听得一个哭叫的声音说——"大家快来看呀，老太太的眼睛张大了！"这尖锐的喊声，仿佛是一大桶的冰水浇在我的身上，我所有的毛管一齐竖了起来，我们踉跄的奔到了床前，挤进了人丛。果然，老太太的眼睛张大了，张得很大了！这是我一生从不曾见过，也是我一辈子忘不了的眼见的神奇。（恕罪我的描写！）不但是两眼，面容也是绝对的神变了（transfigured）；她原来皱缩的面上，发出一种鲜润的彩泽，仿佛半瘀的血脉，又一度充满了生命的精液，她的口，她的两颊，也都回复了异样的丰润；同时她的呼吸渐渐的上升，急进的短促，现在已经几乎脱离了气管，只在鼻孔里脆响的呼出了。但是最神奇不过的是一双眼睛！她的瞳孔早已失去了收敛性，呆顿的放大了。但是最后那几秒钟！不但眼眶是充分的张开了，不但黑白分明，瞳孔锐利的紧敛了，并且放射着一种不可形容，不可信的辉光，我只能称其为"生命最集中的灵光"！这时候床前只是一片的哭声，子媳唤着娘，孙子唤着祖母，婢仆争喊着老太太，几个稚龄的曾孙，也跟着狂叫太太……但老太太最后的开眼，仿佛是与她亲爱的骨肉，作无言的诀别，我们都在号泣的送终，她也安慰了，她放心的去了。在几秒钟内，死的黑影已经移上了老人的面部，遏灭了生命的异彩，她最后的呼气，正似水泡破裂,电光杳灭,菩提的一响,生命呼出了窍,什么都止息了。

十一

我满心充塞了死象的神奇,同时又须顾管我有病的母亲,她那时出性的号啕,在地板上滚着,我自己反而哭不出来;我自己也觉得奇怪,眼看着一家长幼的涕泪滂沱,耳听着狂沸似的呼抢号叫,我不但不发生同情的反应,却反而达到了一个超感情的,静定的,幽妙的意境,我想象的看见祖母脱离了躯壳与人间,穿着雪白的长袍,冉冉的上升天去,我只想默默的跪在尘埃,赞美她一生的功德,赞美她一生的圆寂。这是我的设想!我们内地人却没有这样纯粹的宗教思想;他们的假定是不论死的是高年厚德的老人或是无知无愆的幼孩,或是罪大恶极的凶人,临到弥留的时刻总是一例的有无常鬼,摸壁鬼,牛头马面,赤发獠牙的阴差等等到门,拿着镣链枷锁,来捉拿阴魂到案。所以烧纸帛是平他们的暴戾,最后的呼抢是没奈何的诀别。这也许是大部分临死时实在的情景,但我们却不能概定所有的灵魂都不免遭受这样的凌辱。譬如我们的祖老太太的死,我只能想象她是登天,只能想象她慈祥的神化——像那样鼎沸的号啕,固然是至性不能自禁,但我总以为不如匍伏隐泣或默祷,较为近情,较为合理。

理智发达了,感情便失了自然的浓挚;厌世主义的看来,眼泪与笑声一样是空虚的,无意义的。但厌世主义姑且不论,我却不相信理智的发达,会得妨碍天然的情感;如其教育真有效力,我以为效力就在剥削了不合理性的"感情作用",但决不会有损真纯的感情；他眼泪也许比一般人流得少些，但他等到流泪的时候，他的泪才是应流的泪。我也是智识愈开流泪愈少的一个人，但这一次却也真的哭了好几次。一次是伴我的姑母哭的，她为产后不曾复元，所以祖母的病一直瞒着她，一直到了祖母故后的早上方才通知她。她扶病来了，她还不曾下轿，我已经听出她在啜泣，我一时感觉一阵的悲伤，等到她出轿放声时，我也在房中歔欷不住。又一次是伴祖母当年的赠嫁婢哭的。她比祖母小十一岁，今年七十三岁，亦已是个白发的婆子，她也来哭她的"小姐"，她是见着我祖母的花烛的唯一个人，她的一哭我也哭了。

再有是伴我的父亲哭的。我总是觉得一个身体伟大的人，他动情感的时候，动人的力量也比平常人伟大些。我见了我父亲哭泣，我就忍不住要伴着淌泪。但是感动我最强烈的几次，是他一人倒在床里，反复的啜泣着，叫着妈，像一个小孩似的，我就感到最热烈的伤感，在他伟大的心胸里浪涛似的起伏，我就感到母子的感情的确是一切感情的起源与总结，等到一失慈爱的荫庇，仿佛一生的事业顿时莫有了根底，所有的快乐都不能填平这唯一的缺陷；所以他这一哭，我也真哭了。但是我的祖母果真是死了吗？她的躯体是的。但她是不死的。诗人勃兰恩德（Bryant）说：

> So live, that when thy summons comes to join the innumerable caravan, which moves to that mysterious realm where each one takes his chamber in the silent halls of death, then go not, like the quarry slave at night scourged to his dungeon, but sustained and soothed.
>
> By an unfaltering truth, approach thy grave like one that

wraps the drapery of his couch, about him, and lies down to pleasant dreams.

如果我们的生前是尽责任的,是无愧的,我们就会安坦的走近我们的坟墓,我们的灵魂里不会有惭愧或悔恨的齿痕。人生自生至死,如勃兰恩德的比喻,真是大队的旅客在不尽的沙漠中进行,只要良心有个安顿,到夜里你卧倒在帐幕里也就不怕噩梦来缠绕。

我的祖母,在那旧式的环境里,到我们家来五十九年,真像是做了长期的苦工,她何尝有一日的安闲,不必说子女的嫁娶,就是一家的柴米油盐,扫地抹桌子,那一件事不在八十岁老人早晚的心上!我的伯父快近六十岁了,但他的起居饮食,还差不多完全是祖母经管的,初出世的曾孙如其有些身热咳嗽,老太太晚上就睡不安稳;她爱我宠我的深情,更不是文字所能描写,她那深厚的慈荫,真是无所不包,无所不蔽;但她的身心即使劳碌了一生,她的报酬却在灵魂无上的平安;她的安慰就在她的儿女孙曾,只要我们能够步她的前例,各尽天定的责任,她在冥冥中也就永远的微笑了。

十一月二十四日

北戴河海滨的幻想①

他们都到海边去了。我为左眼发炎不曾去。我独坐在前廊,偎坐在一张安适的大椅内,袒着胸怀,赤着脚,一头的散发,不时有风来撩拂。清晨的晴爽,不曾消醒我初起时睡态;但梦思却半被晓风吹断。我阖紧眼帘内视,只见一斑斑消残的颜色,一似晚霞的余赭,留恋地胶附在天边。廊前的马樱,紫荆,藤萝,青翠的叶与鲜红的花,都将他们的妙影映印在水汀上,幻出幽媚的情态无数;我的臂上与胸前,亦满缀了绿荫的斜纹。从树荫的间隙平望,正见海湾:海波亦似被晨曦唤醒,黄蓝相间的波光,在欣然的舞蹈。滩边不时见白涛涌起,迸射着雪样的水花。浴线内点点的小舟与浴客,水禽似的浮着;幼童的欢叫,与水波拍岸声,与潜涛呜咽声,相间的起伏,竞报一滩的生趣与乐意。但我独坐的廊前,却只是静静的,静静的无甚声响。妩媚的马樱,只是幽幽的微颤着,蝇虫也敛翅不飞。只有远近树里的秋蝉在纺纱

---

① 原载一九二四年六月二十一日《晨报》副刊《文学旬刊》,后收入文集《落叶》。

似的缍引他们不尽的长吟。

在这不尽的长吟中，我独坐在冥想。难得是寂寞的环境，难得是静定的意境；寂寞中有不可言传的和谐，静默中有无限的创造。我的心灵，比如海滨，生平初度的怒潮，已经渐次的消翳，只剩有疏松的海砂中偶尔的回响，更有残缺的贝壳，反映星月的辉芒。此时摸索潮余的斑痕，追想当时汹涌的情景，是梦或是真，再亦不须辨问，只此眉梢的轻皱，唇边的微哂，已足解释无穷奥绪，深深的蕴伏在灵魂的微纤之中。

青年永远趋向反叛，爱好冒险；永远如初度航海者，幻想黄金机缘于浩淼的烟波之外；想割断系岸的缆绳，扯起风帆，欣欣的投入无垠的怀抱。他厌恶的是平安，自喜的是放纵与豪迈。无颜色的生涯，是他目中的荆棘；绝海与凶巇，是他爱自由的途径。他爱折玫瑰：为她的色香，亦为她冷酷的刺毒。他爱搏狂澜：为他的庄严与伟大，亦为他吞噬一切的天才，最是激发他探险与好奇的动机。他崇拜冲动：不可测，不可节，不可预逆，起，动，消歇皆在无形中，狂飙似的倏忽、猛烈与神秘。他崇拜斗争：从斗争中求剧烈的生命之意义，从斗争中求绝对的实在，在血染的战阵中，呼噭胜利之狂欢或歌败丧的哀曲。

幻象消灭是人生里命定的悲剧；青年的幻灭，更是悲剧中的悲剧，夜一般的沉黑，死一般的凶恶。纯粹的，猖狂的热情之火，不同阿拉伯的神灯，只能放射一时的异彩，不能永久的朗照；转瞬间，或许，便已敛熄了最后的焰舌，只留存有限的余烬与残灰，在未灭的余温里自伤与自慰。

流水之光，星之光，露珠之光，电之光，在青年的妙目中闪耀，我们不能不惊讶造化者艺术之神奇；然可怖的黑影，倦与衰，与饱餍的黑影，同时亦紧紧的跟着时日进行，仿佛是烦恼，痛苦，失败，或庸俗的尾曳，亦在转瞬间，彗星似的扫灭了我们最自傲的神辉——流水涸，明星没，露珠散灭，电闪不再！

在这艳丽的日辉中，只见愉悦与欢舞与生趣，希望，闪烁的希望，在荡漾，在无穷的碧空中，在绿叶的光泽里，在虫鸟的歌吟中，在青草的摇曳中——夏之荣华，春之成功。春光与希望，是长驻的；自然与人生，是调谐的。

在远处有福的山谷内，莲馨花在坡前微笑，稚羊在乱石间跳跃，牧童们，有的吹着芦笛，有的平卧在草地上，仰看变幻的浮游的白云，放射下的青影在初黄的稻田中缥缈地移过。在远处安乐的村中，有妙龄的村姑，在流涧边照映她自制的春裙；口衔烟斗的农夫三四，在预度秋收的丰盈，老妇人们坐在家门外阳光中取暖，她们的周围有不少的儿童，手擎着黄白的钱花在环舞与欢呼。

在远——远处的人间，有无限的平安与快乐，无限的春光……

在此暂时可以忘却无数的落蕊与残红；亦可以忘却花荫中掉下的枯叶，私语地预告三秋的情意；亦可以忘却苦恼的僵瘪的人间，阳光与雨露的殷勤，不能再恢复他们腮颊上生命的微笑；亦可以忘却纷争的互杀的人间，阳光与雨露的仁慈，不能感化他们凶恶的兽性；亦可以忘却庸俗的卑琐的人间，行云与朝露的丰姿，不能引逗他们刹那间的凝视；亦可以忘却自觉的失望的人间，绚烂的春时与媚草，只能反激他们悲伤的意绪。

我亦可以暂时忘却我自身的种种；忘却我童年期清风白水似的天真；忘却我少年期种种虚荣的希冀；忘却我渐次的生命的觉

悟；忘却我热烈的理想的寻求；忘却我心灵中乐观与悲观的斗争；忘却我攀登文艺高峰的艰辛；忘却刹那的启示与彻悟之神奇；忘却我生命潮流之骤转；忘却我陷落在危险的漩涡中之幸与不幸；忘却我追忆不完全的梦境；忘却我大海底里埋着的秘密；忘却曾经刳割我灵魂的利刃，炮烙我灵魂的烈焰，摧毁我灵魂的狂飙与暴雨；忘却我的深刻的怨与艾；忘却我的冀与愿；忘却我的恩泽与惠感；忘却我的过去与现在……

过去的实在，渐渐的膨胀，渐渐的模糊，渐渐的不可辨认；现在的实在，渐渐的收缩，逼成了意识的一线，细极狭极的一线，又裂成了无数不相联续的黑点……黑点亦渐次的隐翳，幻术似的灭了，灭了，一个可怕的黑暗的空虚……

悼沈叔薇[①]

沈叔薇是我的一个表兄,从小同学,高小中学(杭州一中)都是同班毕业的,他是今年九月死的。

叔薇,你竟然死了。我常常的想着你,你是我一生最密切的一个人,你的死是我的一个不可补偿的损失。我每次想到生与死的究竟时,我不定觉得生是可欲,死是可悲,我自己的经验与默察只使我相信生的底质是苦不是乐,是悲哀不是幸福,是泪不是笑,是拘束不是自由:因此从生入死,在我有时看来,只是解化了实体的存在,脱离了现象的世界,你原来能辨别苦乐,忍受磨折的性灵,在这最后的呼吸离窍的俄顷,又投入了一种异样的冒险,我们不能轻易的断定那一边没有阳光与人情的温慰,亦不能设想苦痛的灭绝。但生死间终究有一个不可掩讳的分别,不论你怎样的看法。出世是一件大事,死亡亦是一件大事,一个婴儿出母胎时他便与这生的世界开始了关系,这关系却不能随着他去后

[①] 作完于一九二四年十一月一日,初载于同年十一月十九日《晨报》副刊,署名志摩。

的躯壳埋掩，这一生与一死，不论相间的距离怎样的短，不论他生时的世界怎样的厌——这一生死便是一个不可销毁的事实。比如海水多受一次潮涨海滩便多受一次泛滥，我们全体的生命的滩沙里，我想，也存记着最微小的波动与影响……

而况我们人又是有感情的动物。在你活着的时候，我可以携着你的手，谈我们的谈，笑我们的笑，一同在野外仰望天上的繁星，或是共感秋风与落叶的悲凉……叔薇，你这几年虽则与我不易相见，虽则彼此处世的态度更不如童年时的一致，但我知道，我相信在你的心里还留着一部分给我的情意，因为你也在我的胸中永占着相当的关切。我忘不了你，你也忘不了我。每次我回家乡时，我往往在不曾解卸行装前已经亟亟的寻求，欣欣的重温你的伴侣。但如今在你我间的距离，不再是可以度量的里程，却是一切距离中最辽远的一种距离——生与死的距离。我下次重归乡土，再没有机会与你携手谈笑，再不能与你相与恣纵早年的狂态，我再到你们家去，至多只能抚摩你的寂寞的灵帏，仰望你的惨淡的遗容，或是手拿一把鲜花到你的坟前凭吊！

叔薇，我今晚在北京的寓里，在一个冷静的秋夜，倾听着风催落叶的秋声，咀嚼着为你兴起的哀思，这几行文字，虽则是随意写下，不成章节，但在这书写自来情感的俄顷，我仿佛又一度接近了你生前温驯的，谐趣的人格，仿佛又见着了你瘦脸上的枯涩的微笑——比在生前更谐合的更密切的接近。

我没有多少的话对你说，叔薇，你得宽恕我；当你在世时我们亦很少有相互倾吐的机会。你去世的那一天我来看你，那时你的头上，你的眉目间，已经刻画着死的晦色，我叫了你一声叔薇，你也从枕上侧面来回叫我一声志摩，那便是我们在永别前最后的缘分！我永远忘不了那时病榻前的情景！

  我前面说生命不定是可喜，死亦不定可畏：叔薇，你的一生尤其不曾尝味过生命里可能的乐趣，虽则你是天生的达观，从不曾慕羡虚荣的人间；你如其继续的活着，支撑着你的多病的筋骨，委蛇你无多沾恋的家庭，我敢说这样的生转不如撒手去了的干净！况且你生前至爱的骨肉，亦久已不在人间，你的生身的爹娘，你的过继的爹娘（你的姑母），你的姊妹——可怜娟姊，我始终不曾一度凭吊——还有你的爱妻，他们都在坟墓的那一边满开着他们天伦的怀抱，守候着他们最爱的"老五"，共享永久的安闲……

十一月一日早三时　你的表弟志摩

伤双括老人[①]

看来你的死是无可置疑的了，宗孟先生，虽则你的家人们到今天还没法寻回你的残骸。最初消息来时，我只是不信，那其实是太突兀，太荒唐，太不近情。我曾经几回梦见你生还，叙述你历险的始末，多活现的梦境！但如今在梧树凋尽了青枝的庭院，再不闻"老人"的謦欬；真的没了，四壁的白联仿佛在微风中叹息。这三四十天来，哭你有你的内眷、姊妹、亲戚，悼你的私交；惜你有你的政友与国内无数爱君才调的士夫。志摩是你的一个忘年的小友。我不来敷陈你的事功，不来历叙你的言行；我也不来再加一份涕泪吊你最后的惨变。魂兮归来！此时在一个风满天的深夜握笔，就只两件事闪闪的在我心头：一是你的谐趣天成的风怀，一是髫年失怙的诸弟妹，他们，你在时，那一息不是你的关切，便如今，料想你彷徨的阴魂也常在他们的身畔飘逗。平

[①] 双括老人，即林长民，字宗孟，晚清立宪派人士，辛亥革命后曾任临时参议院和众议院秘书长，一九一七年任北洋政府司法总长。一九二五年十二月死于奉系军阀张作霖与其部下郭松龄的混战。本文原载一九二六年二月三日《晨报》副刊，收入《自剖文集》。

时相见，我倾倒你的语妙，往往含笑静听，不叫我的笨涩羼杂你的莹彻，但此后，可恨这生死间无情的阻隔，我再没有那样的清福了！只当你是在我跟前，只当是消磨长夜的闲谈，我此时对你说些琐碎，想来你不至厌烦罢。

先说说你的弟妹。你知道我与小孩子们说得来，每回我到你家去，他们一群四五个，连着眼珠最黑的小五，浪一般的拥上我的身来，牵住我的手，攀住我的头，问这样，问那样；我要走时他们就着了忙，抢帽子的，锁门的，嘎着声音苦求的——你也曾见过我的狼狈。自从你的噩耗到后，可怜的孩子们，从不满四岁到十一岁，那懂得生死的意义，但看了大人们严肃的神情，他们也都发了呆，一个个木鸡似的在人前愣着。有一天听说他们私下在商量，想组织一队童子军，冲出山海关去替爸爸报仇！

"梫安"那虚报到的一个早上，我正在你家。忽然间一阵天翻似的闹声从外院陡起，一群孩子拥着一位手拿电纸的大声的欢呼着，冲锋似的陷进了上房。果然是大胜利，该得庆祝的："爹爹没有事！""爹爹好好的！"徽①那里平安电马上发了去，省她急。福州电也发了去，省他们跋涉。但这欢喜的风景运定活不到三天，又叫接着来的消息给完全煞尽！

当初送你同去的诸君回来，证实了你的死信。那晚，你的骨肉一个个走进你的卧房，各自默恻恻的坐下，阿，那一阵子最难堪的噤寂，千万种痛心的思潮在各个人的心头，在这沉默的暗惨中，激荡，汹涌，起伏。可怜的孩子们也都泪滢滢的攒聚在一处，相互的偎着，半懂得情景的严重。霎时间，冲破这沉默，发

---

① 徽，即林徽因（1905—1955），林长民的女儿，建筑学家，当时在美国留学。

动了放声的号啕，骨肉间至性的悲哀——你听着吗，宗孟先生，那晚有半轮黄月斜觇着北海白塔的凄凉？

我知道你不能忘情这一群童稚的弟妹。前晚我去你家时见小四小五在灵帏前翻着跟斗，正如你在时他们常在你的跟前献技。"你爹呢？"我拉住他们问。"爹死了。"他们嘻嘻的回答，小五搂住了小四，一和身又滚做一堆！他们将来的养育是你身后惟一的问题——说到这里，我不由的想起了你离京前最后几回的谈话。政治生活，你说你不但尝够而且厌烦了。这五十年算是一个结束，明年起你准备谢绝俗缘，亲自教课膝前的子女；这一清心你就可以用功你的书法，你自觉你腕下的精力，老来只是健进，你打算再化二十年工夫，打磨你艺术的天才；文章你本来不弱，但你想望的却不是什么等身的著述，你只求沥一生的心得，淘成三两篇不易衰朽的纯晶。这在你是一种觉悟；早年在国外初识面时，你每每自负你政治的异禀，即在年前避居津地时你还以为前途不少有为的希望，直至最近政态诡变，你才内省厌倦，认真想回复你书生逸士的生涯。我从最初惊讶你清奇的相貌，惊讶你更清奇的谈吐，我便不阿附你从政的热心，曾经有多少次我讽劝你趁早回航，领导这新时期的精神，共同发现文艺的新土。即如前年泰戈尔来时，你那兴会正不让我们年轻人；你这半百翁登台演戏，不辞劳倦的精神正不知给了我们多少的鼓舞！

不，你不是"老人"；你至少是我们后生中间的一个。在你的精神里，我们看不见苍苍的鬓发，看不见五十年光阴的痕迹；你的依旧是二三十年前《春痕》故事里的"逸"的风情——"万种风情无地着"，是你最得意的名句，谁料这下文竟命定是"辽原白雪葬华颠"！

谁说你不是君房①的后身？可惜当时不曾记下你摇曳多姿的吐属，蓓蕾似的满缀着警句与谐趣，在此时回忆，只如天海远处的点点航影，再也认不分明。你常常自称厌世人。果然，这世界，这人情，那禁得起你锐利的理智的解剖与抉剔？你的锋芒，有人说，是你一生最吃亏的所在。但你厌恶的是虚伪，是矫情，是顽老，是乡愿的面目，那还不是该的？谁有你的豪爽，谁有你的倜傥，谁有你的幽默？你的锋芒，即使露，也决不是完全在他人身上应用，你何尝放过你自己来？对己一如对人，你丝毫不存姑息，不存隐讳。这就够难能，在这无往不是矫揉的日子。再没有第二人，除了你，能给我这样脆爽的清谈的愉快。再没有第二人在我的前辈中，除了你，能使我感受这样的无"执"无"我"精神。

　　最可怜是远在海外的徽徽，她，你曾经对我说，是你唯一的知己；你，她也曾对我说，是她唯一的知己。你们这父女不是寻常的父女。"做一个有天才的女儿的父亲，"你曾说，"不是容易享的福，你得放低你天伦的辈分先求做到友谊的了解。"徽，不用说，一生崇拜的就只你，她一生理想的计划中，那件事离得了聪明不让她自己的老父？但如今，说也可怜，一切都成了梦幻，隔着这万里途程，她那弱小的心灵如何载得起这奇重的哀惨！这终天的缺陷，叫她问谁补去？佑着她吧，你不昧的阴灵，宗孟先生，给她健康，给她幸福，尤其给她艺术的灵术——同时提携她的弟妹，共同增荣雪池双柘的清名！

二月二日新月社

---

① 君房，疑指张君房，宋代官僚、学者，曾修校《道藏》，并撮其精要，辑成《云笈七签》一书。

自　剖[①]

　　我是个好动的人,每回我身体行动的时候,我的思想也仿佛就跟着跳荡。我做的诗,不论它们是怎样的"无聊",有不少是在行旅期中想起的。我爱动,爱看动的事物,爱活泼的人,爱水,爱空中的飞鸟,爱车窗外掣过的田野山水。星光的闪动,草叶上露珠的颤动,花须在微风中的摇动,雷雨时云空的变动,大海中波涛的汹涌,都是在触动我感兴的情景。是动,不论是什么性质,就是我的兴趣,我的灵感。是动就会催快我的呼吸,加添我的生命。

　　近来却大大的变样了。第一我自身的肢体,已不如原先灵活;我的心也同样的感受了不知是年岁还是什么的拘絷。动的现象再不能给我欢喜,给我启示。先前我看着在阳光中闪烁的金波,就仿佛看见了神仙宫阙——什么荒诞美丽的幻觉,不在我的脑中一闪闪的掠过;现在不同了,阳光只是阳光,流波只是流波,任凭景色怎样的灿烂,再也照不化我的呆木的心灵。我的思

[①] 原载一九二六年四月三日《晨报》副刊。

想,如其偶尔有,也只似岩石上的藤萝,贴着枯干的粗糙的石面,极困难的蜒着;颜色是苍黑的,姿态是倔强的。

我自己也不懂得何以这变迁来得这样的兀突,这样的深彻。原先我在人前自觉竟是一注的流泉,在在有飞沫,在在有闪光;现在这泉眼,如其还在,仿佛是叫一块石板不留余隙的给镇住了。我再没有先前那样蓬勃的情趣,每回我想说话的时候,就觉着那石块的重压,怎么也掀不动,怎么也推不开,结果只能自安沉默!"你再不用想什么了,你再没有什么可想的了";"你再不用开口了,你再没有什么话可说的了",我常觉得我沉闷的心府里有这样半嘲讽半吊唁的谆嘱。

说来我思想上或经验上也并不曾经受什么过分剧烈的戟刺。我处境是向来顺的,现在,如其有不同,只是更顺了的。那么为什么这变迁?远的不说,就比如我年前到欧洲去时的心境:啊!我那时还不是一只初长毛角的野鹿?什么颜色不激动我的视觉,什么香味不奋兴我的嗅觉?我记得我在意大利写游记的时候,情绪是何等的活泼,兴趣何等的醇厚,一路来眼见耳听心感的种种,那一样不活栩栩的丛集在我的笔端,争求充分的表现!如今呢?我这次到南方去,来回也有一个多月的光景,这期内眼见耳听心感的事物也该有不少。我未动身前,又何尝不自喜此去又可以有机会饱餐西湖的风色,邓尉的梅香——单提一两件最合我脾胃的事。有好多朋友也曾期望我在这闲暇的假期中采集一点江南风趣,归来时,至少也该带回一两篇爽口的诗文,给在北京泥土的空气中活命的朋友们一些清醒的消遣。但在事实上不但在南中时我白瞪着大眼,看天亮换天昏,又闭上了眼,拼天昏换天亮,一枝秃笔跟着我涉海去,又跟着我涉海回来,正如岩洞里的一根石笋,压根儿就没一点摇动的消息;就在我回京后这十来天,任凭朋友们怎样的催促,自己良心怎样的责备,我的笔尖上还是滴不出一点墨来。我也曾勉强想想,勉强想写,但到底还是白费!可怕是这心灵骤然的呆顿。完全死了不成?我自己在疑惑。

说来是时局也许有关系。我到京几天就逢着空前的血案。五卅事件发生时我正在意大利山中,采茉莉花编花篮儿玩,翡冷翠山中只见明星与流萤的交唤,花香与山色的温存,俗氛是吹不到的。直到七月间到了伦敦,我才理会国内风光的惨淡,等得我赶回来时,设想中的激昂,又早变成了明日黄花,看得见的痕迹只有满城黄墙上墨彩斑斓的"泣告"!

这回却不同。屠杀的事实不仅是在我住的城子里发见,我有时竟觉得是我自己的灵府里的一个惨象。杀死的不仅是青年们的生命,我自己的思想也仿佛遭着了致命的打击,比是国务院前的断脰残肢,再也不能回复生动与连贯。但这深刻的难受在我是无名的,是不能完全解释的。这回事变的奇惨性引起愤慨与悲切是一件事,但同时我们也知道在这根本起变态作用的社会里,什么怪诞的情形都是可能的。屠杀无辜,还不是近年来最平常的现象。自从内战纠结以来,在受战祸的区域内,那一处村落不曾分到过遭奸污的女性,屠残的骨肉,供牺牲的生命财产?这无非是给冤氛团结的地面上多添一团更集中更鲜艳的怨毒。再说那一个民族的解放史能不浓浓的染着 Martyrs 的腔血?俄国革命的开幕就是二十年前冬宫的血景。只要我们有识力认定,有胆量实行,我们理想中的革命,这回羔羊的血就不会是白涂的。所以我个人的沉闷决不完全是这回惨案引起的感情作用。

爱和平是我的生性。在怨毒,猜忌,残杀的空气中,我的神经每每感受一种不可名状的压迫。记得前年奉直战争时我过的那日子简直是一团黑漆,每晚更深时,独自抱着脑壳伏在书桌上受罪,仿佛整个时代的沉闷盖在我的头顶——直到写下了《毒药》那几首不成形的咒诅诗以后,我心头的紧张才渐渐的缓和下去。这回又有同样的情形;只觉着烦,只觉着闷,感想来时只是破碎,笔头只是笨滞。结果身体也不舒畅,像是蜡油涂抹住了全身毛窍似的难过,一天过去了又是一天,我这里又在重演更深独坐箍紧脑壳的姿势,窗外皎洁的月光,分明是在嘲讽我内心的枯窘!

不,我还得往更深处按。我不能叫这时局来替我思想骤然的呆顿负责,我得往我自己生活的底里找去。

平常有几种原因可以影响我们的心灵活动。实际生活的牵掣可以劫去我们心灵所需要的闲暇,积成一种压迫。在某种热烈的想望不曾得满足时,我们感觉精神上的烦闷与焦躁,失望更是颠覆内心平衡的一个大原因;较剧烈的种类可以麻痹我们的灵智,淹没我们的理性。但这些都合不上我的病源;因为我在实际生活里已经得到十分的幸运,我的潜在意识里,我敢说不该有什么压着的欲望在作怪。

但是在实际上反过来看,另有一种情形可以阻塞或是减少你心灵的活动。我们知道舒服、健康、幸福,是人生的目标,我们因此推想我们痛苦的起点是在望见那些目标而得不到的时候。我们常听人说"假如我像某人那样生活无忧我一定可以好好的做事,不比现在整天的精神全化在琐碎的烦恼上。"我们又听说"我不能做事就为身体太坏,若是精神来得,那就……"我们又常常设想幸福的境界,我们想"只要有一个意中人在跟前那我一定奋发,什么事做不到?"但是不,在事实上,舒服、健康、幸福,不但不一定是帮助或奖励心灵生活的条件,它们有时正得相反的效果。我们看不起有钱人,在社会上得意人,肌肉过分发展的运动家,也正在此;至于年少人幻想中的美满幸福,我敢说等得当真有了红袖添香,你的书也就读不出所以然来,且不说什么在学问上或艺术上更认真的工作。

那么生活的满足是我的病源吗?

"在先前的日子",一个真知我的朋友,就说:"正为是你生活不得平衡,正为你有欲望不得满足,你的压在内里的 Libido 就形成一种升华的现象,结果你就借文学来发泄你生理上的郁结(你不常说你从事文学是一件不预期的事吗?);这情形又容易在你的意识里形成一种虚幻的希望,因为你的写作得到一部分赞许,你就自以为确有相当创作的天赋以及独立思想的能力。但你只是自冤自,实在你并没有什么超人一等的天赋,你的设想多半是虚荣,你的以前的成绩只是升华的结果。所以现在等得你生活换了样,感情上有了安顿,你就发见你向来写作的来源顿呈萎缩甚至枯竭的现象;而你又不愿意承认这情形的实在,妄想到你身子以外去找你思想枯窘的原因,所以你就不由的感到深刻的烦闷。你只是对你自己生气,不甘心承认你自己的本相。不,你原来并没有三头六臂的!

"你对文艺并没有真兴趣,对学问并没有真热心。你本来没有什么更高的志愿,除了相当合理的生活,你只配安分做一个平常人,享你命里注定的'幸福';在事业界,在文艺创作界,在学问界内,全没有你的位置,你真的没有那能耐。不信你只要自问在你心里的心里有没有那无形的'推力',整天整夜的恼着你,逼着你，督着你，放开实际生活的全部，单望着不可捉摸的创作境界里去冒险？是的，顶明显的关键就是那无形的推力或是冲动（The Impulse），没有它人类就没有科学，没有文学，没有艺术，没有一切超越功利实用性质的创作。你知道在国外（国内当然也有，许没那样多）有多少人被这无形的推力驱使着，在实际生活上变成一种离魂病性质的变态动物，不但人间所有的虚荣永远沾不上他们的思想，就连维持生命的睡眠饮食，在他们都失了重要，他们全部的心力只是在他们那无形的推力所指示的特殊方向上集中应用。怪不得有人说天才是疯癫；我们在巴黎伦敦不就到处碰得着这类怪人？如其他是一个美术家，恼着他的就只怎样可以完全表现他那理想中的形体；一个线条的准确，某种色彩的调谐，在他会得比他生身父母的生死与国家的存亡更重要，更迫切，更要求注意。我们知道专门学者有终身掘坟墓的，研究蚊虫生理的，观察亿万万里外一个星期的动定的。并且他们决不问社会对于他们的劳力有否任何的认识，那就是虚荣的进路；他们是被一点无形的推力的魔鬼蛊定了的。

"这是关于文艺创作的话。你自问有没有这种情形。你也许经验过什么'灵感'，那也许有，但你却不要把刹那误认作永久的，虚幻认作真实。至于说思想与真实学问的话，那也得背后有一种推力，方向许不同，性质还是不变。做学问你得有原动的好奇心，得有天然热情的态度去做求知识的工夫。真思想家的准备，除了特强的理智，还得有一种原动的信仰；信仰或寻求信仰，是一切思想的出发点：极端的怀疑派思想也只是期望重新位置信仰的一种努力。从古来没有一个思想家不是宗教性的。在他们，各按各的倾向，一切人生的和理智的问题是实在有的；神的有无，善与恶，本体问题，认识问题，意志自由问题，在他们看来都是含逼迫性的现象，要求合理的解答——比山岭的崇高，水的流动，爱的甜蜜更真，更实在，更耸动。他们的一点心灵，就永远在他们设想的一种或多种问题的周围飞舞，旋绕，正如灯蛾之于火焰：牺牲自身来贯彻火焰中心的秘密，是他们共有的决心。

"这种惨烈的情形，你怕也没有吧？我不说你的心幕上就没有思想的影子；但它们怕只是虚影，像水面上的云影，云过影子就跟着消散，不是石上的溜痕越日久越深刻。

"这样说下来，你倒可以安心了！因为个人最大的悲剧是设想一个虚无的境界来谎骗你自己；骗不到底的时候你就得忍受'幻灭'的莫大的苦痛。与其那样，还不如及早认清自己的深浅，不要把不必要的负担，放上支撑不住的肩背，压坏你自己，还难免旁人的笑话！朋友，不要迷了，定下心来享你现成的福分吧；思想不是你的分，文艺创作不是你的分，独立的事业更不是你的分！天生扛了重担来的那也没法想。（那一个天才不是活受罪！）你是原来轻松的，这是多可羡慕，多可贺喜的一个发现！算了吧，朋友！"

三月二十五至四月一日

我的彼得①

新近有一天晚上,我在一个地方听音乐,一个不相识的小孩,约摸八九岁光景,过来坐在我的身边,他说的话我不懂,我也不易使他懂我的话,那可并不妨事,因为在几分钟内我们已经是很好的朋友,他拉着我的手,我拉着他的手,一同听台上的音乐。他年纪虽则小,他音乐的兴趣已经很深:他比着手势告我他也有一张提琴,他会拉,并且说那几个是他已经学会的调子。他那资质的敏慧,性情的柔和,体态的秀美,不能使人不爱;而况我本来是喜欢小孩们的。

但那晚虽则结识了一个可爱的小友,我心里却并不快爽;因为不仅见着他使我想起你,我的小彼得,并且在他活泼的神情里我想见了你,彼得,假如你长大的话,与他同年龄的影子。你在时,与他一样,也是爱音乐的;虽则你回去的时候刚满三岁,你爱好音乐的故事,从你襁褓时起,我屡次听你妈与你的"大大"

---

① 彼得,徐志摩与前妻张幼仪生的第二个孩子,生于德国,故又名德生,1925年三岁时死于柏林。原载《自剖文集》,新月书店一九二八年一月初版。

讲，不但是十分的有趣可爱，竟可说是你有天赋的凭证，在你最初开口学话的日子，你妈已经写信给我，说你听着了音乐便异常的快活，说你在坐车里常常伸出你的小手在车栏上跟着音乐按拍；你稍大些会得淘气的时候，你妈说，只要把话匣开上，你便在旁边乖乖的坐着静听，再也不出声不闹——并且你有的是可惊的口味，是贝德花芬①是槐格纳②你就爱，要是中国的戏片，你便盖没了你的小耳，决意不让无意味的锣鼓，打搅你的清听！你的大大（她多疼你！）讲给我听你得小提琴的故事：怎样那晚上买琴来的时候你已经在你的小床上睡好，怎样她们为怕你起来闹，赶快灭了灯亮把琴放在你的床边，怎样你这小机灵早已看见，却偏不作声，等你妈与大大都上了床，你才偷偷的爬起来，摸着了你的宝贝，再也忍不住你的技痒，站在漆黑的床边，就开始施展你"截桑柴"的本领，后来怎样她们干涉了你，你便乖乖的把琴抱进你的床去，一起安眠。她们又讲你怎样欢喜拿着一根短棍站在桌上模仿音乐会的导师，你那认真的神情常常叫在座人大笑。此外还有不少趣话，大大记得最清楚，她都讲给我听过；但这几件故事已够见证你小小的灵性里早长着音乐的慧根。实际我与你妈早经同意想叫你长大时留在德国学习音乐；——谁知道在你的早殇里我们失去了一个可能的毛赞德③（Mozart）：在中国音乐最饥荒的日子，难得见这一点希冀的青芽，又教运命无情的脚跟踏倒，想起怎不可伤？

---

① 贝德花芬，通译贝多芬（1770—1827），德国作曲家。
② 槐格纳，通译瓦格纳（1813—1883），德国作曲家。
③ 毛赞德，通译莫扎特（1756—1791），奥地利作曲家，自幼随父学琴，有音乐"神童"之称。

彼得，可爱的小彼得，我"算是"你的父亲，但想起我做父亲的往迹，我心头便涌起了不少的感想；我的话你是永远听不着了，但我想借这悼念你的机会，稍稍疏泄我的积愫，在这不自然的世界上，与我境遇相似或更不如的当不在少数，因此我想说的话或许还有人听，竟许有人同情。就是你妈，彼得，她也何尝有一天接近过快乐与幸福，但她在她同样不幸的境遇中证明她的智断，她的忍耐，尤其是她的勇敢与胆量；所以至少她，我敢相信，可以懂得我话里意味的深浅，也只有她，我敢说，最有资格指证或相诠释——在她有机会时——我的情感的真际。

但我的情愫！是怨，是恨，是忏悔，是怅惘？对着这不完全，不如意的人生，谁没有怨，谁没有恨，谁没有怅惘？除了天生颠顶的，谁不曾在他生命的经途中——葛德①说的——和着悲哀吞他的饭，谁不曾拥着半夜的孤衾饮泣？我们应得感谢上苍的是他不可度量的心裁，不但在生物的境界中他创造了不可计数的种类，就这悲哀的人生也是因人差异，各个不同，——同是一个碎心，却没有同样的碎痕，同是一滴眼泪，却难寻同样的泪晶。

彼得我爱，我说过我是你的父亲。但我最后见你的时候你才不满四月，这次我再来欧洲你已经早一个星期回去，我见着的只是你的遗像，那太可爱，与你一撮的遗灰，那太可惨。你生前日常把弄的玩具——小车，小马，小鹅，小琴，小书——你妈曾经件件的指给我看，你在时穿着的衣、褂、鞋、帽，你妈与你大大也曾含着眼泪从箱里理出来给我抚摩，同时她们讲你生前的故事，直到你的影像活现在我的眼前，你的脚踪仿佛在楼板上踹

---

① 葛德，通译歌德（1749—1832），德国诗人。

响。你是不认识你父亲的,彼得,虽则我听说他的名字常在你的口边,他的肖像也常受你小口的亲吻,多谢你妈与你大大的慈爱与真挚,她们不仅永远把你放在她们心坎的底里,她们也使我,没福见着你的父亲,知道你,认识你,爱你,也把你的影像,活泼,美慧,可爱,永远镂上了我的心版。那天在柏林的会馆里,我手捧着那收存你遗灰的锡瓶,你妈与你七舅站在旁边止不住滴泪,你的大大哽咽着,把一个小花圈挂上你的门前——那时间我,你的父亲,觉着心里有一个尖锐的刺痛,这才初次明白曾经有一点血肉从我自己的生命里分出,这才觉着父性的爱像泉眼似的在性灵里汩汩的流出;只可惜是迟了,这慈爱的甘液不能救活已经萎折了的鲜花,只能在他纪念日的周遭永远无声的流转。

彼得,我说我要借这机会稍稍爬梳我年来的郁积,但那也不见得容易;要说的话仿佛就在口边,但你要它们的时候,它们又不在口边:像是长在大块岩石底下的嫩草,你得有力量翻起那岩石才能把它不伤损的连根起出——谁知道那根长的多深!是恨,是怨,是忏悔,是怅惘?许是恨,许是怨,许是忏悔,许是怅惘。荆棘刺入了行路人的胫踝,他才知道这路的难走;但为什么有荆棘?是它们自己长着,还是有人成心种着的?也许是你自己种下的?至少你不能完全抱怨荆棘:一则因为这道是你自愿才来走的,再则因为那刺伤是你自己的脚踏上了荆棘的结果,不是荆棘自动来刺你——但又谁知道?因此我有时想,彼得,像你倒真是聪明:你来时是一团活泼,光亮的天真,你去时也还是一个光亮,活泼的灵魂;你来人间真像是短期的作客,你知道的是慈母的爱,阳光的和暖与花草的美丽,你离开了妈的怀抱,你回到了天父的怀抱,我想他听你欣欣的回报这番作客——只尝甜浆,不吞苦水——的经验，他上年纪的脸上一定满布着笑容——你的小脚踝上不曾碰着过无情的荆棘，你穿来的白衣不曾沾着一斑的泥污。

但我们，比你住久的，彼得，却不是来作客；我们是遭放逐，无形的解差永远在后背催逼着我们赶道：为什么受罪，前途是那里，我们始终不曾明白，我们明白的只是底下流血的胫踝，只是这无恩的长路，这时候想回头已经太迟，想中止也不可能，我们真的羡慕，彼得，像你那谪期的简净。

在这道上遭受的，彼得，还不止是难，不止是苦，最难堪的是逐步相追的嘲讽，身影似的不可解脱。我既是你的父亲，彼得，比方说，为什么我不能在你的生前，日子虽短，给你应得的慈爱，为什么要到这时候，你已经去了不再回来，我才觉着骨肉的关连？并且假如我这番不到欧洲，假如我在万里外接到你的死耗，我怕我只能看作水面上的云影，来时自来，去时自去：正如你生前我不知欣喜，你在时我不知爱惜，你去时也不能过分动我的情感。我自分不是无情，不是寡恩，为什么我对自身的血肉，反是这般不近情的冷漠？彼得，我问为什么，这问的后身便是无限的隐痛；我不能怨，我不能恨，更无从悔，我只是怅惘，我只能问！明知是自苦的揶揄，但我只能忍受。而况揶揄还不止此，我自身的父母，何尝不赤心的爱我；但他们的爱却正是造成我痛苦的原因；我自己也何尝不笃爱我的双亲，但我不仅不能尽我的责任，不仅不曾给他们想望的快乐，我，他们的独子，也不免加添他们的烦愁，造作他们的痛苦，这又是为什么？在这里，我也是一般的不能恨，不能怨，更无从悔，我只是怅惘——我只能问。昨天我是个孩子，今天已是壮年；昨天腮边还带着圆润的笑窝,今天头上已见星星的白发;光阴带走的往迹,再也不容追赎,留下在我们心头的只是些揶揄的鬼影;我们在这道上偶尔停步回想的时候,只能投一个虚圈的"假使当初",解嘲已往的一切。但已往的教训,即使有,也不能给我们利益,因为前途还是不减启程时的渺茫,我们还是不能选择自由的途径——到那天我们无形的解差喝住的时候,我们惟一的权利,我猜想,也只是再丢一个虚圈更大的"假使",圆满这全程的寂寞,那就是止境了。

家 德[①]

家德住我们家已有十多年了。他初来的时候嘴上光光的还算是个壮夫,头上不见一茎白毛,挑着重担到车站去不觉得乏。逢着什么吃重的工作他总是说"我来!"他实在是来得的。现在可不同了。谁问他"家德,你怎么了,头发都白了?"他就回答"人总要老的,我今年五十八,头发不白几时白?"他不但发白,他上唇疏朗朗的两披八字胡也见花了。

他算是我们家的"做生活",但他,据我娘说,除了吃饭住,却不拿工钱。不是我们家不给他,是他自己不要。打头儿就不要。"我就要吃饭住。"他说。我记得有一两回我因为他替我挑行李上车站给他钱,他就瞪大了眼说,"给我钱做什么?"我以为他嫌少,拿几毛换一块圆钱再给他,可是他还是"给我钱做什么?"更高声的抗议。你再说也是白费,因为他有他的理性。吃谁家的饭就该为谁家做事,给我钱做什么?

[①] 载一九二九年二月十日《新月》月刊第一卷第十二期。初收一九三〇年四月上海中华书局《轮盘》。

但他并不是主义的不收钱。镇上别人家有丧事喜事来叫他去帮忙的，做完了有赏封什么给他，他受。"我今天又'摸了'钱了。"他一回家就欣欣的报告他的伙伴。他另有一种能耐，几乎是专门的，那叫做"赞神歌"。谁家许了愿请神，就非得他去使开了他那不是不圆润的粗嗓子唱一种有节奏有顿挫的诗句赞美各种神道。奎星、纯阳祖师、关帝、梨山老母，都得他来赞美。小孩儿时候我们最爱看请神：一来热闹，厅上摆得花绿绿，点得亮亮的；二来可以借口到深夜不回房去睡；三来可以听家德的神歌。乐器停了他唱，唱完乐又作。他唱什么听不清，分得清的只"浪溜圆"三个字，因为他几乎每开口必有浪溜圆。他那唱的音调就像是在厅的顶梁上绕着，又像是暖天细雨似的在你身上匀匀的洒，反正听着心里就觉得舒服，心一舒服小眼就闭上，这样极容易在妈或是阿妈的身上靠着甜甜的睡了。到明天在床里醒过来时耳边还绕着家德那圆圆的甜甜的浪溜圆。家德唱了神歌想来一定到手钱，这他也不辞，但他更看重的是他应分到手的一块祭肉。肉太肥或太瘦都不能使他满意："肉总得像一块肉。"他说。

"家德，唱一点神歌听听。"我们在家时常常央着他唱，但他总是板着脸回说"神歌是唱给神听的"，虽则他有时心里一高兴或是低着头做什么手工他口里往往低声在那里浪溜他的圆。听说他近几年来不唱了。他推说忘了，但他实在以为自己嗓子干了，唱起来不能原先那样圆转如意所以决意不再去神前献丑了。

他在我家实在也做不少的事。每天天一亮他就从他的破烂被窝里爬起身。一重重的门是归他开的，晚上也是他关的时候多。有时老妈子不凑手他就帮着煮粥烧饭。挑行李是他的事，送礼是他的事，劈柴是他的事。最近因为父亲常自己烧檀香，他就少劈柴，多劈檀香。我时常见跨坐在一条长凳上戴着一副白铜边老花眼镜伛着背细细的劈。"你的镜子多少钱买的，家德？""两只角子。"他头也不抬的说。

我们家后面那个"花园"也是他管的。蔬菜，各样的，是他种的。每天浇，摘去焦枯叶子，厨房要用时采，都是他的事。花也是他种的，有月季，有山茶，有玫瑰，有红梅与腊梅，有美人蕉，有桃，有李，有不开花的兰，有葵花，有蟹爪菊，有可以染指甲的凤仙，有比鸡冠大到好几倍的鸡冠。关于每一种花他都有不少话讲：花的脾，花的胃，花的颜色，花的这样那样。梅花有单瓣双瓣，兰有荤心素心，山茶有家有野，这些简单，但在小孩儿时听来有趣的知识，都是他教给我们的。他是博学得可佩服。他不仅能看书能写，还能讲书，讲得比学堂里先生上课时讲的有趣味得多。我们最喜欢他讲《岳传》里的岳老爷。岳老爷出世，岳老爷归天，东窗事发，莫须有三字构成冤狱，岳雷上坟，诸仙镇八大锤——唷，那热闹就不用提了。他讲得我们笑，他讲得我们哭，他讲得我们着急，但他再不能讲得使我们瞌睡，那是学堂里所有的先生们比他强的地方。

也不知是谁给他传的，我们都相信家德曾经在乡村里教过书。也许是实有的事，像他那样的学问在乡里还不是数一数二的。可是他自己不认。我新近又问他，他还是不认。我问他当初念些什么书。他回一句话使我吃惊。他说我念的书是你们念不到的。那更得请教，长长见识也好。他不说念书，他说读书。他当初读的是《百家姓》《千字文》《神童诗》——还有呢？还有《酒书》。什么？《酒书》，他说。什么叫《酒书》？《酒书》你不知道，他仰头笑着说，《酒书》是教人吃酒的书。真的有这样一部书吗？他不骗人，但教师他可从不曾做过。他现在口授人念经。他会念不少的经，从《心经》到《金刚经》全部，背得溜熟的。

他学念佛念经是新近的事。早三年他病了，发寒热。他一天对人说怕好不了，身子像是在大海里浮着，脑袋也发散得没有个边，他说。他死一点也不愁，不说怕。家里就有一个老娘，他不放心，此外妻子他都不在意。一个人总要死的，他说。他果然昏晕了一阵子，他床前站着三四个他的伙伴。他苏醒时自己说，"就可惜这一生一世没有念过佛，吃过斋，想来只可等待来世的了。"说完这话他又闭上了眼，仿佛是隐隐念着佛。事后他自以为这一句话救了他的命，因为他竟然又好起了。从此起他就吃上了净素，开始念经，现在他早晚都得做他的功课。

我不说他到我们家有十几年了吗，原先他在一个小学校里做当差。我做学生的时候他已经在。他的一个同事我也记得，叫矮子小二，矮得出奇，而且天生是一个小二的嘴脸。家德是校长先生用他进去的。他初起工钱每月八百文，后来每年按加二百文，一直加到二千文的正薪，那不算少。矮子小二想来没有读过什么《酒书》，但他可爱喝一杯两杯的，不比家德读了酒书倒反而不喝。小二喝醉了回校不发脾气就倒上床，他的一份事就得家德兼做。后来矮子小二因为偷了学校的用品到外边去换钱使发觉了被斥退。家德不久也离开学校，但他是为另一种理由。他的是自动辞职，因为用他进去的校长不做校长了，所以他也不愿再做下去。有一天他托一个乡绅到我们家来说要到我们家住，也不说别的话。从那时起家德就长住我们家了。

他自己乡里有家。有一个娘，有一个妻，有三个儿子，好的两个死了，剩下一个是不好的。他对妻的感情，按我妈对我说，是极坏。但早先他过一时还得回家去，不是为妻，是为娘。也为娘他不能不对他妻多少耐着性子。但是谢谢天，现在他不用再耐，因为他娘已经死了。他再也不回家去，积了一些钱也不再往家寄。妻不成材，儿子也没有淘成，他养家已有三十多年，儿子也近三十，该得担当家，他现在不管也没有什么亏心的了。他恨他妻多半是为她不孝顺他的娘，这最使他痛心。他妻有时到镇上来看他，问他要钱，他一见她的影子都觉得头痛，她一到他就跑，她说话他做哑巴，她闹他到庭心里去伏在地下劈柴。有一回他接他娘出来看迎灯，让她睡他自己的床，盖他自己的棉被，他自己在灶边铺些稻柴不脱衣服睡。下一天他妻也赶来了，从厨房的门缝里张见他开着笑口用筷检一块肥肉给他脱尽了牙翘着个下巴的老娘吃。她就在门外大声哭闹。他过去拿门给堵上了，捡更肥的肉给娘，更高声的说他的笑话，逗他娘和厨下别人的乐。晚上他妻上楼见他娘睡家德自己的床，盖他自己的被，回下来又和他哭闹——他从后门往外跑了。

他一见他娘就开口笑，说话没有一句不逗人乐。他娘见他乐也乐，翘着一个干瘪下巴眯着一双皱皮眼不住的笑，厨房里顿时添了无穷的生趣。晚上在门口看灯，家德忙着招呼他娘，端着一条长凳或是一只方板凳，半抱着她站上去，连声的问看得见了不，自己躲在后背双手扶着她防她闪。看完了灯他拿一只碗到巷口去买一碗大肉面汤一两烧酒给他娘吃，吃完了送她上楼睡去。"又要你用钱，家德。"他娘说。"喔，这算什么，我有的是钱！"家德就对他妈背他最近的进益，黄家的丧事到手三百六，李家的喜事到手五角小洋，还有这样那样的，尽他娘用都用不完，这一点点算什么的！

　　家德的娘来了，是一件大新闻。家德自己起劲不必说，我们上下一家子都觉得高兴。谁都爱看家德跟他娘在一起的神情，谁都爱听他母子俩甜甜的谈话。又有趣，又使人感动。那位乡下老太太，穿紫棉绸衫梳元宝髻的，看着她那头发已经斑白的儿子，心里不知有多么得意。就算家德做了皇帝，她也不能更开心。"家德！"她时常尖声的叫，但等得家德赶忙回过头问"娘，要啥"，她又就只眯着一双皱皮眼甜甜的笑，再没有话说。她也许是忘了她想着要说的话，也许她就爱那么叫她儿子一声。这来屋子里的人就笑，家德也笑，她也笑。家德在她娘的跟前，拖着早过半百的年岁，身体活灵得像一只小松鼠，忙着为她张罗这样那样的，口齿伶俐得像一只小八哥，娘长娘短的叫个不住。如果家德是个皇帝，世界上决没有第二个皇太后有他娘那样的好福气。这是家德的伙伴们的思想。看看家德跟他娘，我妈比方一句有诗意的话，就比是到山楼上去看太阳——满眼都是亮。看看家德跟他娘，一个老妈子说，我总是出眼泪，我从来不知道做人会得这样的有意思。家德的娘一定是几世前修得来的。有一回家德脚上发流火，走路一颠一颠的不方便，但一走到他娘的跟前，他立即忍了痛僵直了身子放着腿走路，就像没有病一样。家德今年胡须也白了，他娘说。"人老的好，须白的好；娘你是越老越清，我是胡须越白越健。"他这一插科，他娘就忘了年岁忘了愁。

　　他娘已在两年前死了。寿衣，有绸有缎的，都是家德早在镇上替她预备好了的。老太太进棺材还带了一支重足八钱的金押发去，这当然也是家德孝敬的。他自从娘死过，再也不回家，他妻出来他也永不理睬她。他现在吃素，念经，每天每晚都念——也是念给他娘的。他一辈子难得花一个闲钱，就有一次因为妻儿的不贤良叫他太伤心了，他一气就"看开"了。他竟然连着有三五天上茶店，另买烧饼当点心吃，一共化了足足有五百钱光景，此外再没有荒唐过。前几天他上楼去见我妈，手筒着手，兴匆匆的说，"太太，我要到乡下去一趟。""好的。"我妈说，"你有两年多不回去了。""我积下了一百多块钱，我要去看一块地葬我娘去。"他说。

秋　声[①]

两年前，在北京，有一次，也是这么一个秋风生动的日子，我有一次讲演，题目叫作《落叶》。我把一个人的感想比作落叶，从生命那树上掉下来的叶子。落叶，不错，是衰败和凋零的象征，它的情调几乎是悲哀的。但是那些在半空里飘摇，在街道上颠倒的小树叶儿，也未尝没有它们的妩媚，它们的颜色，它们的意味，在少数有心人看来，它们在这宇宙间并不是完全没有地位的。

"多谢你们的摧残，使我们得到解放，得到自由。"它们仿佛对无情的秋风说："劳驾你们了，把我们踹成粉，跺成泥，使我们得到解脱，实现消灭，"它们又仿佛对不经心的人们这么说。因为看着，在春风回来的那一天，这些卑微的生命的种子又会从冰封的泥土里翻成一个新鲜的世界。它们的力量，虽则是看不见，可是不容疑惑的。

[①] 本文是徐志摩于一九二九年秋在上海暨南大学的演讲，辑入《秋》出版前未发表。

我那时感着的沉闷，真是一种不可形容的沉闷。它仿佛一座大山，我整个的生命叫它压在底下。我那时的思想简直是毒的，我有一首诗，题目就叫《毒叶》开头的两行是——

"今天不是，我歌唱的日子，我口边涎着狞恶的冷笑，不是我说笑的日子，我胸怀间插着发冷光的刀剑：

相信我，我的思想是恶毒的，因为这世界是恶毒的，我的灵魂是黑暗的，因为太阳已经灭绝了光彩，我的声调，像是坟堆里的夜枭，因为人间已经杀尽了一切的和谐，我的口音，像是冤鬼责问他的仇人，因为一切的恩已经让路给一切的怨。"

我借这一首不成形的咒诅的诗，发泄了我一腔的闷气，但我却并不绝望，并不悲观，在极深刻的沉闷的底里，我那时还摸着了希望。所以我在《婴儿》——那首不成形诗的最后一节——那诗的后段，在描写一个产妇在她生产的受罪中，还能含有希望的日子。

在我那时带有预言性的想像中，我想望着一个伟大的革命。因此我在那篇《落叶》讲演的末尾，我还有勇气来对付人生的挑战，郑重的宣告一个态度，高声的喊一声——借用两个有力量的外国字——"Everlasting Yea"。

"Everlasting Yea，Everlasting Yea"。一年，一年，又过去了两年。这两年间我那时的想望有实现了没有？那伟大的《婴儿》有出世了没有？我们的受罪取得了认识与价值没有？

我不知道，我不知道。我知道的还只是那一大堆丑陋的臃肿的沉闷，压得瘪人的沉闷，笼盖着我的思想，我的生命。在我的经络里，在我的血液里。我不能抵抗，我再没有力量。

我们靠着维持我们生命的不仅是面包，不仅是饭；我们靠着活命的，用一个诗人的话，是情爱，敬仰心，希望。"We live by love, admiration and hope"这话又包涵一个条件，就是说这世界，这人类是能承受。我们的爱，值得我们的敬仰，容许我们的希望，但现代是什么光景？人性的表现，我们看得见听得到的，到底是怎样回事？我想我们的都不是外人，用不着掩饰，实在也无从掩饰，这里没有什么人性的表现，除了丑恶，下流，黑暗。太丑恶了，我们火热的胸膛里有爱不能爱；太下流了，我们有敬仰心不能敬仰；太黑暗了，我们要希望也无从希望。太阳给天狗吃了去，我们只能在无边的黑暗中沉默着，永远的沉默着！这仿佛是经过一次强烈的地震的悲惨，思想、感情、人格，全给震成了无可收拾的断片，也不成系统，再也不得连贯，再也没有表现。但你们偏偏在这个时候要我来讲话，这使我感着一种异样的难受。难受，因为我自身的悲惨；难受，尤其因为我感到你们的邀请不止是一个寻常讲演的邀请。你们来邀我，当然不是要什么现成的主义，那我是外行；也不为什么专门的学识，那我是草包；你们明知我是一个诗人，他的家当，除了几座空中的楼阁，至多只是一颗热烈的心。你们邀我来也许在你们中间也有同我一样感到这时代的悲哀，一种不可解说不可摆脱的况味，所以邀我这同是这悲哀沉闷中的同志来，希冀万一，可以给你们打几个幽默的比喻，说一点笑话，给一点子安慰，有这么小小的一半个时辰。彼此可以在同情的温暖中忘却了时间的冷酷。因此我踌躇，我来怕没有交代，不来又于心不安。我也曾想选几个离着实际的人生较远些的事儿来和你们谈谈，但是相信我，朋友们，这念头是枉然的，因为不论你思想的起点是星光是月是蝴蝶，只一转身。又逢着了人生的基本问题，冷森森的竖着像是几座拦路的墓碑。

不，我们躲不了它们：关于这时代人生的问号，小的、大的、歪的、正的，像蝴蝶绕满了我们的周遭。正如在两年前它们逼迫我宣告一个坚决的态度，今天它们还是逼迫着要我来表示一个坚决的态度。也好，我想，这是我再来清理一次我们思想的机会，在我们完全没有能力解决人生问题时，我们只能承认失败。但我们当前的问题究竟是些什么？如其它们有力量压倒我们，我们至少也得抬起头来认一认我们敌人的面目。再说譬如医病，我们先得看清是什么病而后用药，才可以有希望治病。说我们是有病，那是无可置疑的。但病在那一部，最重要的征候是什么，我们却不一定答得上。至少，各人有各人的答案，决不会一致的。就说这时代的烦闷，烦闷也不能凭空来的不是？它也得有种种造成它的原因，它到底是怎么回事，我们也得查个明白。换句话说，我们先得确定我们的问题，然后再第二步的解决。也许在分析我们的病症的研究中。某种对症的医法，就会不期然的显现。我们来试试看。

说到这里，我们可以想像一班乐观派的先生们冷眼的看着我们好笑。他们笑我们无事忙，谈什么人生，谈什么根本问题，人生根本就没有问题，这都是那玄学鬼钻进了懒惰人的脑筋里在那里不相干的捣玄虚来了！做人就是做人，重在这做字上。你天性喜欢工业，你去找工程事情做去就得。你爱谈整理国故，你寻你的国故整理去就得。工作，更多的工作，是唯一的福音。把你有脑力精神一齐放在你愿意做的工作上，你就不会轻易发挥感伤主义，你就不会无病呻吟，你只要尽力去工作，什么问题都没有了。

这话初听到是又生辣又干脆的，本来么，有什么问题，做你的工好了，何必自寻烦恼！但是你仔细一想的时候，这明白晓畅的福音还是有漏洞的。固然这时代很多的呻吟只是懒鬼的装病，或是虚幻的想像，但我们因此就能说这时代本来是健全的，所谓病痛所谓烦恼无非是心理作用了吗？固然，当初德国有一个大诗人，他的伟大的天才使他在什么心智的活动中都找到趣味，他在科学实验室里工作得厌倦了，他就跑出来逮住一个女性就发迷，西洋人说的"跌进了恋爱"；回头他又厌倦了或是失恋了，只一感到烦恼，或悲哀的压迫，他又赶快飞进了他的实验室，关上了门，也关上了他自己的感情的门，又潜心他的科学研究去了。在他，所谓工作确是一种救济，一种关拦，一种调剂，但我们怎能比得？我们一班青年感情和理智还不能分清的时候，如何能有这样伟大的克制的工夫？所以我们还得来研究我们自身的病痛，想法可能的补救。

并且这工作论实际上是不可能的。因为假如社会的组织，果然能容得我们各人从各人的心愿选定各人的工作并且有机会继续从事这部分的工作，那还不是一个黄金时代？"民各乐其业，安其生。"还有什么问题可谈的？现代是这样一个时候吗？商人能安心做他的生意，学生能安心读他的书，文学家能安心做他的文章吗？正因为这时代从思想起，什么事情都颠倒了，混乱了，所以才会发生这普通的烦闷病，所以才有问题，否则认真吃饱了饭没有事做，大家甘心自寻烦恼不成？

我们来看看我们的病症。

第一个显明的症候是混乱。一个人群社会的存在与进行是有条件的。这条件是种种体力与智力的活动的和谐合作，在这种种活动中的总线索，总指挥，是无形迹可寻的思想。我们简直可以说哲理的思想，它顺着时代或领着时代规定人类努力的方面，并且在可能时给它一种解释，一种价值的估定与意义的发现。思想的一个使命，是引导人类从非意识的乃至无意识的活动进化到有意识的活动，这点子意识性的认识与觉悟，是人类文化史上最光荣的一种胜利，也是最透彻的一种快乐。果然是这部分哲理的思想，统辖得住这人群社会全体的活动，这社会就上了正轨；反面说，这部分思想要是失去了它那总指挥的地位，那就坏了。种种体力和智力的活动，就随时随地有发生冲突的可能，这重心的抽去是种种不平衡现象主要的原因。现在的中国就吃亏在没有了这个重心，结果什么都豁了边，都不合适了。我们这老大国家，说也可惨，在这百年来，根本就没有思想可说。从安逸到宽松，从宽松到怠惰，从怠惰到着忙，从着忙到瞎闯，从瞎闯到混乱，这几个形容词我想可以概括近百年来中国的思想史——简单说，它完全放弃了总指挥的地位。没有了系统，没有了目标，没有了和谐，结果是现代的中国：一团混乱。

混乱，混乱，那儿都是的。因为思想无能，所以引起种种混乱的现象，这是一步。再从这种种的混乱，更影响到思想本体，使它也传染了这混乱。好比一个人因为身体软弱才受外感，得了种种的病，这病的蔓延又回过来消蚀病人有限的精力，使他变成更软弱了，这是第二步。经济，政治，社会，那儿不是蹂躏，那儿不是混乱？这影响到个人方面是理智与感情的不平衡，感情不受理智的节制就是意气，意气永远是浮的、浅的、无结果的；因为意气占了上风，结果是错误的活动。为了不曾辨认清楚的目标，我们的文人变成了政客；研究科学的，做了非科学的官；学生抛弃了学问的寻求，工人做了野心家的牺牲。这种种混乱现象影响到我们青年是造成烦闷心理的原因的一个。

这一个征候——混乱——又过渡到第二个征候——变态。什么是人群社会的常态？人群是感情的结合。虽则尽有好奇的思想家告诉我们人是互杀互害的，或是人的团结是基本于怕惧的本能，虽则就在有秩序上轨道的社会里，我们也看得见恶性的表现，我们还是相信社会的纪网是靠着积极的情感来维系的。这是说在一常态社会的天平上，情爱的分量一定超过仇恨的分量，互助的精神一定超过互害互杀的现象。但在一个社会没有了负有指导使命的思想的中心的情形之下，种种离奇的变态的现象，都是可能的了。

　　一个社会在不能供给正当的职业时，它即使有严厉的法令，也不能禁止盗匪的横行。一个社会不能保障安全，奖励恒业恒心，结果原来正当的商人，都变成了拿妻子生命财产来做买空卖空的投机家。我们只要翻开我们的日报，就可以知道这现代社会的常态是变态。笼统一点说，我们现在只有两个阶级可分，一个是执行恐怖的主体，强盗、军队、土匪、政客、野心的政治家，所有得势的投机家都是的，他们实行的，不论明的暗的，直接间接都是一种恐怖主义。还有一个是被恐怖的。前一阶级永远拿着杀人的利器，或是类似的东西在威吓着，压迫着，要求满足他们的私欲，后一阶级永远是在地上爬着，发着抖，喊救命，这不是变态吗？这变态的现象表现在思想上就是种种荒谬的主义，离奇的主张。笼统说，我们现在听得见的主义主张，除了平庸不足道的，大都是计算领着我们向死路上走的。这不是变态吗？

　　这种种变态现象影响到我们青年，又是造成烦闷心理的原因的一个。

　　这混乱与变态的现象又协同造成了第三种的现象———一切标

准的颠倒。人类的生活的条件，不仅仅是衣食住，"人之异于禽犬得几希"。我们一讲到人道，就不能脱离相当的道德观念。这好比是无形的空气，它的清鲜是我们健康生活的必要条件。我们不能没有理想，没有信念，我们真生命的寄托决不在单纯的衣食间。我们崇拜英雄——广义的英雄——因为在他们事业上所表现的品性里，我们可以感到精神的满足与灵感，鼓励我们更高尚的天性，勇敢的发挥人道的伟大。你崇拜你的爱人，因为她代表的是女性的美德。你崇拜当代的政治家，因为他们代表的是无私心的努力。你崇拜思想家，因为他们代表的是寻求真理的勇敢。这崇拜的涵义就是标准。时代的风尚尽管变迁，但道义的标准是永远不提动的。这些道义的准则，我们同时代要求的是随时给我们这些道义准则一个具体的表现。仿佛是在渺茫的人生道上给悬着几颗照路的明星。但现代给我们的是什么？我们何尝没有热烈的崇拜心？我们何尝不在这一件事两件事上，或是这一个人物那一个人物的身上安放过我们迫切的期望？但是，但是，还用我说吗！有那一件事不使我们重大的迷惑，失望，悲伤？说到人的方面，那有比普遍的人格的破产更可悲悼的？在不知那一种魔鬼主义的秋风里，我们眼见我们心目中的偶像像败叶似的一个个全掉了下来！眼见一个个道义的标准，都叫丑恶的人性给沾上了不可清洗的污积！标准是没有了的。这种种道德方面人格方面颠倒的现象，影响到我们青年，又是造成烦闷心理的原因的一个。

　　跟着这种种症候还有一个惊心的现象，是一般创作活动的消沉，这也是当然的结果。因为文艺创作活动的条件是和平有秩序的社会状态，常态的生活，以及理想主义的根据。我们现在却只有混乱，变态，以及精神生活的破产。这仿佛是拿毒药放进人生的泉源,从这里流出来的思想,那还有什么真善美的表现?

这时代病的症候是说不尽的,这是最复杂的一种病,但单就我们上面说到的几点看来,我们似乎已经可以探得一点消息,至少我个人是这么想。——那一点消息就是生命的枯窘,或是活力的衰耗。我们所以得病是为我们生活的组织上缺少了思想重心,它的使命是领导与指挥。但这又为什么呢?我的解释,是我们这民族已经到了一个活力枯窘的时期。生命之流的本身,已经是近于干涸了;再加之我们现得的病,又是直接克伐生命本体的致命症候,我们怎么能受得住?这话可又讲远了,但又不能不从本原上讲起。我们第一要记得我们这民族是老得不堪的一个民族。我们知道什么东西都有它天限的寿命:一种树只能青多少年,过了这期限就得衰,一种花也只能开几度花,过此就为死(虽则从另一个看法,它们都是永生的,因为它们本身虽得死,它们的种子还是有机会继续发长)。我们这棵树在人类的树林里,已经算得是寿命极长的了。还有一个特点是我们历来因为四民制的结果,士之子恒为士,商之子恒为商,思想这任务完全为士民阶级的专利,又因为经济制度的关系,活力最充足的农民简直没有机会读书,因此士民阶级形成了一种孤单的地位。我们要知道知识是一种堕落,尤其从活力的观点看,这士民阶级是特别堕落的一个阶级,再加之我们旧教育观念的偏窄,单就知识论,我们思想本能活动的范围简直是荒谬的狭小。我们只有几本书,一套无生命的陈腐的文字,是我们唯一的工具。这情形就比是本来是一个海湾,和大海是相通的,但后来因为沙地的涨起,这一湾水渐渐的隔离它所从来的海,而变成了湖。这湖原先也许还承受得着几股山水的来源,但后来又经过陵谷的变迁,这部分的来源也继绝了，结果这湖又干成一支小沼，乃至一小潭的止水，胀满了青苔与萍梗，钝迟迟的眼看得见就可以完全干涸了去的一个东西。这是我们受教育的士民阶级的相仿情形。现在所谓的智识阶级亦无非是这潭死水里比较泥草松动些风来还多少吹得绉的一洼臭水，别瞧它矜矜自喜，可怜它能有多少前程？还能有多少生命？

所以我们这病，虽则症候不止一种，虽然看来复杂，归根只是中医所谓气血两亏的一种本原病。我们现在所感觉的烦闷，也只是沉浸在这一洼离死不远的臭水里的气闷，还有什么可说的？水因为不流所以滋生了水草，这水草的涨性，又帮助浸干这有限的水。同样的，我们的活力因为断绝了来源，所以发生了种种本原性的病症，这些病又回过来浸蚀本原，帮助消尽这点仅存的活力。

病性既是如此，那不完全绝望了吗？

那也不能这么容易。一颗大树的凋零，一个民族的衰歇，决不是一朝一夕的事儿。我们当然还是要命。只是怎么要法，是我们的问题。我说过我们的病根是在失去思想的重心，那又是原因于活力的单薄。在事实上，我们这读书阶级形成了一种极孤单的状况，一来因为阶级关系它和民族里活力最充足的农民阶级完全隔绝了，二来因为畸形的教育以及社会的风尚的结果，它在生活方面是极端的城市化，腐化、奢侈化、惰化，完全脱离了大自然健全的影响变成自蚀的一种蛀虫，在智力活动方面，只偏向于纤巧的浅薄的诡辩的乃至于程式化的一道，再没有创造的力量的表示，渐次的完全失去了它自身的尊严以及统辖领导全社会活动的无上的权威。这一没有了统帅，种种紊乱的现象就都跟着来了。

这畸形的发展是值得寻味的。一方面你有你的读书阶级，中了过度文明的毒，一天一天往腐化疆化的方向走，但你却不能否认它智力的发达，只因为道义标准的颠倒以及理想主义的缺乏，它的活动也全不是在正理上。就说这一堂的翩翩年少——尤其是文化最发旺的江浙的青年，十个里就有九个是弱不禁风的。但问题还不全在体力的单薄，可虑的是智力活动本身有了病，它只有毒性的戟刺，没有健全的来源，没有天然的滋养。纤巧的新奇的思想不是我们需要的，我们要的是从丰满的生命与强健的活力里流露出来纯正的健全的思想，那才是有力量的思想。

同时我们再看看占我们民族十分之八九的农民阶级。他们生活的简单，脑筋的简单，感情的简单，意识的疏浅，文化的地位，几乎使他们形成一种仅仅有生物作用的人类。他们的肌肉是发达的，他们是能工作的，但因为教育的不普及，他们智力的活动简直没有机会，结果按照生物学的公例，因无用而退化，他们的脑筋简直是不行的了。农人的孩子当然比城市的孩子不灵，粗人的子弟当然比不上书香家的子弟，这是一定的。但我们现在为救这文化的性命，非得赶快就有健全的活力来补充我们受足了过度文明的毒的读书阶级不可。也有人说这读书阶级是不可救药的了，希望如其有，是在我们民族里还未经开化的农民阶级。我的意思是我们应得利用这部分未开鉴的精力来补充我们开鉴过分的士民阶级。讲到实施，第一得先打破这无形的阶级界限以及省分界限。通婚和婚是必要的，比较的说，广东湖南乃至北方人比江浙人健全的多，乡下人比城里人健全得多，所以江浙人和北方人非得尽量的通婚。城市人非得与农人尽量的通婚不可。但是这话说着容易，实际上是极困难的。讲到结婚，谁愿意放弃自身的艳福，为的是渺茫的民族的前途，那一个翩翩的少年甘心放着窈窕风流的江南女郎不要，而去乡村里找粗蠢的大姑娘作配，谁肯不就近结识血统逼近的姨姊表妹乃至于同学妹，而肯远去异乡到口音不相通的外省人中间去寻配偶？这是难的，我知道。但希望并不是完全没有——这希望完全是在教育上。第一，我们得赶快认清这时代病无非是一种本原病，什么混乱的变态的现象，都无非显示生命的缺乏。这种种病，又都就是直接克伐生命的，所以我们为要文化与思想的健全，不能不想方法开通路子，使这几洼孤立的呆定的死水重复得到天然泉水的接济，重复灵活起来，一切的障碍与淤塞自然会得消灭——思想非得直接从生命的本体里热烈的迸裂出来才有力量，才是力量。这过度文明的人种非得带它回到生命的本源上去不可，它非得重新生过根不可。按着这个目标，我们在教育上就不得不从极力推广教育的机会到健全的农民阶级里去，同时奖励阶级间的通婚。假如国家的力量可以干涉到个人婚姻的话，我们尽可以用强迫的方法叫你们这些翩翩的少年都娶乡下大姑娘子，而同时把我们窈窕风流的女郎去嫁给农民做媳妇。况且谁知道，我们现在择偶的标准本身就是不健全的。女人要嫁给金钱、奢侈、虚荣、女性的男子；男人的口味也是同样的不妥当。什么都是不健全的，喔，这毒气充塞的文明社会！在我们理想实现的那一天，我们这文化如其有救的话，将来的青年男女一定可以兼有士民与农民的特长，体力与智力得到均平的发展。从这类健全的生命树上，我们可以盼望吃得着美丽鲜甜的思想的果子！

至于我们个人方面，我也有一部分的意见，只是今天时光局促了怕没有机会发挥，但总结一句话，我们要认清我们是什么病，这病毒是在我们一个个你我的身体上，血液里，无容讳言的，只要我们不认错了病，多少总有办法。我的意见是要多多接近自然，因为自然是健全的纯正的影响，这里面有无穷尽性灵的滋养与启发和灵感。这完全靠我们各个人自觉的修养。我们先得要立志不做时代和时光的奴隶，我们要做我们思想和生命的主人。这暂时的沉闷决不能压倒我们的理想，我们正应得感谢这深刻的沉闷，因为在这里，我们才感悟着一些自度的消息，如我方才说的，我们还是得努力，我们还是得坚持，我们的态度是积极的。正如我两年前《落叶》的结束是喊一声，"Everlasting yea!"我今天还是要你们跟着我来喊一声"Everlasting yea!"

第二辑

欧游漫录

给陆小曼——代序[①]

　　这几篇短文,小曼,大都是在你的小书桌上写得的。在你的书桌上写得:意思是不容易。设想一只没遮拦的小猫尽跟你捣乱:抓破你的稿纸,踹翻你的墨盂,袭击你正摇着的笔杆,还来你鬓发边擦一下,手腕上龈一口,偎着你鼻尖"爱我"的一声叫又跳跑了!但我就爱这捣乱,蜜甜的捣乱,抓破了我的手背我都不怨,我的乖!我记得我的一首小诗里有"假如她清风似的常在我的左右",现在我只要你小猫似的常在我的左右!

　　你又该撅嘴生气了吧,曼,说来好像拿你比小猫。你又该说我轻薄相了吧。凭良心我不能不对你恭敬的表示谢意。因为你给我的是最严正的批评(在你玩儿够了的时候),你确是有评判的本能,你从不容许我丝毫的"臭美",你永远鞭策我向前,你是我的事业上的诤友!新近我懒散得太不成话了,也许这就是驽马的真相,但是,曼,你不妨到时候再扬一扬你的鞭丝,试试他这赢倒是真的还是装的。

志摩八月二十日

---

① 写于一九二七年八月二十日,用作《巴黎的鳞爪》代序。

巴黎的鳞爪

咳巴黎!到过巴黎的一定不会再希罕天堂;尝过巴黎的,老实说,连地狱都不想去了。整个的巴黎就像是一床野鸭绒的垫褥,衬得你通体舒泰,硬骨头都给熏酥了的——有时许太热一些。那也不碍事,只要你受得住。赞美是多余的,正如赞美天堂是多余的;咒诅也是多余的,正如咒诅地狱是多余的。巴黎,软绵绵的巴黎,只在你临别的时候轻轻地嘱咐一声"别忘了,再来!"其实连这都是多余的。谁不想再去?谁忘得了?

香草在你的脚下,春风在你的脸上,微笑在你的周遭。不拘束你,不责备你,不督饬你,不窘你,不恼你,不揉你。它搂着你,可不缚住你:是一条温存的臂膀,不是根绳子。它不是不让你跑,但它那招逗的指尖却永远在你的记忆里晃着。多轻盈的步履,罗袜的丝光随时可以沾上你记忆的颜色!

但巴黎却不是单调的喜剧。赛因河的柔波里掩映着罗浮宫的倩影,它也收藏着不少失意人最后的呼吸。流着,温驯的水波;流着,缠绵的恩怨。咖啡馆:和着交颈的软语,开怀的笑响,有踞坐在屋隅里蓬头少年计较自毁的哀思。跳舞场:和着翻飞的乐调，迷醇的酒香，有独自支颐的少妇思量着往迹的怆心。浮动在上一层的许是光明，是欢畅，是快乐，是甜蜜，是和谐；但沉淀在底里阳光照不到的才是人事经验的本质：说重一点是悲哀，说轻一点是惆怅——谁不愿意永远在轻快的流波里漾着，可得留神了你往深处去时的发见！

一天，一个从巴黎来的朋友找我闲谈，谈起了劲，茶也没喝，烟也没吸，一直从黄昏谈到天亮，才各自上床去躺了一歇，我一合眼就回到了巴黎，方才朋友讲的情境惝恍的把我自己也缠了进去。这巴黎的梦真醇人，醇你的心，醇你的意志，醇你的四肢百体，那味儿除是亲尝过的谁能想象！——我醒过来时还是迷糊的忘了我在那儿，刚巧一个小朋友进房来站在我的床前笑吟吟喊我："你做什么梦来了，朋友，为什么两眼潮潮的像哭似的？"我伸手一摸，果然眼里有水，不觉也失笑了——可是朝来的梦，一个诗人说的，同是这悲凉滋味，正不知这泪是为那一个梦流的呢！

下面写下的不成文章，不是小说，不是写实，也不是写梦，——在我写的人只当是随口曲，南边人说的"出门不认货"，随你们宽容的读者们怎样看罢。

出门人也不能太小心了，走道总得带些探险的意味。生活的趣味大半就在不预期的发见，要是所有的明天全是今天刻板的化身，那我们活什么来了？正如小孩子上山就得采花，到海边就得捡贝壳，书呆子进图书馆就想捞新智慧——出门人到了巴黎就想……

你的批评也不能过分严正不是？少年老成——什么话！老成

是老年人的特权，也是他们的本分；说来也不是他们甘愿，他们是到了年纪不得不。少年人如何能老成？老成了才是怪哪！

放宽一点说，人生只是个机缘巧合；别瞧日常生活河水似的流得平顺，它那里面多的是潜流，多的是漩涡——轮着的时候谁躲得了给卷了进去？那就是你发愁的时候，是你登仙的时候，是你伴着酸的时候，是你尝着甜的时候。

巴黎也不定比别的地方怎样不同：不同就在那边生活流波里的潜流更猛，漩涡更急，因此你叫给卷进去的机会也就更多。

我赶快得声明我是没有叫巴黎的漩涡给淹了去——虽则也就够险。多半的时候我只是站在赛因河岸边看热闹，下水去的时候也不能说没有，但至多也不过在靠岸清浅处溜着，从没敢往深处跑——这来漩涡的纹螺、势道、力量，可比远在岸上时认清楚多了。

一　九小时的萍水缘

我忘不了她。她是在人生的急流里转着的一张萍叶，我见着了它，掬在手里把玩了一响，依旧交还给它的命运，任它飘流去——它以前的飘泊我不曾见来，它以后的飘泊，我也见不着，但就这曾经相识匆匆的恩缘——实际上我与她相处不过九小时——已在我的心泥上印下踪迹，我如何能忘，在忆起时如何能不感须臾的惆怅？

那天我坐在那热闹的饭店里瞥眼看着她，她独坐在灯光最暗漆的屋角里，这屋内那一个男子不带媚态，那一个女子的胭脂口上不沾笑容，就只她：穿一身淡素衣裳，戴一顶宽边的黑帽，在髯密的睫毛上隐隐闪亮着深思的目光——我几乎疑心她是修道院的女僧偶尔到红尘里随喜来了。我不能不接着注意她，她的别样的支颐的倦态，她的曼长的手指，她的落漠的神情，有意无意间的叹息，在在都激发我的好奇——虽则我那时左边已经坐下了一个瘦的，右边来了肥的，四条光滑的手臂不住的在我面前晃着酒杯。但更使我奇异的是她不等跳舞开始就匆匆的出去了，好像害怕或是厌恶似的。第一晚这样，第二晚又是这样：独自默默的坐着，到时候又匆匆的离去。到了第三晚她再来的时候我再也忍不住不想法接近她。第一次得着的回音，虽则是"多谢好意，我再不愿交友"的一个拒绝，只是加深了我的同情的好奇。我再不能放过她。巴黎的好处就在处处近人情，爱慕的自由是永远容许的。你见谁爱慕谁想接近谁，决不是犯罪，除非你在经程中泄漏了你的尘气暴气，陋相或是贫相，那不是文明的巴黎人所能容忍的。只要你"识相"，上海人说的，什么可能的机会你都可以利用。对方人理你不理你，当然又是一回事；但只要你的步骤对，文明的巴黎人决不让你难堪。

我不能放过她。第二次我大胆写了个字条付中间人——店主人——交去。我心里直怔怔的怕讨没趣。可是回话来了——她就走了，你跟着去吧。

她果然在饭店门口等着我。

你为什么一定要找我说话，先生，像我这再不愿意有朋友的人？

她张着大眼看我，口唇微微的颤着。

我的冒昧是不望恕的，但是我看了你忧郁的神情我足足难受了三天，也不知怎的我就想接近你，和你谈一次话，如其你许我，那就是我的想望，再没有别的意思。

真的她那眼内绽出了泪来，我话还没说完。

想不到我的心事又叫一个异邦人看透了……她声音都哑了。

我们在路灯的灯光下默默的互注了一晌，并着肩沿马路走去，走不到多远她说不能走，我就问了她的允许雇车坐上，直望波龙尼大林园清凉的暑夜里兜去。

原来如此，难怪你听了跳舞的音乐像是厌恶似的，但既然不愿意何以每晚还去？

那是我的感情作用。我有些舍不得不去，我在巴黎一天，那是我最初遇见——他的地方，但那时候的我……可是你真的同情我的际遇吗，先生？我快有两个月不开口了，不瞒你说，今晚见了你我再也不能制止，我索性说给你我的生平的始末吧，只要你不嫌。我们还是回那饭庄去罢。

你不是厌烦跳舞的音乐吗？

她初次笑了。多齐整洁白的牙齿，在道上的幽光里亮着！有了你我的生气就回复了不少，我还怕什么音乐？

我们俩重进饭庄去选一个犄角坐下，喝完了两瓶香槟，从十一时舞影最凌乱时谈起，直到早三时客人散尽侍役打扫屋子时才起身走，我在她的可怜身世的演述中遗忘了一切，当前的歌舞再不能分我丝毫的注意。

下面是她的自述。

> 我是在巴黎生长的。我从小就爱读天方夜谭的故事，以及当代描写东方的文学；啊东方，我的童真的梦魂那一刻不在它的玫瑰园中留恋？十四岁那年我的姊姊带我上北京去

住,她在那边开一个时式的帽铺,有一天我看见一个小身材的中国人来买帽子,我就觉着奇怪,一来他长得异样的清秀,二来他为什么要来买那样时式的女帽;到了下午,一个女太太拿了方才买去的帽子来换了,我姊姊就问她那中国人是谁,她说是她的丈夫,说开了头,她就讲她当初怎样为爱他触怒了自己的父母,结果断绝了家庭和他结婚,但她一点也不追悔,因为她的中国丈夫待她怎样好法,她不信西方人会得像他那样体贴,那样温存。我再也忘不了她说话时满心怡悦的笑容。从此我仰慕东方的私衷又添深了一层颜色。

我再回巴黎的时候已经长成了,我父亲是最宠爱我的,我要什么他就给我什么。我那时就爱跳舞,啊,那些迷醉轻易的时光,巴黎那一处舞场上不见我的舞影。我的妙龄,我的颜色,我的体态,我的聪慧,尤其是我那媚人的大眼——啊,如今你见的只是悲惨的余生再不留当时的丰韵——制定了我初期的堕落。我说堕落不是?是的,堕落,人生那处不是堕落,这社会那里容得一个有姿色的女人保全她的清洁?我正快走入险路的时候,我那慈爱的老父早已看出我的倾向,私下安排了一个机会,叫我与一个有爵位的英国人接近。一个十七岁的女子那有什么主意,在两个月内我就做了新娘。

说起那四年结婚的生活,我也不应得过分的抱怨,但我们欧洲的势利的社会实在是树心里生了蠹,我怕再没有回复健康的希望。我到伦敦去做贵妇人时,我还是个天真的孩子,那有什么机心,那懂得虚伪的卑鄙的人间的底里,我又是个外国人,到处遭受嫉忌与批评。还有我那担名的丈夫。

他娶我究竟为什么动机我始终不明白,许贪我年轻,贪我貌美,带回家去广告他自己的手段,因为真的我不曾感着他一息的真情;新婚不到几时他就对我冷淡了,其实他就没有热过,碰巧我是个傻孩子,一天不听着一半句软语,不受些温柔的怜惜,到晚上我就不自制的悲伤。他有的是钱,有的是趋奉谄媚,成天在外打猎作乐,我愁了不来慰我,我病了不来问我,连着三年抑郁的生涯完全消灭了我原来活泼快乐的天机,到第四年实在耽不住了,我与他吵一场回巴黎再见我父亲的时候,他几乎不认识我了。我自此就永别了我的英国丈夫。因为虽则实际的离婚手续在他方面到前年方始办理,他从我走了后也就不再来顾问我——这算是欧洲人夫妻的情分!

我从伦敦回到巴黎,就比久困的雀儿重复飞回了林中,眼内又有了笑,脸上又添了春色,不但身体好多,就连童年时的种种想望又在我心头活了回来。三四年结婚的经验更叫我厌恶西欧,更叫我神往东方。东方,阿,浪漫的多情的东方!我心里常常的怀念着。有一晚,那一个运定的晚上,我就在这屋子内见着了他,与今晚一样的歌声,一样的舞影,想起还不就是昨天,多飞快的光阴,就可怜我一个单薄的女子,无端叫运神摆布,在情网里颠连,在经验的苦海里沉沦,朋友,我自分是已经埋葬了的活人,你何苦又来逼着我把往事掘起,我的话是简短的,但我身受的苦恼,朋友,你信我,是不可量的;你望我的眼里看,凭着你的同情你可以在刹那间领会我灵魂的真际!

他是菲利滨①人，也不知怎的我初次见面就迷了他。他肤色是深黄的，但他的性情是不可信的温柔；他身材是短的，但他的私语有多叫人魂销的魔力？啊，我到如今还不能怨他；我爱他太深，我爱他太真，我如何能一刻忘他，虽则他到后来也是一样的薄情，一样的冷酷。你不倦么，朋友，等我讲给你听？

我自从认识了他，我便倾注给他我满怀的柔情，我想他，那负心的他，也够他的享受，那三个月神仙似的生活！我们差不多每晚在此聚会的。秘谈是他与我，欢舞是他与我，人间再有更甜美的经验吗？朋友你知道痴心人赤心爱恋的疯狂吗？因为不仅满足了我私心的想望，我十多年梦魂缭绕的东方理想的实现。有他我什么都有了，此外我更有什么沾恋？因此等到我家里为这事情与我开始交涉的时候，我更不踌躇的与我生身的父母根本决绝。我此时又想起了我垂髫时在比京见着的那个嫁中国人的女子，她与我一样也为了痴情牺牲一切，我只希冀她这时还能保持着她那纯爱的生活，不比我这失运人成天在幻灭的辛辣中回味。

我爱定了他。他是在巴黎求学的，不是贵族，也不是富人，那更使我放心，因为我早年的经验使我迷信真爱情是穷人才能供给的。谁知他骗了我——他家里也是有钱的，那时我在热恋中抛弃了家，牺牲了名誉，跟了这黄脸人离却巴黎，辞别欧洲，经过一个月的海程，我就到了我理想的灿烂的东方。啊，我那时的希望与快乐！但才出了红海，他就上

---

① 菲利滨，通译菲律宾。

了心事，经我再三的逼，他才告诉他家里的实情，他父亲是菲利滨最有钱的土著，性情是极严厉的，他怕轻易不能收受我进他们的家庭。我真不愿意把此后可怜的身世烦你的听，朋友，但那才是我痴心人的结果，你耐心听着吧！

东方，东方才是我的烦恼！我这回投进了一个更陌生的社会，呼吸更沉闷的空气；他们自己中间也许有他们温软的人情，但轮着我的却一样还只是猜忌与讥刻，更不容情的刺袭我的孤独的性灵。果然他的家庭不容我进门，把我看作一个"巴黎淌来的可疑的妇人"。我为爱他也不知忍受了多少不可忍的侮辱，吞了多少悲泪，但我自慰的是他对我不变的恩情。因为在初到的一时他还是不时来慰我——我独自赁屋住着。但慢慢的也不知是人言浸润还是他原来爱我不深，他竟然表示割绝我的意思。朋友，试想我这孤身女子牺牲了一切为的还不是他的爱，如今连他都离了我，那我更有什么生机？我怎的始终不曾自毁，我至今还不信，因为我那时真的是没路走了。我又没有钱，他狠心丢了我，我如何能再去缠他，这也许是我们白种人的倔强，我不久便揩干了眼泪，出门去自寻活路。我在一个菲美合种人的家里寻得了一个保姆的职务，天幸我生性是耐烦领小孩的——我在伦敦的日子没孩子管，我就养猫弄狗——救活我的是那三五个活灵的孩子，黑头发短手指的乖乖。在那炎热的岛上我是过了两年没颜色的生活，得了一次凶险的热病，从此我面上再不存青年期的光彩。我的心境正稍稍回复平衡的时候两件不幸的事情又临着了我：一件是我那他与另一女子的结婚，这消息使我昏厥了过去，一件是被我弃绝的慈父也不知怎的问得了我的踪迹，来电说他老病快死要我回去。啊，天罚我！等我赶回巴黎的时候正好赶着与老人诀别，忏悔我先前的造孽！

从此我在人间还有什么意趣？我只是个实体的鬼影，活动的尸体；我的心也早就死了，再也不起波澜；在初次失望的时候我想象中还有个辽远的东方，但如今东方只在我的心上留下一个鲜明的新伤，我更有什么希冀，更有什么心情？但我每晚还是不自主的到这饭店里来小坐，正如死去的鬼魂忘不了他的老家！我这一生的经验本不想再向人前吐露的，谁知又碰着了你，苦苦的追着我，逼我再一度撩拨死尽的火灰。这来你够明白了，为什么我老是这落漠的神情，我猜你也是过路的客人，我深深自幸又接近一次人情的温慰，但我不敢希望什么，我的心是死定了的。时候也不早了，你看方才舞影凌乱的地板上现在只剩一片冷淡的灯光，侍役们已经收拾干净，我们也该走了，再会吧，多情的朋友！

二　"先生，你见过艳丽的肉没有？"

我在巴黎时常去看一个朋友，他是一个画家，住在一条老闻着鱼腥的小街底头一所老屋子的顶上一个 A 字式的尖阁里，光线暗惨得怕人，白天就靠两块日光胰子大小的玻璃窗给装装幌，反正住的人不嫌就得，他是照例不过正午不起身，不近天亮不上床的一位先生，下午他也不居家，起码总得上灯的时候，他才脱下了他的开裆露出两条破烂的臂膀埋身在他那艳丽的垃圾窝里开始他的工作。

艳丽的垃圾窝——它本身就是一幅妙画！我说给你听听。贴墙有精窄的一条上面盖着黑毛毡的算是他的床，在这上面就准你规规矩矩的躺着，不说起坐一定扎脑袋，就连翻身也不免冒犯斜着下来永远不退让的屋顶先生的身份！承着顶尖全屋子顶宽舒的部分放着他的书桌——我捏着一把汗叫它书桌，其实还用提吗，上边什么法宝都有，画册子、稿本、黑炭、颜色盘子、烂袜子、领结、软领子，热水瓶子压瘪了的，烧干了的酒精灯，电筒、各色的药瓶、彩油瓶、脏手绢，断头的笔杆，没有盖的墨水瓶子，一柄手枪，那是瞒不过我花七法郎在密歇耳大街路旁旧货摊上换来的，照相镜子、小手镜、断齿的梳子、蜜膏，晚上喝不完的咖啡杯，详梦的小书，还有——还有可疑的小纸盒儿，凡士林一类的油膏……一只破木板箱一头漆着名字上面蒙着一块灰色布的是他的梳妆台兼书架，一个洋瓷面盆半盆的胰子水似乎都叫一部旧板的卢骚集子给饕了去，一顶便帽套在洋瓷长提壶的耳柄上，从袋底里倒出来的小铜钱错落的散着像是土耳其人的符咒，几只稀小的烂苹果围着一条破香蕉像是一群大学教授们围着一个教育次长索薪……

壁上看得更斑斓了：这是我顶得意的一张庞那的底稿，当废纸买来的；这是我临蒙内的裸体，不十分行，我来撩起灯罩你可以看清楚一点，草色太浓了，那膝部画坏了；这一小幅更名贵，你认是谁，罗丹的！那是我前年最大的运气，也算是错来的，老巴黎就是这点子便宜，挨了半年八个月的饿不要紧，只要有机会捞着真东西，这还不值得！那边一张挤在两幅油画缝里的，你见了没有，也是有来历的，那是我前年趁马克倒霉路过佛兰克福德时夹手抢来的，是真的孟察尔都难说，就差糊了一点，现在你给三千佛郎我都不卖,加倍再加倍都值,你信不信?再看那一长条……在他那手指东点西的卖弄他的家珍的时候,你竟会忘了你站着的地方是不够六尺阔的一间阁楼,倒像跨在你头顶那两片斜着下来的屋顶也顺着他那艺术谈法术似的隐了去,露出一个爽垲的高天,壁上的疙瘩、壁蟢窠、霉块、钉疤,全化成了哥罗画帧中"飘飘欲化烟"的最美丽林树与轻快的流涧;桌上的破领带、手绢、烂香蕉、臭袜子等等也全变形成戴大阔边稻草帽的牧童们,偎着树打盹的,牵着牛在涧里喝水的,手反衬着脑袋放平在青草地上瞪眼看天的,斜眼溜着那边走进来的姑娘们手按着音腔吹横笛的——可不是那边来了一群姑娘们,全是年岁轻轻的,露着胸膛、散着头发,还有光着白腿的在青草地上跳着来了……唵!小心扎脑袋,这屋子真扁,你出什么神来了?想着你的 Bel Ami 对不对?你到巴黎快半个月了,该早有落儿了,这年头收成真容易——呒,太容易了!谁说巴黎不是理想的地狱?你吸烟斗吗?这儿有自来火。对不起,屋子里除了床,就是那张弹簧早经追悼过了的沙发,你坐坐吧,给你一个垫子,这是全屋子顶温柔的一样东西。

不错,那沙发,这阁楼上要没有那张沙发,主人的风格就落了一个极重要的元素。说它肚子里的弹簧完全没了劲,在主人说是太谦,在我说是简直污蔑了它。因为分明有一部分内簧是不曾死透的,那在正中间,看来倒像是一座分水岭,左右都是往下倾的,我初坐下时不提防它还有弹力,倒叫我骇了一下;靠手的套布可真是全霉了,露着黑黑黄黄不知是什么货色,活像主人衬衫的袖子。我正落了座,他咬了咬嘴唇翻一翻眼珠微微的笑了。笑什么了你?我笑——你坐上沙发那样儿叫我想起爱菱。爱菱是谁？她呀——她是我第一个模特儿。模特儿？你的？你的破房子还有模特儿，你这穷鬼化得起……别急，究竟是中国初来的，听了模特儿就这样的起劲，看你那脖子都上了红印了！本来不算事，当然，可是我说像你这样的破鸡棚……破鸡棚便怎么样，耶稣生在马号里的，安琪儿们都在马矢里跪着礼拜哪！别忙，好朋友，我讲你听。如其巴黎人有一个好处，他就是不势利！中国人顶糟了，这一点；穷人有穷人的势利，阔人有阔人的势利，半不阑珊的有半不阑珊的势利——那才是半开化，才是野蛮！你看像我这样子，头发像刺猬，八九天不刮的破胡子，半年不收拾的脏衣服，鞋带扣不上的皮鞋——要在中国，谁不叫我外国叫化子，那配进北京饭店一类的势利场；可是在巴黎，我就这样儿随便问那一个衣服顶漂亮脖子搽得顶香的娘们跳舞，十回就有九回成，你信不信？至于模特儿，那更不成话，那有在巴黎学美术的，不论多穷，一年里不换十来个眼珠亮亮的来坐样儿？屋子破更算什么？波希民的生活就是这样，按你说模特儿就不该坐坏沙发，你得准备杏黄贡缎绣丹凤朝阳做垫的太师椅请她坐你才安心对不对？再说……

别再说了！算我少见世面，算我是乡下老戆，得了；可是说起模特儿，我倒有点好奇，你无妨讲些经验给我长长见识？有真好的没有？我们在美术院里见着的什么维纳丝得米罗，维纳丝梅第妻，还有铁青的，鲁班师的，鲍第千里的，丁稻来笃的，箕奥其安内的裸体实在是太美，太理想，太不可能，太不可思议；反面说，新派的比如雪尼约克的，玛提斯的，塞尚的，高耿的，弗朗剌马克的，又是太丑，太损，太不像人，一样的太不可能，太不可思议。人体美，究竟怎么一回事？我们不幸生长在中国女人衣服一直穿到下巴底下腰身与后部看不出多大分别的世界里，实在是太蒙昧无知，太不开眼。可是再说呢，东方人也许根本就不该叫人开眼的。你看过约翰巴里士那本沙扬娜拉没有，他那一段形容一个日本裸体舞女——就是一张脸子粉搽得像棺材里爬起来的颜色，此外耳朵以后下巴以下就比如一节蒸不透的珍珠米！——看了真叫人恶心。你们学美术的才有第一手的经验，我倒是……

你倒是真有点羡慕，对不对？不怪你，人总是人。不瞒你说，我学画画原来的动机也就是这点子对人体秘密的好奇。你说我穷相，不错，我真是穷，饭都吃不出，衣都穿不全，可是模特儿——我怎么也省不了。这对人体美的欣赏在我已经成了一种生理的要求，必要的奢侈，不可摆脱的嗜好；我宁可少吃俭穿，省下几个法郎来多雇几个模特儿。你简直可以说我是着了迷，成了病，发了疯，爱说什么就什么，我都承认——我就不能一天没有一个精光的女人耽在我的面前供养，安慰，喂饱我的"眼淫"。当初罗丹我猜也一定与我一样的狼狈，据说他那房子里老是有剥光了的女人，也不为坐样儿，单看她们日常生活"实际的"多变化的姿态——他是一个牧羊人，成天看着一群剥了毛皮的驯羊！鲁班师那位穷凶极恶的大手笔，说是常难为他太太做模特儿，结果因为他成天不断的画他太太竟许连穿裤子的空儿都难得有！但如果这话是真的，鲁班师还是太傻，难怪他那画里的女人都是这剥白猪似的单调，少变化；美的分配在人体上是极神秘的一个现象，我不信有理想的全材，不论男女我想几乎是不可能的；上帝拿着一把颜色望地面上撒，玫瑰、罗兰、石榴、玉簪、剪秋罗，各样都沾到了一种或几种的彩泽，但决没有一种花包涵所有可能的色调的，那如其有，按理论讲，岂不是又得回复了没颜色的本相？人体美也是这样的，有的美在胸部，有的腰部，有的下部，有的头发，有的手，有的脚踝，那不可理解的骨骼、筋肉、肌理的会合，形成各个不同的线条，色调的变化，皮面的胀度，毛管的分配，天然的姿态，不可制止的表情——也得你不怕麻烦细心体会发见去，上帝没有这样便宜你的事情，他决不给你一个具体的绝对美，如果有我们所有艺术的努力就没了意义；巧妙就在你明知这山里有金子，可是在那一点你得自己下工夫去找。啊！说起这艺术家审美的本能，我真要闭着眼感谢上帝——要不是它，岂不是所有人体的美，说窄一点，都变了古长安道上历代帝王的墓窟，全叫一层或几层薄薄的衣服给埋没了！回头我给你看我那张破床底下有一本宝贝，我这十年血汗辛苦的成绩——千把张的人体临摹，而且十分之九是在这间破鸡棚里勾下的，别看低我这张弹簧早经追悼了的沙发，这上面落坐过至少一二百个当得起美字的女人！别提专门做模特儿的，巴黎那一个不知道俺家黄脸什么，那不算希奇，我自负的是我独到的发见：一半因为看多了的缘故，女人肉的引诱在我差不多完全消灭在美的欣赏里面，结果在我这双"淫眼"看来，一丝不挂的女人就同紫霞宫里翻出来的尸首穿得重重密密的摇不动我的性欲，反面说当真穿着得极整齐的女人，不论她在人堆里站着，在路上走着，只要我的眼到，她的衣服的障碍就无形的消灭，正如老练的矿师一瞥就认出矿苗，我这美术本能也是一瞥就认出"美苗"，一百次里错不了一次；每回发见了可能的时候，我就非想法找到她剥光了她叫我看个满意不成，上帝保佑这文明的巴黎，我失望的时候真难得有！我记得有一次在戏院子看着了一个贵妇人，实在没法想（我当然试来）我那难受就不用提了，比发疟疾还难受——她那特长分明是在小腹与……

够了够了！我倒叫你说得心痒痒的。人体美！这门学问，这门福气，我们不幸生长在东方谁有机会研究享受过来？可是我既然到了巴黎，又幸气碰着你，我倒真想叨你的光开开我的眼，你得替我想法，要找在你这宏富的经验中比较最贴近理想的一个看看……

你又错了！什么，你意思花就许巴黎的花香，人体就许巴黎的美吗？太灭自己的威风了！别信那巴理士什么沙扬娜拉的胡说；听我说，正如东方的玫瑰不比西方的玫瑰差什么香味，东方的人体在得到相当的栽培以后，也同样不能比西方的人体差什么美——除了天然的限度，比如骨骼的大小，皮肤的色彩。同时顶要紧的当然要你自己性灵里有审美的活动，你得有眼睛，要不然这宇宙不论它本身多美多神奇在你还是白来的。我在巴黎苦过这十年，就为前途有一个宏愿：我要张大了我这经过训练的"淫眼"到东方去发现人体美——谁说我没有大文章做出来？至于你要借我的光开开眼，那是最容易不过的事情，可是我想想——可惜了！有个马达姆朗洒，原先在巴黎大学当物理讲师的，你看了准忘不了，现在可不在了，到伦敦去了；还有一个马达姆薛托漾，她是远在南边乡下开面包铺子的，她就够打倒你所有的丁稻来笃，所有的铁青，所有的箕奥其安内——尤其是给你这未入流看，长得太美了，她通体就看不出一根骨头的影子，全叫匀匀的肉给隐住的，圆的，润的，有一致节奏的，那妙是一百个哥蒂蔼也形容不全的，尤其是她那腰以下的结构，真是奇迹！你从意大利来该见过西龙尼维纳丝的残像，就那也只能仿佛，你不知道那活的气息的神奇，什么大艺术天才都没法移植到画布上或是石塑上去的（因此我常常自己心里辩论究竟是艺术高出自然还是自然高出艺术，我怕上帝僭先的机会毕竟比凡人多些）；不提别的单就她站在那里你看，从小腹接榫上股那两条交荟的弧线起直往下贯到脚着地处止，那肉的浪纹就比是——实在是无可比——你梦里听着的音乐：不可信的轻柔，不可信的匀净，不可信的韵味——说粗一点，那两股相并处的一条线直贯到底，不漏一屑的破绽，你想通过一根发丝或是吹度一丝风息都是绝对不可能的——但同时又决不是肥肉的粘着，那就呆了。真是梦！唉，就可惜多美一个天才偏叫一个身高六尺三寸、长红胡子的面包师给糟蹋了；真的这世上的因缘说来真怪，我很少看见美妇人不嫁给猴子类牛类水马类的丑男人！但这是笑话。眼前我招得到的，够资格的也就不少——有了，方才你坐上这沙发的时候叫我想起了爱菱，也许你与她有缘分，我就为你招她去吧，我想应该可以容易招到的。可是上那儿呢？这屋子终究不是欣赏美妇人的理想背景，第一不够开展，第二光线不够——至少为外行人像你一类着想……我有了一个顶好的主意，你远来客我也该独出心裁招待你一次，好在爱菱与我特别的熟，我要她怎么她就怎么；暂且约定后天吧，你上午十二点到我这里来，我们一同到芳丹薄罗的大森林里去，那是我常游的地方，尤其是阿房奇石相近一带，那边有的是天然的地毯，这一时是自然最妖艳的日子，草青得滴得出翠来，树绿得涨得出油来，松鼠满地满树都是，也不很怕人，顶好玩的，我们决计到那一带去秘密野餐吧——至于"开眼"的话，我包你一个百二十分的满足，将来一定是你从欧洲带回家最不易磨灭的一个印象！一切有我布置去，你要是愿意贡献的话，也不用别的，就要你多买大杨梅，再带一瓶橘子酒，一瓶绿酒，我们享半天闲福去。现在我讲得也累了，我得躺一会儿，我拿我床底下那本秘本给你先揣摹揣摹……

隔一天我们从芳丹薄罗林子里回巴黎的时候，我仿佛刚做了一个最荒唐，最艳丽，最秘密的梦。

泰戈尔[①]

我有几句话想趁这个机会对诸君讲,不知道你们有没有耐心听。泰戈尔先生快走了,在几天内他就离别北京,在一两个星期内他就告辞中国。他这一去大约是不会再来的了。也许他永远不能再到中国。

他是六七十岁的老人,他非但身体不强健,他并且是有病的。去年秋天他还发了一次很重的骨痛热病。所以他要到中国来,不但他的家属,他的亲戚朋友,他的医生,都不愿意他冒险,就是他欧洲的朋友,比如法国的罗曼罗兰,也都有信去劝阻他。他自己也曾经踌躇了好久,他心里常常盘算他如其到中国来,他究竟能不能够给我们好处,他想中国人自有他们的诗人,思想家,教育家,他们有他们的智慧,天才,心智的财富与营养,他们更用不着外来的补助与戟刺,我只是一个诗人,我没有宗教家的福音,没有哲学家的理论,更没有科学家实利的效用,或是工程师建设的才能,他们要我去做什么,我自己又为什么要

[①] 本文是徐志摩于一九二四年五月十二日在北京真光剧场的演讲。

去，我有什么礼物带去满足他们的盼望！他真的很觉得迟疑，所以他延迟了他的行期。但是他也对我们说到冬天完了，春风吹动的时候（印度的春风比我们的吹得早），他不由的感觉了一种内迫的冲动，他面对着逐渐滋长的青草与鲜花，不由的抛弃了，忘却了他应尽的职务，不由的解放了他的歌唱的本能，和着新来的鸣雀，在柔软的南风中开怀的讴吟。同时他收到我们催请的信，我们青年盼望他的诚意与热心，唤起了老人的勇气。他立即定夺了他东来的决心。他说趁我暮年的肢体不曾僵透，趁我衰老的心灵还能感受，决不可错过这最后惟一的机会，这博大，从容，礼让的民族，我幼年时便发心朝拜，与其将来在黄昏寂静的境界中萎衰的惆怅，毋宁利用这夕阳未暝时的光芒，了却我晋香人的心愿？

他所以决意的东来，他不顾亲友的劝阻，医生的警告，不顾自身的高年与病体，他也撇开了在本国迫切的任务，跋涉了万里的海程，他来到了中国。

自从四月十二在上海登岸以来，可怜老人不曾有过一半天完整的休息，旅行的劳顿不必说，单就公开的演讲以及较小集会时的谈话，至少也有了三四十次！他的，我们知道，不是教授们的讲义，不是教士们的讲道，他的心府不是堆积货品的栈房，他的辞令不是教科书的喇叭。他是灵活的泉水，一颗颗颤动的圆珠从他心里兢兢的泛登水面，都是生命的精液；他是瀑布的吼声，在白云间，青林中，石罅里，不住的啸响；他是百灵的歌声，他的欢欣，愤慨，响亮的谐音，弥漫在无际的晴空。但是他是倦了，终夜的狂歌已经耗尽了子规的精力，东方的曙色亦照出他点点的心血染红了蔷薇枝上的白露。

老人是疲乏了。这几天他睡眠也不得安宁，他已经透支了他有限的精力。他差不多是靠散拿吐瑾过日的，他不由的不感觉风尘的厌倦，他时常想念他少年时在恒河边沿拍浮的清福，他想望椰树的清荫与曼果的甜瓤。

但他还不仅是身体的惫劳，他也感觉心境的不舒畅。这是很不幸的。我们做主人的只是深深的负歉。他这次来华，不为游历，不为政治，更不为私人的利益，他熬着高年，冒着病体，抛弃自身的事业，备尝行旅的辛苦，他究竟为的是什么？他为的只是一点看不见的情感。说远一点，他的使命是在修补中国与印度两民族间中断千余年的桥梁，说近一点，他只想感召我们青年真挚的同情。因为他是信仰生命的，他是尊崇青年的，他是歌颂青春与清晨的，他永远指点着前途的光明。悲悯是当初释迦牟尼证果的动机，悲悯也是泰戈尔先生不辞艰苦的动机。现代的文明只是骇人的浪费，贪淫与残暴，自私与自大，相猜与相忌，飓风似的倾覆了人道的平衡，产生了巨大的毁灭。芜秽的心田里只是误解的蔓草，毒害同情的种子，更没有收成的希冀。在这个荒惨的境地里，难得有少数的丈夫，不怕阻难，不自馁怯，肩上扛着铲除误解的大锄，口袋里满装着新鲜人道的种子，不问天时是阴是雨是晴，不问是早晨是黄昏是黑夜，他只是努力的工作，清理一方泥土，施殖一方生命，同时口唱着嘹亮的新歌，鼓舞在黑暗中将次透露的萌芽。泰戈尔先生就是这少数中的一个。他是来广布同情的，他是来消除成见的。我们亲眼见过他慈祥的阳春似的表情，亲耳听过他从心灵底里迸裂出的大声，我想只要我们的良心不曾受恶毒的烟煤熏黑，或是被恶浊的偏见污抹，谁不曾感觉他至诚的力量，魔术似的，为我们生命的前途开辟了一个神奇的境界，燃点了理想的光明？所以我们也懂得他的深刻的懊怅与失望，如其他知道部分的青年不但不能容纳他的灵感，并且成心的诬毁他的热忱。我们固然奖励思想的独立，但我们决不敢附和误解的自由。他生平最满意的成绩就在他永远能得青年的同情，不论在德国，在丹麦，在美国，在日本，青年永远是他最忠心的朋友。他也曾经遭受种种的误解与攻击，政府的猜疑与报纸的诬毁，以及守旧派的讥评，不论如何的谬妄与剧烈，从不曾扰动他优容的大量，他的希望，他的信仰，他的爱心，他的至诚，完全的托付青年。我的须，我的发是白的，但我的心却永远是青的，他常常的对我们说，只要青年是我的知己，我理想的将来就有着落，我乐观的明灯永远不致暗淡。他不能相信纯洁的青年也会坠落在怀疑，猜忌，卑琐的泥溷。他更不能信中国遭受意外的待遇。他很不自在，他很感觉异样的怆心。

因此精神的懊丧更加重他躯体的倦劳。他差不多是病了。我们当然很焦急的期望他的健康，但他再没有心境继续他的讲演。我们恐怕今天就是他在北京公开讲演最后的一个机会。他有休养的必要。我们也决不忍再使他耗费他有限的精力。他不久又有长途的跋涉，他不能不有三四天完全的养息，所以从今天起，所有已经约定的会集，公开与私人的，一概撤销，他今天就出城去静养。

我们关切他的一定可以原谅，就是一小部分不愿意他来作客的诸君也可以自喜战略的成功。他是病了，他在北京不再开口了，他快走了，他从此不再来了。但是同学们，我们也得平心的想想，老人到底有什么罪，他有什么负心，他有什么不可容赦的犯案？公道是死了吗，为什么听不见你的声音？

他们说他是守旧，说他是顽固。我们能相信吗？他们说他是"太迟"，说他是"不合时宜"，我们能相信吗？他自己是不能信，真的不能信。他说这一定是滑稽家的反调。他一生所遭逢的批评只是太新，太早，太急进，太激烈，太革命的，太理想的，他六十年的生涯只是不断的奋斗与冲锋，他现在还只是冲锋与奋斗。但是他们说他是守旧，太迟，太老。他顽固奋斗的对象只是暴烈主义，资本主义，帝国主义，武力主义，杀灭性灵的物质主义；他主张的只是创造的生活，心灵的自由，国际的和平，教育的改造，普爱的实现。但他们说他是帝国政策的间谍，资本主义的助力，亡国奴族的流民，提倡裹脚的狂人！肮脏是在我们的政客与暴徒的心里，与我们的诗人又有什么关连？昏乱是在我们冒名的学者与文人的脑里，与我们的诗人又有什么亲属？我们何妨说太阳是黑的，我们何妨说苍蝇是真理？同学们，听信我的话，像他的这样伟大的声音我们也许一辈子再不会听着的了。留神目前的机会，预防将来的惆怅！他的人格我们只能到历史上去搜寻比拟。他的博大的温柔的灵魂我敢说永远是人类记忆里的一次灵迹。他的无边际的想象与辽阔的同情使我们想起惠德曼；他的博爱的福音与宣传的热心使我们记起托尔斯泰；他的坚韧的意志与艺术的天才使我们想起造摩西像的密仡郎其罗；他的诙谐与智慧使我们想象当年的苏格拉底与老聃；他的人格的和谐与优美使我们想念暮年的葛德；他的慈祥的纯爱的抚摩，他的为人道不厌的努力，他的磅礴的大声，有时竟使我们唤起救主的心像；他的光彩，他的音乐，他的雄伟，使我们想念奥林必克山顶的大神。他是不可侵凌的，不可逾越的，他是自然界的一个神秘的现象。他是三春和暖的南风，惊醒树枝上的新芽，增添处女颊上的红晕。

他是普照的阳光。他是一派浩瀚的大水，来自不可追寻的渊源，在大地的怀抱中终古的流着，不息的流着，我们只是两岸的居民，凭借这慈恩的天赋，灌溉我们的田稻，苏解我们的消渴，洗净我们的污垢。他是喜马拉雅积雪的山峰，一般的崇高，一般的纯洁，一般的壮丽，一般的高傲，只有无限的青天枕藉他银白的头颅。

人格是一个不可错误的实在，荒歉是一件大事，但我们是饿惯了的，只认鸠形与鹄面是人生本来的面目，永远忘却了真健康的颜色与彩泽。标准的低降是一种可耻的堕落；我们只是踞坐在井底的青蛙，但我们更没有怀疑的余地。我们也许揣详东方的初白，却不能非议中天的太阳。我们也许见惯了阴霾的天时，不耐这热烈的光焰，消散天空的云雾，暴露地面的荒芜，但同时在我们心灵的深处，我们岂不也感觉一个新鲜的影响，催促我们生命的跳动，唤醒潜在的想望，仿佛是武士望见了前峰烽烟的信号，更不踌躇的奋勇向前？只有接近了这样超轶的纯粹的丈夫，这样不可错误的实在，我们方始相形的自愧我们的口不够阔大，我们的嗓音不够响亮，我们的呼吸不够深长，我们的信仰不够坚定，我们的理想不够莹澈，我们的自由不够磅礴，我们的语言不够明白，我们的情感不够热烈，我们的努力不够勇猛，我们的资本不够充实……

我自信我不是恣滥不切事理的崇拜，我如其曾经应用浓烈的文字，这是因为我不能自制我浓烈的感想。但是我最急切要声明的是，我们的诗人，虽则常常招受神秘的徽号，在事实上却是最清明，最有趣，最诙谐，最不神秘的生灵。他是最通达人情，最近人情的。我盼望有机会追写他日常的生活与谈话。如其我是犯嫌疑的，如其我也是性近神秘的（有好多朋友这么说），你们还有适之先生的见证，他也说他是最可爱最可亲的个人；我们可以相信适之先生绝对没有"性近神秘"的嫌疑！所以无论他怎样的伟大与深厚，我们的诗人还只是有骨有血的人，不是野人，也不是天神。惟其是人，尤其是最富情感的人，所以他到处要求人道的温暖与安慰，他尤其要我们中国青年的同情与情爱。他已经为我们尽了责任，我们不应，更不忍辜负他的期望。同学们，爱你的爱，崇拜你的崇拜，是人情不是罪孽，是勇敢不是懦怯。

谒见哈代的一个下午

一

"如其你早几年,也许就是现在,到道骞司德的乡下,你或许碰得到《裘德》的作者,一个和善可亲的老者,穿着短裤便服,精神飒爽的,短短的脸面,短短的下颏,在街道上闲暇的走着,招呼着,答话着,你如其过去问他卫撒克士小说里的名胜,他就欣欣的从详指点讲解;回头他一扬手,已经跳上了他的自行车,按着车铃,向人丛里去了。我们读过他著作的,更可以想象这位貌不惊人的圣人,在卫撒克士广大的,起伏的草原上,在月光下,或在晨曦里,深思地徘徊着。天上的云点,草里的虫吟,远处隐约的人声都在他灵敏的神经里印下不磨的痕迹;或在残败的古堡里拂拭乳石上的苔青与网结;或在古罗马的旧道上,冥想数千年前铜盔铁甲的骑兵曾经在这日光下驻踪,或在黄昏的苍茫里,独倚在枯老的大树下,听前面乡村里的青年男女,在笛声琴韵里,歌舞他们节会的欢欣;或在济茨或雪莱或史文庞的遗迹,悄悄的追怀他们艺术的神奇……在他的眼里,像在高蒂闲(Theophile Gautier）的眼里，这看得见的世界是活着的；在他的'心眼'（The Lnward Eye）里，像在他最服膺的华茨华士的心眼里，人类的情感与自然的景象是相联合的；在他的想象里，像在所有大艺术家的想象里，不仅伟大的史迹，就是眼前最琐小最暂忽的事实与印象，都有深奥的意义，平常人所忽略或竟不能窥测的。从他那六十年不断的心灵生活，——观察、考量、揣度、印证，——从他那六十年不懈不弛的真纯经验里，哈代，像春蚕吐丝制茧似的抽绎他最微妙最桀傲的音调，纺织他最缜密最经久的诗歌——这是他献给我们可珍的礼物。"

二

上文是我三年前慕而未见时半自想象半自他人传述写来的哈代。去年七月在英国时，承狄更生先生的介绍，我居然见到了这位老英雄，虽则会面不及一小时，在余小子已算是莫大的荣幸，不能不记下一些踪迹。我不讳我的"英雄崇拜"。山，我们爱踹高的；人，我们为什么不愿意接近大的？但接近大人物正如爬高山，往往是一件费劲的事；你不仅得有热心，你还得有耐心。半道上力乏是意中事，草间的刺也许拉破你的皮肤，但是你想一想登临危峰时的愉快！真怪，山是有高的，人是有不凡的！我见曼殊斐儿，比方说，只不过二十分钟模样的谈话，但我怎么能形容我那时在美的神奇的启示中的全生震荡？——

> 我与你虽仅一度相见——
> 但那二十分不死的时间！

果然，要不是那一次巧合的相见，我这一辈子就永远见不着她——会面后不到六个月她就死了。自此我益发坚持我英雄崇拜的势利，在我有力量能爬的时候，总不教放过一个"登高"的机会。我去年到欧洲完全是一次"感情作用的旅行"；我去是为泰谷尔，顺便我想去多瞻仰几个英雄。我想见法国的罗曼罗兰，意大利的丹农雪乌，英国的哈代。但我只见着了哈代。

在伦敦时对狄更生先生说起我的愿望，他说那容易，我给你写信介绍，老头精神真好，你小心他带了你到道骞斯德林子里去走路，他仿佛是没有力乏的时候似的！那天我从伦敦下去到道骞斯德，天气好极了，下午三点过到的。下了站我不坐车，问了 Max Gate 的方向，我就欣欣的走去。他家的外园门正对一片青碧的平壤，绿到天边，绿到门前；左侧远处有一带绵邈的平林。进园径转过去就是哈代自建的住宅，小方方的壁上满爬着藤萝。有一个工人在园的一边剪草，我问他哈代先生在家不，他点一点头，用手指门。我拉了门铃，屋子里突然发一阵狗叫声，在这宁静中听得怪尖锐的，接着一个白纱抹头的年轻下女开门出来。

"哈代先生在家，"她答我的问，"但是你知道哈代先生是'永远'不见客的。"

我想糟了。"慢着，"我说，"这里有一封信，请你给递了进去。""那末请候一候。"她拿了信进去又关上了门。

她再出来的时候脸上堆着最俊俏的笑容。"哈代先生愿意见你，先生，请进来。"多俊俏的口音！"你不怕狗吗，先生。"她又笑了。"我怕。"我说。"不要紧，我们的梅雪就叫，她可不咬，这儿生客来得少。"

我就怕狗的袭来！战兢兢的进了门，进了官厅，下女关门出去，狗还不曾出现，我才放心。壁上挂着沙琴德（John Sargeant）的哈代画像，一边是一张雪莱的像，书架上记得有雪莱的大本集子，此外陈设是朴素的，屋子也低，暗沉沉的。

我正想着老头怎么会这样喜欢雪莱，两人的脾胃相差够多远，外面楼梯上一阵急促的脚步声和狗铃声下来，哈代推门进来了。我不知他身材实际多高，但我那时站着平望过去，最初几乎没有见他，我的印象是他是一个矮极了的小老头儿。我正要表示我一腔崇拜的热心，他一把拉了我坐下，口里连着说"坐坐"，也不容我说话，仿佛我的"开篇"辞他早就有数，连着问我，他那急促的一顿顿的语调与干涩的苍老的口音，"你是伦敦来的？""狄更生是你的朋友？""他好？""你译我的诗？""你怎么翻的？""你们中国诗用韵不用？"前面那几句问话是用不着答的（狄更生信上说起我翻他的诗），所以他也不等我答话，直到末一句他才收住了。他坐着也是奇矮，也不知怎的，我自己只显得高，私下不由局蹐，似乎在这天神面前我们凡人就在身材上也不应分占先似的！（阿，你没见过萧伯纳——这比下来你是个蚂蚁！）这时候他斜着坐，一只手搁在台上头微微低着，眼往下看，头顶全秃了，两边脑角上还各有一鬖也不全花的头发；他的脸盘粗看像是一个尖角往下的等边形三角，两颧像是特别宽，从宽浓的眉尖直扫下来的束住在一个短促的下巴尖；他的眼不大，但是深凹的，往下看的时候多，不易看出颜色与表情。最特别的，最"哈代的"，是他那口连着两旁松松往下堕的夹腮皮。如其他的眉眼只是忧郁的深沉，他的口脑的表情分明是厌倦与消极。不，他的脸是怪，我从不曾见过这样耐人寻味的脸。他那上半部，秃的宽广的前颊，着发的头角，你看了觉得好玩，正如一个孩子的头，使你感觉一种天真的趣味，但愈往下愈不好看，愈使你觉得难受，他那皱纹龟驳的脸皮正使你想起一块苍老的岩石，雷电的猛烈，风霜的侵凌，雨溜的剥蚀，苔藓的沾染，虫鸟的斑斓，什么时间与空间的变幻都在这上面遗留着痕迹！你知道他是不抵抗的，忍受的，但看他那下颊，谁说这不泄露他的怨毒，他的厌倦，他的报复性的沉默！他不露一点笑容，你不易相信他与我们一样也有嘻笑的本能。正如他的脊背是倾向伛偻，他面上的表情也只是一种不胜压迫的伛偻。喔哈代！

　　回讲我们的谈话。他问我们中国诗用韵不。我说我们从前只有韵的散文，没有无韵的诗，但最近……但他不要听最近，他赞成用韵，这道理是不错的。你投块石子到湖心里去，一圈圈的水纹漾了开去，韵是波纹。少不得。抒情诗 Lyric 是文学的精华的精华。颠不破的钻石，不论多小。磨不灭的光彩。我不重视我的小说。什么都没有做好的小诗难。〔他背了莎士比亚 "Tell me where is Fancybred"，朋琼生（Ben Jonson）的 "Drink to me only with thine eyes" 高兴的样子。〕我说我爱他的诗因为它们不仅结构严密像建筑，同时有思想的血脉在流走，像有机的整体。我说了 Organic 这个字；他重复说了两遍："Yes Organic, yes, Organic: A poem ought to be a Living thing" 练习文字顶好学写诗；很多人从学诗写好散文，诗是文字的秘密。

　　他沉思了一晌。"三十年前有朋友约我到中国去。他是一个教士。我的朋友，叫莫尔德，他在中国住了五十年，他回英国来时每回说话先想起中文再翻英文的！他中国什么都知道，他请我去，太不便了，我没有去。但是你们的文字是怎么一回事？难极了不是？为什么你们不丢了它，改用英文或法文，不方便吗？"哈代这话骇住了我。一个最认识各种语言的天才的诗人要我们丢掉几千年的文字！我与他辩难了一响，幸亏他也没有坚持。

说起我们共同的朋友；他又问起狄更生的近况，说他真是中国的朋友。我说我明天到康华尔去看罗素。谁？罗素？他没有加案语。我问起勃伦腾（Edmund Blunden），他说他从日本有信来，他是一个诗人。讲起麦雷（John M. Murry）他起劲了。"你认识麦雷？"他问。"他就住在这儿道骞斯德海边，他买了一所古怪的小屋子，正靠着海，怪极了的小屋子，什么时候那可以叫海给吞了去似的。他自己每天坐一部破车到镇上来买菜。他是有能干的。他会写。你也见过他从前的太太曼殊斐儿？他又娶了，你知道不？我说给你听麦雷的故事。曼殊斐儿死了，他悲伤得很，无聊极了，他办了他的报（我怕他的报维持不了），还是悲伤。好了，有一天有一个女的投稿几首诗，麦雷觉得有意思，写信叫她去看他，她去看他，一个年轻的女子，两人说投机了，就结了婚，现在大概他不悲伤了。"

他问我那晚到那里去。我说到 Exeter 看教堂去，他说好的。他就讲建筑，他的本行。我问你小说里常有建筑师，有没有你自己的影子？他说没有。这时候梅雪出去了又回来，咻咻的爬在我的身上乱抓。哈代见我有些窘，就站起来呼开梅雪，同时说我们到园里去走走吧，我知道这是送客的意思。我们一起走出门绕到屋子的左侧去看花，梅雪摇着尾巴咻咻的跟着。我说哈代先生，我远道来你可否给我一点小纪念品。他回头见我手里有照相机，他赶紧他的步子急急的说，我不爱照相，有一次美国人来给了我很多的麻烦，我从此不叫来客照相，——我也不给我的笔迹

（Autograph），你知道？他脚步更快了，微偻着背，腿微向外弯一摆一摆的走着仿佛怕来客要强抢他什么东西似的！"到这儿来，这儿有花，我来采两朵花给你做纪念好不好？"他俯身下去到花坛里去采了一朵红的一朵白的递给我："你暂时插在衣襟上吧，你现在赶六点钟车刚好，恕我不陪你了，再会，再会——来，来，梅雪，梅雪……"老人扬了扬手，径自进门去了。

啬刻的老头，茶也不请客人喝一盅！但谁还不满足，得着了这样难得的机会？往古的达文赛、莎士比亚、葛德、拜伦，是不回来了的；——哈代！多远多高的一个名字！方才那头秃秃的背弯弯的腿屈屈的，是哈代吗？太奇怪了！那晚有月亮，离开哈代五个钟头以后，我站在哀克刹脱教堂的门前玩弄自身的影子，心里充满着神奇。

海滩上种花①

朋友是一种奢华,且不说酒肉势利,那是说不上朋友,真朋友是相知,但相知谈何容易。你要打开人家的心,你先得打开你自己的,你要在你的心里容纳人家的心,你先得把你的心推放到人家的心里去:这真心或真性情的相互的流转,是朋友的秘密,是朋友的快乐。但这是说你内心的力量够得到,性灵的活动有富余,可以随时开放,随时往外流,像山里的泉水,流向容得住你的同情的沟槽;有时你得冒险,你得化本钱,你得抵拼在巉岈的乱石间,触刺的草缝里耐心的寻路,那时候艰难,苦痛,消耗,在在是可能的,在你这水一般灵动,水一般柔顺的寻求同情的心能找到平安欣快以前。

我所以说朋友是奢华,"相知"是宝贝,但得拿真性情的血本去换,去拼。因此我不敢轻易说话,因为我自己知道我的来源有限,十分的谨慎尚且不时有破产的恐惧;我不能随便"化"。

---

① 此文本为徐志摩在北京师范大学附中的演讲稿。演讲时间是一九二四年十二月三十日,由附中学生整理后刊载于一九二五年二月十五日的《北京师大周刊》。

前天有几位小朋友来邀我跟你们讲话，他们的恳切折服了我，使我不得不从命，但是小朋友们，说也惭愧，我拿什么来给你们呢？

我最先想来对你们说些孩子话，因为你们都还是孩子。但是那孩子的我到那里去了？仿佛昨天我还是个孩子，今天不知怎的就变了样。什么是孩子要不为一点活泼的天真，但天真就比是泥土里的嫩芽，天冷泥土硬就压住了它的生机——这年头问谁去要和暖的春风？

孩子是没了。你记得的只是一个不清切的影子，麻糊得紧，我这时候想起就像是一个瞎子追念他自己的容貌，一样的记不周全；他即使想急了拿一双手到脸上去印下一个模子来，那样子也是个死的。真的没了。一天在公园里见一个小朋友不提多么活动，一忽儿上山，一忽儿爬树，一忽儿溜冰，一忽儿干草里打滚，要不然就跳着憨笑；我看着羡慕，也想学样，跟他一起玩，但是不能，我是一个大人，身上穿着长袍，心里存着体面，怕招人笑，天生的灵活换来矜持的存心——孩子，孩子是没有的了，有的只是一个年岁与教育蛀空了的躯壳，死僵僵的，不自然的。

我又想找回我们天性里的野人来对你们说话。因为野人也是接近自然的；我前几年过印度时得到极刻心的感想，那里的街道房屋以及土人的体肤容貌，生活的习惯，虽则简，虽则陋，虽则不夸张，却处处与大自然——上面碧蓝的天，火热的阳光，地下焦黄的泥土，高矗的椰树——相调谐，情调，色彩，结构，看来有一种意义的一致，就比是一件完美的艺术的作品。也不知怎的，那天看了他们的街，街上的牛车，赶车的老头露着他的赤光的头颅与紫姜色的圆肚，他们的庙，庙里的圣像与神座前的花。

我心里只是不自在，就仿佛这情景是一个熟悉的声音的叫唤，叫你去跟着他，你的灵魂也何尝不活跳跳的想答应一声"好，我来了"，但是不能，又有碍路的挡着你，不许你回复这叫唤声启示给你的自由。困着你的是你的教育；我那时的难受就比是一条蛇摆脱不了困住他的一个硬性的外壳——野人也给压住了，永远出不来。

所以今天站在你们上面的我不再是融会自然的野人，也不是天机活灵的孩子：我只是一个"文明人"，我能说的只是"文明话"。但什么是文明只是堕落？文明人的心里只是种种虚荣的念头，他到处忙不算，到处都得计较成败。我怎么能对着你们不感觉惭愧？不了解自然不仅是我的心，我的话也是的。并且我即使有话说也没法表现，即使有思想也不能使你们了解；内里那点子性灵就比是在一座石壁里牢牢的砌住，一丝光亮都不透，就凭这双眼望见你们，但有什么法子可以传达我的意思给你们，我已经忘却了原来的语言，还有什么话可说的？

但我的小朋友们还是逼着我来说谎（没有话说而勉强说话便是谎）。知识，我不能给；要知识你们得请教教育家去，我这里是没有的。智慧，更没有了：智慧是地狱里的花果，能进地狱更能出地狱的才采得着智慧，不去地狱的便没有智慧——我是没有的。

我正发窘的时候，来了一个救星——就是我手里这一小幅画，等我来讲道理给你们听。这张画是我的拜年片，一个朋友替我制的。你们看这个小孩子在海边沙滩上独自的玩，赤脚穿着草鞋，右手提着一枝花，使劲把它往沙里栽，左手提着一把浇花的水壶，壶里水点一滴滴的往下掉着。离着小孩不远看得见海里翻动着的波澜。

你们看出了这画的意思没有？

在海砂里种花。在海砂里种花！那小孩这一番种花的热心怕是白费的了。砂碛是养不活鲜花的，这几点淡水是不能帮忙的；也许等不到小孩转身，这一朵小花已经支不住阳光的逼迫，就得交卸他有限的生命，枯萎了去。况且那海水的浪头也快打过来了，海浪冲来时不说这朵小小的花，就是大根的树也怕站不住——所以这花落在海边上是绝望的了，小孩这番力量准是白化的了。

你们一定很能明白这个意思。我的朋友是很聪明的，他拿这画意来比我们一群呆子，乐意在白天里做梦的呆子，满心想在海砂里种花的傻子。画里的小孩拿着有限的几滴淡水想维持花的生命，我们一群梦人也想在现在比沙漠还要干枯，比沙滩更没有生命的社会里，凭着最有限的力量，想下几颗文艺与思想的种子，这不是一样的绝望，一样的傻？想在海砂里种花，想在海砂里种花，多可笑呀！但我的聪明的朋友说，这幅小小画里的意思还不止此；讽刺不是他的目的。他要我们更深一层看。在我们看来海砂里种花是傻气，但在那小孩自己却不觉得。他的思想是单纯的，他的信仰也是单纯的。他知道的是什么？他知道花是可爱的，可爱东西应得帮助他发长；他平常看见花草都是从地土里长出来的，他看来海砂也只是地，为什么海砂里不能长花他没有想到，也不必想到，他就知道拿花来栽，拿水去浇，只要那花在地上站直了他就欢喜，他就乐，他就会跳他的跳，唱他的唱，来赞美这美丽的生命，以后怎么样，海砂的性质，花的运命，他全管不着！我们知道小孩们怎样的崇拜自然，他的身体虽则小，他的灵魂却是大着，他的衣服也许脏，他的心可是洁净的。这里还有一幅画，这是自然的崇拜，你们看这孩子在月光下跪着拜一朵低头的百合花，这时候他的心与月光一般的清洁，与花一般的美丽，与夜一般的安静。我们可以知道到海边上来种花那孩子的思想与这月下拜花的孩子的思想会得跪下的——单纯，清洁，我们可以想象那一个孩子把花栽好了也是一样来对着花膜拜祈祷——他能把花暂时栽了起来便是他的成功，此外以后怎么样不是他的事情了。

你们看这个象征不仅美，并且有力量；因为它告诉我们单纯的信心是创作的泉源——这单纯的烂漫的天真是最永久最有力量的东西，阳光烧不焦他，狂风吹不倒他，海水冲不了他，黑暗掩不了他——地面上的花朵有被摧残有消灭的时候，但小孩爱花种花这一点："真"却有的是永久的生命。

我们来放远一点看。我们现有的文化只是人类在历史上努力与牺牲的成绩。为什么人们肯努力肯牺牲？因为他们有天生的信心；他们的灵魂认识什么是真什么是善什么是美，虽则他们的肉体与智识有时候会诱惑他们反着方向走路；但只要他们认明一件事情是有永久价值的时候，他们就自然的会得兴奋，不期然的自己牺牲，要在这忽忽变动的声色的世界里，赎出几个永久不变的原则的凭证来。耶稣为什么不怕上十字架？密尔顿何以瞎了眼还要做诗，贝德花芬何以聋了还要制音乐，密仡郎其罗为什么肯积受几个月的潮湿不顾自己的皮肉与靴子连成一片的用心思，为的只是要解决一个小小的美术问题？为什么永远有人到冰洋尽头雪山顶上去探险？为什么科学家肯在显微镜底下或是数目字中间研究一般人眼看不到心想不通的道理消磨他一生的光阴？

为的是这些人道的英雄都有他们不可摇动的信心；像我们在海砂里种花的孩子一样，他们的思想是单纯的——宗教家为善的原则牺牲，科学家为真的原则牺牲，艺术家为美的原则牺牲——这一切牺牲的结果便是我们现有的有限的文化。

　　你们想想在这地面上做事难道还不是一样的傻气——这地面还不与海砂一样不容你生根；在这里的事业还不是与鲜花一样的娇嫩？——潮水过来可以冲掉，狂风吹来可以折坏，阳光晒来可以熏焦我们小孩子手里拿着往砂里栽的鲜花，同样的，我们文化的全体还不一样有随时可以冲掉、折坏、熏焦的可能吗？巴比伦的文明现在那里？嘭哗（庞贝）城曾经在地下埋过千百年，克利脱的文明直到最近五六十年间才完全发见。并且有时一件事实体的存在并不能证明他生命的继续。这区区地球的本体就有一千万个毁灭的可能。人们怕死不错，我们怕死人，但最可怕的不是死的死人，是活的死人，单有躯壳生命没有灵性生活是莫大的悲惨；文化也有这种情形，死的文化倒也罢了，最可怜的是勉强喘着气的半死的文化。你们如其问我要例子，我就不迟疑的回答你说，朋友们，贵国的文化便是一个喘着气的活死人！时候已经很久的了，自从我们最后的几个祖宗为了不变的原则牺牲他们的呼吸与血液，为了不死的生命牺牲他们有限的存在，为了单纯的信心遭受当时人的讪笑与侮辱。时候已经很久的了，自从我们最后听见普遍的声音像潮水似的充满着地面。时候已经很久的了，自从我们最后看见强烈的光明像彗星似的扫掠过地面。时候已经很久的了，自从我们最后为某种主义流过火热的鲜血。时候已经很久的了，自从我们的骨髓里有胆量，我们的说话里有分量。这是一个极伤心的反省！我真不知道这时代犯了什么不可赦的大罪，上帝竟狠心的赏给我们这样恶毒的刑罚？你看看去这年头到那里去找一个完全的男子或是一个完全的女子——你们去看去，这年头那一个男子不是阳痿，那一个女子不是鼓胀！要形容我们现在受罪的时期，我们得发明一个比丑更丑比脏更脏比下流更下流比苟且更苟且比懦怯更懦怯的一类生字去！朋友们，真的我心里常常害怕，害怕下回东风带来的不是我们盼望中的春天，不是鲜花青草蝴蝶飞鸟，我怕他带来一个比冬天更枯槁更凄惨更寂寞的死天——因为丑陋的脸子不配穿漂亮的衣服，我们这样丑陋的变态的人心与社会凭什么权利可以问青天要阳光，问地面要青草，问飞鸟要音乐，问花朵要颜色？你问我明天天会不会放亮？我回答说我不知道，竟许不！

归根是我们失去了我们灵性努力的重心，那就是一个单纯的信仰，一点烂漫的童真！不要说到海滩去种花——我们都是聪明人谁愿意做傻瓜去——就是在你自己院子里种花你都懒怕动手哪！最可怕的怀疑的鬼与厌世的黑影已经占住了我们的灵魂！

所以朋友们，你们都是青年，都是春雷声响不曾停止时破绽出来的鲜花，你们再不可堕落了——虽则陷阱的大口满张在你的跟前，你不要怕，你把你的烂漫的天真倒下去，填平了它再往前走——你们要保持那一点的信心，这里面连着来的就是精力与勇敢与灵感——你们要不怕做小傻瓜，尽量在这人道的海滩边种你的鲜花去——花也许会消灭，但这种花的精神是不烂的！

十二月三十日

欧游漫录①

一　给新月②

新月的朋友，这时候你们在那里？太阳还不曾下山，我料想你们各有各的职务，在学堂的，上衙门的，有在公园散步的，也有弄笔墨的调颜色的，我亲爱的朋友们，我在这里想念着你们！

我现在的地方是你们大多数不曾到过的。你们知道西伯利亚有一个贝加尔湖，这半天，我们的车就绕着那湖的沿岸走。我现在靠窗口震震的写字，左首只是崿岩与绝壁，右面就是那大湖，什么湖简直是一个云海，上帝知道这底下冰结的多深，对岸是重峦叠峰的山岭，无数戴雪帽的高峰在晚霞中傲着他们的高洁。这里的天光也好像是格外的澄清，方才下午的天真是一青到底，一

---

① 部分作于一九二五年五月，初载于同年六月十二日、十七日、十八日、十九日，七月三日、六日、七日、九日、十一日，八月一日、二日、六日、十日《晨报副刊》，署名徐志摩。

② 作于一九二五年三月十四日，载于同年四月二日《晨报》副刊，署名徐志摩，未收集。新月社，现代中国文化史著名的团体，社址在北京松树胡同7号，后来在文学上有较大影响。徐志摩是新月社的中坚之一。

屑云气都没有，这时候沿湖蒸起了薄霭，也有三两条古铜色的冻云在对岸的山峰间横亘着。方才我写信给一个朋友说这雪地里的静是一种特有的意境，最使人发生遐想。我面对着这伟大的自然，不由我不内动了感兴；我的身体虽只是这冰天雪地里一个微蚁，但我内心顿时扩大了，思想与情感却仿佛要冲破这渺小的躯体，向没遮拦的天空飞去。朋友们，你们有我的想念；我早已想写信给你们，要你们知道我是随时记着你们的，我不曾早著笔也有我的打算；这一路来忙着转车，不曾有一半天的安逸；长白山边，松花江畔，都叫利欲的人间薰改了气味，那时我便提笔亦只有厌恶与愤慨；今天难得有贝加尔湖的晴爽，难得有我自己心怀的舒畅所以我抖擞精神，决意来开始这番漫游的通信。

今天我不仅想念我的朋友，我也想念我的新月。

我快离京的时候有几位朋友，听说我要到欧洲去，就很替新月社担忧：他们说你这一去，新月社一定受影响，即使不至于关门，恐怕难免狼狈。这话我听了很不愿意，因为在这话里可以看出一般人对于新月社究竟是什么一回事并没有应有的了解。但这也不能深怪，因为我们志愿虽则有，到现在为止却并不曾有相当的事迹来证实我们的志愿，所以外界如其不甚了解乃至误解新月社的旨趣的，我们除了自己还怨谁去？我是发起这志愿最早的一个人。凭这个资格我想来说几句关于新月的话。

组织是有形的，理想是看不见的，新月初起时只是少数人共同的一个想望，那时的新月社只是个口头的名称，与现在松树胡同七号那个新月社俱乐部可以说并没有怎样密切的血统关系。我们当初想望的是什么呢？当然只是书呆子们的梦想！我们想做戏，我们想集合几个人的力量，自编戏自演，要得的请人来看，要不得的反正自己好玩。说也可惨,去年四月里演的契玦腊要算我们这一年来唯一的成绩,而且还得多谢泰戈尔老先生的生日逼出来的!去年年底也曾忙了两三个星期想排演西林先生的几个小戏,也不知怎的始终没有排成。随时产生的主意尽有,想做这样,想做那样,但结果还是一事无成。

同时新月社的俱乐部,多谢黄子美先生的能干与劳力,居然有了着落。房子不错,布置不坏,厨子合式,什么都好,就是一件事为难——经费。开办费是徐申如先生(我的父亲)与黄子美先生垫在那里的,据我所知,分文都没有归清。经常费当然单靠社员的月费,照现在社员的名单计算,假如社员一个个都能按月交费,收支勉强可以相抵。但实际上社费不易收齐,支出却不能减少,单就一二两月看,已经不免有百数以外的亏空——但这情形是决不可以为常的。黄先生替我们大家当差,做总管事,社里大小的事情那一样能免得了烦他,他不向我们要酬劳已是我们的便宜,再要他每月自掏腰包贴钱,实在是太说不过去了。所以怪不得他最初听说我要到欧洲去,他真的眼睛都瞪红了。他说你这不是存心拆台,我非给你拼命不可!固然黄先生把我与新月社的关系看得太过分些,但在他的确有他的苦衷,这里也不必细说,反正我住在里面,碰着缓急时他总还可以抓着一个,如果我要是一溜烟走了,跟着大爷们爱不交费就不交费,爱不上门就不上门。这一来黄爹岂不吃饱了黄连,含着一口的苦水叫他怎么办?原先他贴钱赔工夫费心思,原想博大家一个高兴,如果要是大家一翻脸说办什么俱乐部这不是你自个儿活该,那可以不是随便开的玩笑?黄爹一灰心,不用提第一个就咒徐志摩,他真会拿手枪来找我都难说哩!所以我就为预防我个人的安全起见也得奉求诸位朋友们协力帮忙，维持这俱乐部的生命。

这当然是笑话，认真说，假如大多数的社员的进社都是为敷衍交情来的，实际上对于新月社的旨趣及他的前途并没有多大的同情，那事情倒好办。新月社有的是现成的设备，也不能算恶劣，我们尽可以趁早不拍卖，好在西交民巷就在间壁，不怕没有主顾，有馀利可赚都说不定哩！搭台难坍台还不容易，要好难，下流还不容易。银行家要不出相当的价钱，政客先生们那里也可以想法，反正只要开办费有了着落，大家散伙就完事。

但那是顶凄惨的末路，不必要的一个设想；我们尽可以向着光亮处寻路。我们现在不必问社员们究竟要不要这俱乐部，俱乐部已经在那儿，只要大家尽一分子的力量，事情就好办。问题是在我们这一群人，在这新月的名义下结成一体。宽紧不论，究竟想做些什么？我们几个创始人得承认在这两个月内我们并没有露我们的棱角。在现今的社会里，做事不是平庸便是下流，做人不是懦夫便是乡愚。这露棱角（在有棱角可露的）几乎是我们对人对己两负的一种义务。有一个要得的俱乐部，有舒服沙发躺，有可口的饭菜吃，有相当的书报看，也就不坏；但这躺沙发决不是结社的宗旨，吃好菜也不是我们的目的。不错，我们曾经开过会来，新年有年会，元宵有灯会，还有什么古琴会、书画会、读书会，但这许多会也只能算是时令的点缀，社友偶尔的兴致，决不是真正新月的清光，决不是我们想像中的棱角。假如我们的设备止是书画琴棋外加茶酒，假如我们举措的目标止是有产有业阶级的先生太太们的娱乐消遣，那我们新月社岂不变了一个古式的新世界或是新式的旧世界了吗？这 Petty bourgeois① 的味儿我第一个就受不了。同时神经敏锐的先生们对我们新月社已经了生不少奇妙的揣详。因为我们社友里有在银行里做事的，就有人说我们是资本家的机关；因为我们社友有一两位出名的政治家，就有人说我们是某党某系的机关；因为我们社友里有不少北大的同事，就有人说我们是北大学阀的机关；因为我们社友里有男有女，就有人说我们是过激派。这类的闲话多着哩，但这类的脑筋正仿佛那位躺在床上喊救命的先生，他睡梦中见一只车轮大的怪物张着血盆大的口要来吃他，其实只是他夫人那里的一个跳蚤爬上了他的腹部。

　　跳蚤我们是不怕的，但露不出棱角来是可耻的。这时候，我一个人在西伯利亚大雪地里空吹也没有用，将来要有事情做，也得大家协力帮忙才行。几个爱做梦的人，一点子创作的能力，一点子不服输的傻气，合在一起什么朝代推不翻？什么事业做不成？当初罗刹蒂一家几个兄妹合起莫利思朋琼司几个朋友在艺术界里就打开了一条新路，萧伯纳卫伯夫妇合一起在政治思想界里也就开辟了一条新道。新月新月，难道我们这新月便是用纸板剪的不成？朋友们等着，兄弟上阿尔帕斯的时候再与你们谈天。

三月十四日西伯利亚

---

① 译作"小资产阶级"。

二　开篇

你答应了一件事，你的心里就打上了一个结；这个结一天不解开，你的事情一天不完结，你就一天不得舒服。"不做中人不做保，一世无烦恼。"就是这个意思，谁叫我这回出来，答应了人家通讯？在西伯利亚道上我记得曾经发出过一封，但此后，约摸有个半月了，一字我不曾寄去，债愈积愈不容易清呢，我每天每晚揪住了心里的那个结对自己说。同时我知道国内一部分的朋友也一定觉着诧异，他们一定说"你看出门人没有靠得住的，他临走的时候答应得多好，说一定随时有信来报告行踪，现在两个月都快满了，他那里一个字都不曾寄来！"

但是朋友们，你们得知道我并不是存心叫你们失望的；我至今不写信的缘故决不完全是懒，虽则懒是到处少不了有他的分。当然更不是为无话可说；上帝不许！过了这许多逍遥的日子还来抱怨生活平凡。话多的很，岂止有，难处就在积满了这一肚子的话。从那里说起才是；这是一层，还有一个难处，在我看来更费踌躇，是这番话应该怎么说法？假如我是一个干脆的报馆访事员，他唯一的金科是有闻必录，那倒好办，只要把你一只耳朵每天收拾干净，出门不要忘了带走，轻易不许他打盹，同时一手拿着纪事册，一手拿着"永远光"。外来的新闻交给耳朵，耳朵交给手，手交给笔，笔交给纸，这不就完事了不是？可惜我没有做访事的天赋；耳朵不够长，手不够快，我又太笨，思想来得奇慢的，笔下请得到的有数几个字也都是有脾气的，只许你去凑他们的趣，休想他们来凑你的趣；否则我要是有画家的本事，见着那处风景好，或是这边人物美，立刻就可以打开本子来自描写生，那不是心灵里的最细沉最飘忽的消息，都有法子可以款留踪迹，我也不怕没有现成文章做了。

我想你们肯费工夫来看我通讯的也不至于盼望什么时局的新闻。莫索利尼的演说，兴登堡将军做总统，法国换内阁等等，自有你们驻欧特约通信员担任，我这本记事册上纸张不够宽恕不备载了。你们也不必期望什么出奇的事项，因为我可以私下告诉你们，我这回到欧洲来并不想谋财，也不想害命，也不愿意自己的腿子叫汽车压扁或是牺牲钱包让剪绺先生得意。不，出奇也是不会得的，本来我自己是一个平淡无奇的游客，我眼内的欧洲也只是平淡无奇的几个城子；假如我有话说时也只是在这平淡无奇的经验的范围内平淡无奇的几句话，再没有别的了。

唯其因为到处是平淡无奇，我这里下笔写的时候就格外觉得为难。假如我有机会看得见牛斗，一只穿红衣的大黄牛和一个穿红衣的骑士拼命，千万个看客围着拍掌叫好的话，我要是写下一篇《斗牛记》，那不仅你们看的人合式，我写的人也容易。偏偏牛斗我看不着（听说西班牙都禁绝了）；别说牛斗，人斗都难得见着，这世界分明是个和平的世界，你从这国的客栈转运到那国的客栈见着的无非仆欧们的笑脸与笑脸的"仆欧"们——只要你小钱凑手你准看得见一路不断的笑脸。这刻板的笑脸当然不会得促动你做文章的灵机。就这意大利人，本来是出名性子暴躁轻易就会相骂的，也分明涵养好多了；你们念过 W. D. Howells Venetian Life 的那段两位江朵蜡船家吵嘴的妙文一定以为到此地来一定早晚听得见色彩鲜艳的骂街；但是不，我来了已经有一个多月却还一次都不曾见过暴烈的南人的例证。总之这两月来一切的事情都像是私下说通了不叫我听到见到或是碰到一些异常的动静！同时我答应做通讯的责任并不因此豁免或是减轻；我的可恨的良心天天掀着我的肘子说"喂，赶快一点，人家等着你哪！"

寻常的游记我是不会写的，也用不着我写，这烂熟的欧洲，又不是北冰洋的尖头或是非洲沙漠的中心，谁要你来饶舌。要我拿日记来公开我有些不愿意，叫白天离魂的鬼影到大家跟前来出现似乎有些不妥当——并且老实说近来本子上记下的也不多。当作私人信札写又如何呢？那也是一个写法，但你心目中总得悬拟你一个相识的收信人，这又是困难，因为假如你存想你最亲密的朋友，他或是她，你就有过于啰嗦的危险，同时如其你假定的朋友太生分了，你笔下就有拘束，一样的不讨好。阿。朋友们，你们的失望是定的了。方才我开头的时候似乎多少总有几句话说给你们听但是你们看我笔头上别扭了好半天，结果还是没有结果：应得说什么，我自己不知道，应得怎么说法，我也是不知道！所以我不得不下流，不得不想法搪塞，笔头上有什么来我就往纸上写，管得选择，管得体裁，管得体面！

三　自愿的充军

"谁叫你去来，这不是活该？"我听得见北京的朋友们说。我是个感情的人；老头病了，想我去，我不得不去，我就去。那时候有许多朋友都反对，他们说"老头快死了，你赶去送丧不成？趁早取消吧！至于意大利你那一个年头去不得，等着有更好的机会再去不好？"如今他们更有话说了："你看老头不是开你玩笑？他要你去，自己倒反早跑了。现在你这光棍吊空在欧洲，何苦来,赶快回家吧!"

四　离京

我往常出门总带着一只装文件的皮箱,这里面有稿本,有日记,有信件,大都多是见不得人面的。这次出门有一点特色,就是行李里出空了秘密的累赘,干脆的几件衣服几本书,谁来检查都不怕,也不知怎的生命里是有那种不可解的转变,忽然间你改变了评价的标准,原来看重的这时不看重了,原来隐讳的这时也无庸隐讳了,不但皮箱里口袋里出一个干净,连你的脑子里五脏里本来多的是古怪的复壁夹道。现在全理一个清通,像意大利麦古龙尼似的这头通到那头。这是一个痛快。做生意的馆子逢到节底总结一次账,进出算个分明,准备下一节重新来过;我们的生命里也应得隔几时算一次总账,赚钱也好,亏本也好,是没头没脑的窝着堆着总不是道理。好在生意忙的时期也不长,就是中间一段交易复杂些,小孩子时代不会做买卖,老了的时候想做买卖没有人要,就这约莫二十岁到四十岁的二十年间的确是麻烦的,随你怎样认真记账总免不了挂漏。还有记错的隔壁账,糊涂账,吃着的坍帐,混账,这时候好经理真不容易做!我这回离京真是爽快,真叫是"一肩行李,两袖清风,俺就此去也!"但是不要得意,以前的账务虽到暂时结清(那还是疑问),你店门还是开着,生意还是做着,照这样热闹的市面,怕要不了一半年,尊驾的帐目又该是一塌糊涂了!

五　旅伴

西班牙有一个俗谚，大旨是"一人不是伴，两人正是伴，三数便成群，满四就是乱。"这旅行，尤其是长途的旅行，选伴是一桩极重要的事情。我的理论，我的经验，都使我无条件的主张独游主义——是说把游历本身看做目的。同样一个地方你独身来看与结伴来看所得的结果就不同。理想的同伴（比如你的爱妻或是爱友或是爱什么）当然有，但与其冒险不如意同伴的懊怅不如立定主意独身走来得妥当。反正近代的旅行其实是太简单容易了，尤其是欧洲，哑巴瞎子聋聱傻瓜都不妨放胆去旅行，只要你认识字，会得做手势，口袋里有钱，你就不会丢。

我这次本来已经约定了同伴，那位先生高明极了，他在西伯利亚打过几年仗，会说俄国话，气力又大，跟他同走一定吃不了亏。可是我心里明白，天下没有无条件的便宜，况且军官大爷不是容易伺候的，回头他发现假定的"绝对服从"有漏孔时他就对着这无抵抗的弱者发威，那可不是玩！这样一想我觉得还是独身去西伯利亚冒险，比较的不恐怖些，说也巧，那位先生在路上发现他的公事还不曾了结至少须延迟一星期动身，我就趁机会告辞，一溜烟先自跑了！

同时在车上我已经结识了两个旅伴：一位是德国人。做帽子生意的，他的脸子，他的脑袋，他的肚子都一致声明他决不是别一国人。他可没有日耳曼人往常的镇定，在他那一只闪烁的小眼睛里你可以看出他一天害怕与提防危险的时候多，自有主见的时候少。他的鼻子不消说完全是叫啤酒与酒精薰糟了的，皮里的青筋全都纠盘的供着，活像一只霁红碎瓷的鼻烟壶。他常常替他自己发现着急的原因，不是担忧他的护照少了一种签字，便是害怕俄国人要充公他新做的衬衫。他念过他的叔本华；每次不论讲什么问题他的结句总是"倒不错，叔本华也是这么说的！"

还有一个更有趣的旅伴在车上结识的是意大利人。他也是在东方做帽子生意的。如其那位德国先生满脑子装着香肠啤酒与叔本华的，我见了不由得不起敬，这位拉丁族的朋友我简直的爱他了，我初次见他，猜他是个大学教授，第二次见他猜他是开矿的，到最后才知道他也是卖帽子给我们的，我与他谈得投机极了，他有的是谐趣，书也看得不少，见解也不平常。像这种无意中的旅伴是很难得的，我一途来不觉着寂寞就幸亏有他，我到了还与他通信。你们都见过大学眼药的广告不是？那有一点儿像我那朋友。只是他漂亮多了，他那烧胡是不往下挂的，修得顶整齐，又黑又浓又紧，骤看像是一块天鹅绒；他的眼最表示他头脑的敏锐，他的两颊是鲜杨梅似的红，益发激起他白的肤色与漆黑的发。他最爱念的书是 Don Quixteo Ariosto，这是他的癖好，丹德当然更是他从小的陪伴。

六　两个生客

我是从满洲里买票的。普通车到莫斯科票价共一百二十几卢布，国际车到赤塔才有，我打算到了赤塔再补票，到赤塔时耿济之君到车站来接我，一问国际车，票房说要外加一百卢布，同时别人分两段（即自满洲里至赤塔，再由赤塔买至莫斯科）买票的只花了一百七十多卢布。我就不懂为什么要多花我二三十卢布，一时也说不清,我就上了普通车,那是四个人一间的。但是上车一看情形有些不妥,因为房间里已经有波兰人一家住着,一个秃顶的爸爸,一个搽胭脂的妈妈,一个十三四岁的男孩,一个几个月的乳孩;我想这可要不得,回头拉呀哭呀闹呀叫我这外客怎么办,我就立刻搬家,管他要添多少搬上了华丽舒服的国际车再说。运气也正好,恰巧还有一间三人住的大房空着,我就住下了;顶奇怪是等到补票时我满想挨化冤钱,谁知他只要我四十三元,合算起来倒比别人便宜了十个左右的卢布,这里面的玄妙我始终不曾想出来。

车上伺候的是一位忠实而且有趣的老先生。他来替我铺床笑着说:"呀,你好福气,一个人占上这一大间屋子;我想你不应得这样舒服,车到了前面大站我替人放进两位老太太陪你,省得你寂寞好不好?"我说多谢多谢,但是老太太应得陪像你自己这样老头子的;我是年轻的,所以你应得寻一两个一样年轻的与我作伴才对。

我居然过了三天舒服的日子,第四天看了车上消息说今晚有两个客人上来,占我房里的两个空位。我就有点慌,跑去问那位老先生这消息真不真,他说,"怎么会得假呢?你赶快想法子欢迎那两位老太太吧!"(俄国车上男女是不分的)回头车到了站,天已经晚了,我回房去看时果然见有几件行李放着:一只提箱,两个铺盖,一只装食物的篾箱。间壁一位德国太太过来看了对我说:"你舒服了几天这回要受罪了,方才来的两位样子顶古怪的,不像是西方人,也不像是东方人,你留心点吧。"正说着话他们来了,一个高的,一个矮的;一个肥的,一个瘦的;一个黑脸,一个青脸——(他们两位的尊容真得请教施耐庵先生才对得住他们，我想胖的那位可以借用黑旋风的雅号，瘦的那位得叨光杨志与王英两位："矮脚、青面兽"）；两位头上全是黑松松的乱发，身上都穿着青辽辽的布衣，衣襟上都针着红色的列宁像。我是不曾见过杀人的凶手；但如其那两位朋友告诉我们方才从大牢里逃出来的，我一定无条件的相信！我们交谈了。不成，黑旋风先生很显出愿意谈天的样子，虽则青面兽先生绝对的取缄默态度；黑先生只会三两句英国话，再来就是俄国话，再来更不知是什么鸟话。他们是土耳其斯坦来的。"你中国！"他似乎惊喜的回话。

一回见他们上饭车去了，那位老车役进房来铺房，见我一个人坐着发愣他就笑说"你新来的朋友好不好？"我说算了，劳驾，我还是欢迎你的老太太们！"你看年轻人总是这样三心两意的，老有不要，年轻的也不……"喔！枕垫底下可不是放着一对满装子弹的白郎林手枪？他捡了起来往上边床上一放，慢慢的接着说"年轻的也确太危险了，怪不得你不喜欢。"我平常也自夸多少有些"幽默"的，但那晚与那两位形迹可疑的生客睡在一房，心里着实有些放不平，上床时偷偷把钱包塞在枕头底下，还是过了半夜才落眙，黑旋风先生的鼾声真是雷响一般，你说我那晚苦不苦？明早上醒过来我还有些不相信，伸手去摸自己的脑袋，还好，没有搬家，侥幸侥幸！

七　西伯利亚

一个人到一个不曾去过的地方不免有种种的揣测，有时甚至害怕；我们不很敢到死的境界去旅行也就如此。西伯利亚：这个地方本来不容易使人发生荒凉的联想，何况现在又变了有色彩的去处,再加谣传,附会,外国存心诬蔑苏俄的报告,结果在一般人的心目中这条平坦的通道竟变了不可测的畏途。其实这都是没有根据的。西伯利亚的交通照我这次的经验看并不怎样比旁的地方麻烦,实际上那边每星期五从赤塔开到莫斯科(每星期三自莫至赤)的特快虽则是七八天的长途车,竟不会耽误时刻,那在中国就是很难得的了,你们从北京到满洲里,从满洲里到赤塔,尽可以坐二等车,但从赤塔到俄京那一星期的路程,我劝你们不必省这几十块钱(不到五十),因为那国际车真是舒服,听说战前连洗澡都有设备的,比普通车位差太远了,坐长途火车是顶累人不过的,像我自己就有些晕车,所以有可以节省精力的地方还是多破费些钱来得上算,固然坐上了国际车,你的同道只是体面的英、美、德、法人;你如其要参与俄国人的生活时不妨去坐普通车,那就热闹了,男女不分的,小孩是常有的,车间里四张床位,除了各人的行李以外,有的是你意想不到的布置。我说给你们听听:洋瓷面盆、小木坐凳、小孩坐车、各式药瓶、洋油锅子、煎咖啡铁罐、牛奶瓶、酒瓶、小儿玩具、晒湿衣服绳子、满地的报纸、乱纸、花生壳、向日葵子壳、痰唾、果子皮、鸡子壳、面包屑……房间里的味道也就不消细说。你们自己可以想像,老实说我有点受不住,但是俄国人自会作他们的乐,往往在一团氤氲(当然大家都吸烟)的中间,说笑的自说笑,唱歌的自唱歌,看书的看书,瞌睡的瞌睡,同时玻璃上的蒸气全结成了冰屑,车外只是白茫茫的一片,静悄悄的莫有声息,偶尔在树林的边沿看得见几处木板造成的小屋,屋顶透露着一缕青灰色的烟痕,报告这荒凉境地里的人迹。

吃饭一路上都有餐车,但不见佳而且贵,愿意省钱的可以到站时下去随便买些食物充饥，这一路每站上都有一两间小木屋（要不然就是几位老太太站在露天提着篮，端着瓶子做生意）卖杂物的：面包、牛奶、生鸡蛋、薰鱼、苹果都是平常买得到的（记着我过路的时候是三月，满地还是冰雪，解冻的时候东西一定更多）。

　　我动身前有人警告我说"苏俄的忌讳多的很，你得留神；上次有几个美国人在餐车里大声叫仆欧（应得叫 comrade 康姆拉特，意思是朋友、同志或伙计）叫他们一脚踢下车去死活不知下落，你这回可小心！"那是不是神话我不曾有工夫去考虑；但为叫一声仆欧就得受死刑（苏州人说的"路倒尸"）我看来有些不像，实际上出门莫谈政治，倒是真的，尤其在革命未定的国家，关于苏俄我下面再讲。我们餐车的几位康姆拉特都是顶年轻的，其中有一位实在不很讲究礼节，他每回来招呼吃饭，就像是上官发命令，斜瞟着一双眼，使动着一个不耐烦的指头，舌尖上滚出几个铁质的字音硼的阖上你的房门，他又到间壁去发命令了！他是中等身材，胸背是顶宽的，穿一身水色的制服，肩上放一块擦桌白布，走路像疾风似的有劲；但最有意思的是他的脑袋，椭圆的脸盘，扁平的前额上斜撩着一两髻短发，眼睛不大但显示异常的决断力，颧骨也长得高，像一个有威权的人；他每回来伺候你的神情简直要你发抖；他不是来伺候他是来试你的胆量（我想胆子小些的客人见了他真会哭的）！他手里有杯、盘、刀、叉，就像是半空里下冰雪一片片直削到你的面前，叫你如何不心寒；他也不知怎的有那么大气，绷紧着一张脸我始终不曾见他露过些微的笑容；我也曾故意比着可笑的手势想博他一个和善些的顾盼，谁知不行，他的脸上笼罩着西伯利亚冬的严霜，轻易如何消得；

真的，他那肃杀的气概不仅是为威赫外来的过客，因为他对他的同僚我留神观察也并没有更温和的嘴脸；顶叫人不舒服的是他那口角边总是紧紧的咬着一枝半焦的俄国纸烟，端菜时也在那里，说话时也在那里，仿佛他一腔的愤慨只有永远嚼紧着牙关方可以勉强的耐着！后来看惯了倒也不觉得什么，我可是替他题上一个确切不过的徽号，叫他做"饭车里的拿破仑"，我那意大利朋友十二分的称赞我，因为他那体魄，他那神气，他的坚决，尤其是他前额上斜着的几根小发，有时他悻悻的独自在餐车那一头站着紧攒着眉头，一只手贴着前胸，谁说这不是拿翁再世的相儿？

西伯利亚只是人少，并不荒凉。天然的景色亦自有特色，并不单调；贝加尔湖周围最美，乌拉尔一带连绵的森林不可忘。天气晴爽时空气竟像是透明的，亮极了，再加地面上雪光的反映，真叫你耀眼。你们住惯城里的难得有机会饱尝清洁的空气；下回你们要是路过西伯利亚或是同样地方，千万不要躲懒，逢站停车时，不论天气怎样冷，总得下去散步，借冰清尖锐的气流洗净你恶浊的肺胃；那真是一个快乐，不仅你的鼻孔，就是你面上与颈根上露在外面的毛孔，都受着最甜美的洗礼，给你倦懒的性灵一剂绝烈的刺激，给你松散的筋肉一个有力的约束，激荡你的志气，加添你的生命。

再有你们过西伯利亚时记着，不要忙吃晚饭，牺牲最柔媚的晚景。雪地上的阳光有时幻成最娇嫩的彩色，尤其是夕阳西渐时，最普通是银红，有时鹅黄稍带绿晕。四年前我游小瑞士时初次发现了雪地里光彩的变幻，这回过西伯利亚看得更满意；你们试想，像晚风静定时，在一片雪白平原上，疏伶伶的大树间，斜刺里平添出几大条鲜艳的彩带，是幻是真，是真是幻，那妙趣到你身亲经历时从容的辨认罢。

但我此时却不来复写我当时的印象,那太吃苦了,你们知道这逼紧了你的记忆召回早已消散了的景色,再得应用想像的光辉照出他们颜色的深浅,是一件极伤身的工作,比发寒热时出汗还凶。并且这来碰记着不清的地方你就得凭空造,那你们又不愿意不了不是?好,我想出了一个简便的辨法;我这本记事册的前面有几页当时随兴涂下的杂记,我就借用不是省事,就可惜我做事情总没有常性什么都只是片断,那几段琐记又是在车上用铅笔写的英文,十个字里至少有五个字不认识,现在要来对号,真不易!我来试试。

(1)西伯利亚并不坏,天是蓝的,日光是鲜明的,暖和的,地上薄薄的铺着白雪、矮树、丛草、白皮松,到处看得见,稀稀的住人的木房子。

(2)方才过一站,下去走了一走,顶暖和。一个十岁左右卖牛奶的小姑娘手里拿瓶子卖鲜牛奶给我们。她有一只小圆脸,一双聪明的蓝眼,白净的皮肤,清秀有表情的面目,她脚上的套鞋像是一对张着大口的黄鱼,她的裤子也是古怪的样子,我的朋友给她一个半卢布的银币。她的小眼睛滚上几滚,接了过去仔细的查看,她开口问了。她要知道这钱是不是真的通用的银币;"好的,好的,自然好的!"旁边站着看的人(俄国车站上多的是闲人)一齐喊了。她露出一点子的笑容,把钱放进了口袋,一瓶牛奶交给客人,翻着小眼对我们望望,转身快快的跑了去。

(3)入境愈深,当地人民的苦况益发的明显。今天我在赤塔站上留心的看。褴褛的小孩子,从三四岁到五六岁,在站上问客人讨钱,并且也不是客气的讨法,似乎他们的手伸了出来决不肯空了回去的。不但在月台上,连站上的饭馆里都有,无数成年的男女,也不知做什么来的,全靠着我们吃饭处有木栏,斜着他们呆顿的不移动的注视,看着你蒸气的热汤或是你肘子边长条的面包。他们的样子并不恶,也不凶,可是晦塞而且阴沉,看见他们的面貌,你不由得不疑问这里的人民知不知道什么是自然的喜悦的笑容。笑他们当然是会得的,尤其是狂笑,当他们受足了 vodka 的影响,但那时的笑是不自然的,表示他们的变态,不是上帝给我们喜悦。这西伯利亚的土人,与其说是受一个有自制力的脑府支配的人身体,不如说是一捆捆的原始的人道,装在破烂的黑色或深黄色的布衫与奇大的毡鞋里,他们行动,他们工作,无非是受他们内在的饿的力量所驱使,再没有别的可说了。

(4) 在 Irkutsk 车停一时许,他们全下去走路,天早已黑了,站内的光亮只是几只贴壁的油灯,我们本想出站,却反经过一条夹道走进了那普通待车室,在昏迷的灯光下辨认出一屋子黑黝黝的人群,那景象我再也忘不了,尤其是那气味!悲悯心禁止我尽情的描写;丹德假如到此地来过,他的地狱里一定另添一番色彩!

对面街上有一个山东人开着一家小烟铺,他说他来二十年,积下的钱还不够他回家。

(5) 俄国人的生活我还是懂不得。店铺子窗户里放着的各式物品是容易认识的,但管铺子做生意的那个人,头上戴着厚毡帽,脸上满长着黄色的细毛,是一个不可捉摸的生灵;拉车的马甚至那奇形的雪橇是可以领会的,但那赶车的紧裹在他那异样的袍服里,一只戴皮套的手扬着一根古旧的皮鞭,是一个不可思议的现象。

我怎样来形容西伯利亚天然的美景？气氛是晶澈的，天气澄爽时的天蓝是我们在灰沙裹过日子的所不能想像的异景。森林是这里的特色：连绵，深厚，严肃，有宗教的意味。西伯利亚的林木都是直干的；不问是松，是白杨，是青松或是灌木类的矮树丛，每株树的尖顶总是正对着天心。白杨林最多，像是带旗帜的军队，各式的军徽奕奕的闪亮着；兵士们屏息的排列着，仿佛等候什么严重的命令。松树林也多茂盛的：干子不大，也不高，像是稚松，但长得极匀净，像是园丁早晚修饰的盆景。不错，这些树的倔强的不曲性是西伯利亚，或许是俄罗斯，最明显的特性。

——我窗外的景色极美，夕阳正从西北方斜照过来，天空，嫩蓝色的，是轻敷着一层织薄的云气，平望去都是齐整的树林，严青的松，白亮的杨，浅棕的笔竖的青松——在这雪白的平原上形成一幅彩色融和的静景。树林的顶尖尤其是美，他们在这肃静的晚景中正像是无数寺院的尖阁，排列着，对高高的蓝天默祷。在这无边的雪地里有时也看得见住人的小屋，普通是木板造屋顶铺瓦颇像中国房子，但也有黄或红色砖砌的。人迹是难得看见的；这全部风景的情调是静极了，缄默极了，倒像是一切动性的事物在这里是不应得有位置的；你有时也看得见迟钝的牲口在雪地的走道上慢慢的动着，但这也不像是有生活的记认……

八　莫斯科

阿莫斯科！曾经多少变乱的大城！罗马是一个破烂的旧梦：爱寻梦的你去；纽约是 Mammon 的宫阙，拜金钱的你去；巴黎是一个肉艳的大坑：爱荒淫的你去；伦敦是一个煤烟的市场，慕文明的你去。但莫斯科？这里没有光荣的古迹，有的是血污的近迹，这里没有繁华的幻景，有的是斑驳的寺院；这里没有和暖的阳光，有的是泥泞的市街；这里没有人道的喜色，有的是伟大的恐怖与黑暗、惨酷、虚无的暗示，暗森森的雀山，你站着，半冻的莫斯科河，你流着：在前途二十个世纪的漫游中，莫斯科，是领路的南针，在未来文明变化的经程中，莫斯科是时代的象征，古罗马的牌坊是在残阙的简页中，是在破碎的乱石间；未来莫斯科的牌坊是在文明的骸骨间，是在人类鲜艳的血肉间。莫斯科，集中你那伟大的破坏的天才，一手拿着火种，一手拿着杀人的刀，趁早完成你的工作，好叫千百年后奴性的人类的子孙，多多的来，不断的来，像他们现在去罗马一样，到这暗森森的雀山的边沿，朝拜你的牌坊，纪念你的劳工，讴歌你的不朽！

这是我第一天到莫斯科在 Kremlin 周围散步时心头涌起杂感的一斑，那天车到时是早上六时，上一天路过的森林，大概在 Vladimir 一带，多半是叫几年来战争摧残了的，几百年的古松只存下烧毁或剔残的余骸纵横在雪地里，这底下更不知掩盖着多少残毁的人体，冻结着多少鲜红的热血，沟堑也有可辨认的，虽则不甚分明，多谢这年年的白雪，他来填平地上的邱壑，掩护人类的暴迹，省得伤感派的词客多费推敲，但这点子战场的痕迹，引起过路人惊心的标记，在将到莫斯科以前的确是一个切题的引子。你一路来穿度这西伯利亚白茫茫人迹稀有的广漠，偶尔在这里那里看到俄国人的生活，艰难，缄默，忍耐的生活；你也看了这边地势的特性，贝加尔湖边雄踞的山岭，乌拉尔东西博大的严肃的森林，你也尝着了这里空气异常的凛冽与尖锐，像钢丝似的直透你的气管，逼迫你的清醒——你的思想应得已经受一番有力的洗刷,你的神经一种新奇的戟刺,你从贵国带来的灵性,叫怠惰、苟且、顽固、龌龊,与种种堕落的习惯束缚、压迫、淤塞住的,应得感受一些解放的动力,你的让名心、利欲、色业翳蒙了的眸子也应得觉着一点新来的清爽,叫他们睁开一些,张大一些,前途有得看,应得看的东西多着,即使不是你灵魂绝对的滋养,至少是一帖兴奋剂,防瞌睡的强烈性注射!

因此警醒!你的心;开张!你的眼;——你到了俄国,你到了莫斯科,这巴尔的克海以东,白令峡以西,北冰洋以南,尼也帕河以北千万里雪盖的地圈内一座著火的血红的大城!

在这大火中最先烧烂的是原来的俄国,专制的,贵族的,奢侈的,淫靡的,Ancient Regime 全没了,曳长裙的贵妇人,镶金的马车,献鼻烟壶的朝贵,猎装的世家子弟全没了,托尔斯泰与屠及尼夫小说中的社会全没了——他们并不曾绝迹,在巴黎,在波兰,在纽约,在罗马,你倘然会见什么伯爵夫人什么 vsky 或是子爵夫人什么 owner,那就是叫大火烧跑的难民。他们,提起俄国就不愿意。他们会得告诉你现在的俄国不是他们的国了,那是叫魔鬼占据了去的(因此安琪儿们只得逃难)!俄国的文化是荡尽的了,现在就靠流在外国的一群人,诗人、美术家等等,勉力来代表斯拉夫的精神。如其他们与你讲得投机时,他们就会对你悲惨的历诉他们曾经怎样的受苦,怎样的逃难,他们本来那所大理石的庄子现在怎样了,他们有一个妙龄的侄女在乱时叫他们怎样了……但他们盼望日子已经很近,那班强盗倒运。因为上帝是有公道的,虽则……

你来莫斯科当然不是来看俄国的旧文化来的;但这里却也不定有"新文化",那是贵国的专利;这里来见的是什么你听着我讲。

你先抬头望天。青天看不见的,空中只是迷濛的半冻的云气,这天(我见的)的确是一个愁容的,服丧的天;阳光也偶尔有,但也只在云罅里力乏的露面,不久又不见了,像是楼居的病人偶尔在窗纱间看街似的。

现在低头看地。这三月的莫斯科街道应当受咒诅。在大寒天满地全铺着雪凝成一层白色的地皮也是一个道理;到了春天解放时雪全化水流入河去,露出本来的地面,也是一个说法;但这时候的天时可真是刁难了,他不给你全冻,也不给你全化;白天一暖,浮面的冰雪化成了泥泞,回头风一转向又冻上了,同时雨雪还是连连的下,结果这街道简直是没法收拾,他们也就不收拾,让他这"一塌糊涂"的窝着,反正总有一天会干净的!(所以你要这时候到俄国千万别忘带橡皮套鞋。)

再来看街上的铺子,铺子是伺候主客的;瑞蚨祥的主顾全没了的话,瑞蚨祥也只好上门;这里漂亮的奢侈的店铺是不见的了,顶多顶热闹的铺子是吃食店,这大概是政府经理的;但可怕的是这边的市价:女太太,丝袜子听说也买得到,但得化十五二十块钱一双,好些的鞋在四十元左右,橘子大的七毛五,小的五毛一只;我们四个人在客栈吃一顿早饭连税共付了二十元;此外类推。

再来看街上的人。先看他们的衣着,再看他们的面目。这里衣着的文化,自从贵族匿迹,波淇洼(bourgeois)销声以后,当然是"荡尽"的了;男子的身上差不多不易见一件白色的衬衫,不必说鲜艳的领结(不带领结的多),衣服要寻一身勉强整洁的就少。我碰着一位大学教授,他的衬衣大概就是他的寝衣,他的外套，像是一个癞毛黑狗皮统，大概就是他的被窝，头发是一团茅草再也看不出曾经爬梳过的痕迹，满面满腮的须毛也当然自由的滋长，我们不期望他有安全剃刀；并且这先生决不是名流派的例外，我猜想现在在莫斯科会得到的"琴笃儿们"多少也就只这样的体面；你要知道了他们起居生活情形就不会觉得诧异。惠尔思先生在四五年前形容莫斯科科学馆的一群科学先生们说是活像监牢里的犯人或是地狱里的饿鬼。我想他的比况一点也不过分。乡下人我没有看见，那是我想不会怎样离奇的，西伯利亚的乡下人，着黄胡子穿大头靴子的，与俄国本土的乡下人应得没有多大分别。工人满街多的是，他们在衣着上并没有出奇的地方，只是襟上戴列宁徽章的多。小学生的游行团常看得见，在烂污的街心里一群乞丐似的黑衣小孩拿着红旗，打着皮鼓瑟东东的过去，做小买卖在街上拢摊提篮的不少，很多是残废的男子与老妇人，卖的是水果、烟卷、面包、朱古力糖（吃不得）等（路旁木亭子里卖书报处也有小吃卖）。

街上见的娘们分两种：一种是好百姓家的太太小姐，她们穿得大都很勉强，丝袜不消说是看不见的。还有一种是共产党的女同志，她们不同的地方除了神态举止以外是她们头上的红巾或是红帽不是巴黎的时式（红帽），在雪泥斑驳的街道上倒是一点喜色！

什么都是相对的：那年我与陈博生从英国到佛朗德福那天正是星期，道上不问男女老小都是衣服铺、裁缝店里的模型，这一比他与我这风尘满身的旅客真像是外国叫化子了！这回在莫斯科我又觉得窘，可不为穿的太坏，却为穿的太阔；试想在那样的市街上，在那样的人丛中，晦气是本色，褴褛是应分，忽然来一个头戴獭皮大帽身穿海龙领（假的）的皮大氅的外客；可不是唱戏似的走了板，错太远了，别说我，就是我们中国学生在莫斯科的（当然除了东方大学生）也常常叫同学们眨眼说他们是"波淇洼"。因为他们身上穿的是荣昌祥或是新记的蓝哔叽！这样看来，改造社会是有希望的；什么习惯都打得破，什么标准都可以翻身。什么思想都可以颠倒，什么束缚都可以摆脱，什么衣服都可以反穿……将来我们这两脚行动厌倦了时竟不妨翻新样叫两只手帮着来走，谁要再站起来就是笑话，那多好玩！

虽则严敛、阴霾、凝滞，是寒带上难免的气象，但莫斯科人的神情更是分明的忧郁、惨淡，见面时不露笑容，谈话时少有精神，仿佛他们的心上都压着一个重量似的。

这自然流露的笑容是最不可勉强的。西方人常说中国人爱笑，比他们会笑得多，实际上怎样我不敢说，但西方人见着中国人的笑我怕不免有好多是急笑、傻笑、无谓的笑，代表一切答话的笑；犹之俄国人笑多半是 vodka 人神经的笑，热病的笑、疯笑，道施妥奄夫斯基的 idiot 的笑！那都不是真的喜笑，健康与快乐的表情。其实也不必莫斯科，现世界的大都会，有那几处人们的表情是自然的？Dublin（爱尔兰的都城,）听说是快乐的，维也纳听说是活泼的，但我曾经到过的只有巴黎的确可算是人间的天堂，那边的笑脸像三月里的花似的不倦的开着，此外就难说了；纽约、芝加哥、柏林，伦敦的群众与空气多少叫你旁观人不得舒服，往往使你疑心错入了什么精神病院或是"偏心"病院，叫你害怕，巴不得趁早告别，省得传染。

现在莫斯科有一个希奇的现象，我想你们去过的一定注意到，就是男子抱着吃奶的小孩在街上走道，这在西欧是永远看不见的。这是苏维埃以来的情形。现在的法律规定一个人不得多占一间以上的屋子,听差、老妈子、下女、奶妈、不消说,当然是没有的了,因此年轻的夫妇,或是一同居住的男女,对于生育就得格外的谨慎,因为万一不小心下了种的时候,在小孩能进幼稚园以前这小宝贝的负担当然完全在父母的身上。你们姑且想想你们现在北京的,至少总有几间屋子住,至少总有一个老妈子伺候,你们还是常嫌着这样那样不称心哪!但假如有一天莫斯科的规矩行到了我们北京,那时你就得乖乖的放弃你的宅子,听凭政府分配去住东花厅或是西花厅的那一间屋子,你同你的太太就得另做人家,桌子得自己擦,地得自己扫,饭得自己烧,衣服得自己洗,有了小东西就得自己管,有时下午你们夫妻俩想一同出去散步的话,你总不好意思把小宝贝锁在屋子里,结果你得带走,你又没钱去买推车,你又不好意思叫你太太受累(那时候你与你的太太感情会好些的,我敢预言!)结果只有老爷自己抱,但这男人抱小孩其实是看不惯,他又往往不会抱,一个"蜡烛封"在他的手里,他不知道直着拿好还是横着拿好;但你到了莫斯科不看惯也得看惯,到那一天临着你自己的时候,老爷你抱不惯也得抱他惯!我想果真有那一天的时候,生小孩决不会像现在的时行,竟许山格夫人与马利司徒博士等等比现在还得加倍的时行;但照莫斯科情形看来,未来的小安琪儿们还用不着过分的着急——也许莫斯科的父母没有馀钱去买"法国橡皮",也许苏维埃政府不许父母们随便用橡皮,我没有打听清楚。

你有工夫时到你的俄国朋友的住处去看看。我去了,他是一位教授。我打门进去的时候他躺在他的类似"行军床"上看书或是编讲义,他见有客人连忙跳了起来,他只是穿着一件毛绒衫,肘子胸部都快烂了，满头的乱发，一脸斑驳的胡髭。他的房间像一条丝瓜。长方的，家具有一只小木桌，一张椅子，墙壁上几个挂衣的钩子，他自己的床是顶着窗的，斜对面另一张床，那是他哥哥或是弟弟的，墙壁上挂着些东方的地图，一联倒挂的五言小字条（他到过中国知道中文的）。桌上乱散着几本书，纸片、棋盘、笔墨等等，墙角里有一只酒精炉，在那里出气，大约是他的饭菜，有一只还不知两只椅子、但你在屋子里转身想不碰东西不撞人已经是不易了。

这是他们有职业的现时的生活。托尔斯泰的大小姐究竟受优待些，我去拜会她了，是使馆里一位屠太太介绍的，她居然有两间屋子，外间大些，是她教学生临画的，里间大约是她自己的屋子，但她不但有书有画，她还有一只顶有趣的小狗，一只可爱的小猫，她的情形，他们告诉我，是特别的，因为她现在还管着托尔斯泰的纪念馆，我与她谈了。当然谈起她的父亲（她今年六十），下面再提，现在是讲莫斯科人的生活。

我是礼拜六清早到莫斯科，礼拜一晚上才去的，本想利用那三天工夫好好的看一看本地风光，尤其是戏。我在车上安排得好好的，上午看这样，下午到那里，晚上再到那里，那晓得我的运气叫坏，碰巧他们中央执行委员那又死了一个要人，他的名字像是叫什么"妈里妈虎"——他死得我其实不见情，因为他出殡整个莫斯科就得关门当孝子，满街上迎丧，家家挂半旗，跳舞场不跳舞，戏馆不演戏，什么都没了。星期一又是他们的假日，所以我住了三天差不多什么都没看着，真气，那位"妈里妈虎"其实何妨迟几天或是早几天归天，我的感激是没有问题的。

所以如其你们看了这篇杂凑失望，不要完全怪我，妈里妈虎先生至少也得负一半的责。但我也还记得起几件事情，不妨乘兴讲给你们听。

我真笨，没有到以前，我竟以为莫斯科是一个完全新起的城子，我以为亚力山大烧拿破仑那一把火竟化上了整个莫斯科的大本钱连Kremlin（皇城）都乌焦了的，你们都知道拿破仑想到莫斯科去吃冰淇淋那一段热闹的故事，俄国人知道他会打，他们就躲着不给他打，一直诱着他深入俄境，最后给他一个空城，回头等他在Kremlin躺下了休息的时候，就给他放火，东边一把，西边一把，闹着玩，不但不请冰淇淋吃，连他带去的巴黎饼干，人吃的、马吃的，都给烧一个精光。一面天公也给他作对，北风一层层的吹来，雪花一片片的飞来，拿翁知道不妙，连忙下令退兵已经太迟，逃到了Beresina那地方，叫哥萨克的丈八蛇矛"劫杀横来"，几十万的长胜军叫他们切菜似的留不到几个，就只浑身烂污泥的法兰西大皇帝忙里捞着一匹马冲出了战场逃回家去半夜里叫门，可怜Beresina河两岸的冤鬼到如今还在那里歇虚，这笔糊涂账是无从算起的了！

但我在这里重提这些旧话，并不是怕你们忘记了拿破仑，我只是提醒你们俄国人的辣手，忍心破坏的天才原是他们的种性，所以拿破仑听见Kremlin冒烟的时候，连这残忍的魔王都跳了起来——"什么？"他说，"连他们祖宗的家院都不管了"！正是：斯拉夫民族是从不希罕小胜仗的，要来就给你一个全军覆没。

莫斯科当年并不曾全毁，不但皇城还是在着，四百年前的教堂都还在着。新房子虽则不少，但这城子是旧的。我此刻想起莫斯科，我的想象幻出了一个年老退伍的军人，战阵的暴烈已经在他年纪里消隐，但暴烈的遗迹却还明明的在着，他颊上的刃创，他颈边的枪瘢，他的空虚的注视，他的倔强的髭须，都指示他曾经的生活；他的衣服也是不整齐的，但这衣着的破碎也仿佛是他人格的一部，石上的苍苔似的，斑驳的颜色已经染蚀了岩块本体。在这苍老的莫斯科城内，竟不易看出新生命的消息——也许就只那新起的白宫，屋顶上飘扬着鲜艳的红旗，在赭黄，苍老的Kremlin城围里闪亮着的，会得引起你注意与疑问，疑问这新来的色彩竟然大胆的侵占了古迹的中心，扰乱原来的调谐。这决不是偶然，旅行人！快些擦净你风尘眯倦了一的双眼，仔细的来看看，竟许那看来平静的旧城子底下，全是炸裂性的火种，留神！回头地壳都烂成虀粉，慢说地面上的文明！

其实真到炸的时候，谁也躲不了，除非你趁早带了宝眷逃火星上面去——但火星本身炸不炸也还是问题。这几分钟内大概药线还不至于到根，我们也来赶早，不是逃，赶早来多看看这看不厌的地面。那天早上我一个人在那大教寺的平台上初次瞭望莫斯科，脚下全是滑溜的冻雪，真不易走道，我闪了一两次，但是上帝受赞美，那莫斯科河两岸的景色真是我不期望的眼福，要不是那石台上要命的滑，我早已惊喜得高跳起来！方向我是素来不知道的，我只猜想莫斯科河是东西流的，但那早上又没有太阳，所以我连东西都辨不清，我很可惜不曾上雀山去，学拿破仑当年，回头望冻雪笼罩着的莫斯科，一定别有一番气概，但我那天看着的也就不坏，留着雀山下一次再去，也许还来得及。在北京的朋友们，你们也趁早多去景山或是北海饱看看我们独有的"黄瓦连云"的禁城，那也是一个大观。在现在脆性的世界上，今日不知明日事，"趁早"这句话真有道理，回头北京变了第二个圆明园，你们软心肠的再到交民巷去访着色相片，老皱着眉头说不成，那不是活该!

　　如其北京的体面完全是靠皇帝,莫斯科的体面大半是靠上帝。你们见过希腊教的建筑没有?在中国恐怕就只哈尔滨有。那建筑的特色是中间一个大葫芦顶,有着色的,蓝的多,但大多数是金色,四角上又是四个小葫芦顶,大小的比称很不一致,有的小得不成样,有的与中间那个不差什么。有的花饰繁复,受东罗马建筑的影响,但也有纯白石造的,上面一个巨大的金顶比如那大教堂,别有一种朴素的宏严。但最奇巧的是皇城外面那个有名的老教堂,大约是十六世纪完工的;那样子奇极了,你看了永远忘不了,像是做了最古怪的梦;基子并不大,那是俄国皇家做礼拜的地方,所以那面供奉与祈祷的位置也是逼仄的;顶一共有十个,排列的程序我不曾看清楚,各个的式与着色都不同:有的像我们南边的十楞瓜;有的像岳传里严成方手里拿的铜锤,有的活像一只波罗蜜,竖在那里,有的像一圈火蛇,一个光头探在上面,有的像隋唐传里单二哥的兵器,叫什么枣方椠是不是?总之那一堆光怪的颜色,那一堆离奇的式样,我不但从没有见过,简直连梦里都不曾见过——谁想得到波罗蜜,枣方椠都会跑到礼拜堂顶上去的!

　　莫斯科像一个蜂窝,大小的教堂是他的蜂房;全城共有六百多(有说八百)的教堂,说来你也不信,纽约城里一个街角上至少有一家冰淇淋沙达店,莫斯科的冰淇淋沙达店是教堂,有的真神气,戴着真金的顶子在半空里卖弄,有的真寒伧,一两间小屋子一个烂芋头似的尖顶,挤在两间壁几层屋子的中间,气都喘不过来。据说革命以来,俄国的宗教大吃亏,这几年不但新的没法造,旧的都没法修,那波罗蜜做顶那教堂里的教士,隐约的讲些给我们听,神情怪凄惨的。这情形中国人看真想不通,宗教会得那样有销路,仿佛祷告比吃饭还起劲,做礼拜比做面包还重要;到我们绍兴去看看——"五家三酒店,十步路,九茅坑"。庙也有的,在市梢头,在山顶上,到初一月半再去不迟——那是何等的近人情,生活何等的有分称;东西的人生观这一比可差得太远了!

再回到那天早上,初次观光莫斯科,不曾开冻的莫斯科河上面盖着雪一条玉带似的横在我的脚下,河面上有的不少的乌鸦在那里寻食吃。莫斯科的乌鸦背上是灰色的,嘴与头颈也不像平常的那样贫相,我先看竟当是斑鸠!皇城在我的左边,默沉沉的包围着不少雄伟的工程,角上塔形的瞭台上隐隐的有重裹的衙兵巡哨的影子,塔不高,但有一种监视的威严颜色更是苍老,像是深赭色的火砖,他仿佛告诉你:"我们是不怕光阴,更不怕人事变迁的,拿破仑早去了,罗曼诺夫家完了,可仑斯基跑了,列宁死了,时间的流波里多添一层血影,我的墙上加深一层苍老,我是不怕老的,你们人类抵拼再流几次热血?"我的右手就是那大金顶的教寺;隔河望去竟像是一只盛开的荷花池,葫芦顶是莲花,高梗的、低梗的、浓艳的、澹素的、轩昂的、葳蕤的——就可惜阳光不肯出来,否则那满池的金莲更加亮一重光辉。多放一重异彩,恐怕西王母见了都会羡慕哩!

五月二十六日　斐伦翠山中

九　托尔斯泰

我在京的时候,记得有一天,为东方杂志上一条新闻,和朋友们起劲的谈了半天,那新闻是列宁死后,他的太太到法庭上去起诉,被告是骨头早腐了的托尔斯泰,说他的书,是代表波淇淮的人生观,与苏维埃的精神不相容的,列宁临死的时候,叮嘱太太一定得想法取缔他,否则苏维埃有危险。法庭的判决是列宁太太的胜诉,宣告托尔斯泰的书一起毁版,现在的书全化成灰,从这灰再造纸,改印列宁的书,我们那时候听大家说这消息太离奇了,也许又是美国人存心诬毁苏俄的一种宣传,但同时杜洛茨基为做了《十月革命》那书上法庭被软禁的消息又到了,又似乎不是假的,这样看来苏俄政府,什么事情都做得出,托尔斯泰那话竟许也有影子的。

我们毕竟有些"波淇淮"头脑,对于诗人文学家的迷信,总还脱不了,还有什么言论自由,行动自由,出版自由,那一套古董,也许免不了迷恋,否则为什么单单托尔斯泰毁版的消息叫我们不安呢?我还记得那天陈通伯说笑话,他说近来你们新文学家应得格外当心了。要不然不但没饭吃,竟许有坐牢监的希望,在座的人,大约只有郁达夫可以放心些,他教人家做贼,那总可以免掉波淇淮的嫌疑了!

所以我一到莫斯科见人就要听托尔斯泰的消息,后来我会着了老先生的大小姐,六十岁的一位太太,顶和气的,英国话、德国话都说得好,下回你们过莫斯科也可以去看看她,我们使馆李代表太太认识她,如其她还在,你们可以找她去介绍。

托尔斯泰大小姐的颧骨,最使我想起他的老太爷,此外有什么相似的地方,我不敢说。我当然问起那新闻,但她好象并没有直接答复我,她只说现代书铺子里他的书差不多买不着了,不但托尔斯泰,就是屠格涅夫,道施妥奄夫斯基等一班作者的书都快灭迹了；我问她现在莫斯科还有什么重要的文学家，她说全跑了，剩下的全是不相干的，我问她这几年他们一定经尝了苦难的生活，她含着眼泪说可不是，接着就讲她们姊妹，在革命期内过的日子，天天与饿死鬼做近邻，不知有多少时候晚上没有灯火点，但是她说倒是在最窘的时候，我们心地最是平安，离着死太近了也就不怕，我们往往在黑夜里在屋内或在门外围坐着，轮流念书唱歌，有时和着一起唱，唱起了劲，什么苦恼都忘了；我问她现在的情形怎样，她说现在好了，你看我不是还有两间屋子，这许多学画的学生，饿死总不至於，除非那恐怖的日子再回来，那是不能想的了，我下星期就得到法国去，那边请我去讲演，我感谢政府已经给我出境的护照，你知道那是很不易得到的。她又讲起她的父亲的晚年，怎样老夫妻的吵闹，她那时年轻也懂不得，后来托尔斯泰单身跑了出去，死在外面，他的床还在另一处纪念馆里陈列着，到死不见家人的面！

她的外间讲台上坐着一个袒半身的男子，黑胡髭、大眼睛，有些像乔塞夫康赖特，她的学生们都在用心的临着画；一只白玉似纯净的小猫在一张桌上跳着玩，我们临走的时候，他的姑娘进来了，还只十八九岁模样，极活泼的；可是在小姑娘脸上，托尔斯泰的影子都没了。

方才听说道施妥奄夫斯基的女儿快饿死了，现在德国或是波兰，有人替她在报上告急；这样看来，托尔斯泰家的姑娘们，运气还算是好的了。

十　犹太人的怖梦

我听说俄国革命以来，就只戏剧还像样，尤其是莫斯科美术戏院（Moscow Art Theater）一群年轻人的成绩最使我渴望一见，拨垒舞（ballet dance）也还有，虽则有名的全往巴黎纽约跑了。我在西伯利亚就看报，见那星期有青鸟、汉姆雷德，与一个想不到的戏，G. K. chesterton 的"The man who was Thursday"我好不高兴，心想那三天晚上可以不寂寞了，谁知道一到莫斯科刚巧送妈里妈虎先生的丧，什么都看不着，就只礼拜六那晚上一个犹太戏院居然有戏，我们请了一位会说俄国话的做领路，赶快跳上马车听戏去。本来莫斯科有一个年代很久的有名犹太戏院，但我们那晚去了是另外一个，大约是新起的。我们一到门口，票房里没有人，一问说今晚不售门票，全院让共产党当俱乐部包了去请客，差一点门都进不去，幸亏领路那位先生会说话，进去找着了主人，说上几句好话，居然成了，为我们特添了椅座，一个大都不曾化，犹太人会得那样破格的慷慨是不容易的，大约是受莫斯科感化的结果吧。

那晚的情景是不容易忘记的。那戏院是狭长的，戏台的正背面有一个楼厢，不卖座的，幔着白幕，背后有乐队作乐，随时幕上有影子出现，说话或是唱曲，与台上的戏角对答。剧本是现代的犹太文，听来与德国话差不远。我们入座的时候，还不曾开戏，幕前站着一位先生，正在那里大声演说。再要可怖的面目是不容易寻到的。那位先生的眼眶看来像是两个无底的深潭，上面凸着青筋的前额，像是快翻下去的陡壁，他的嘴开着说话的时候是斜方形的,露出黑漠漠的一个洞府,因为他的牙齿即使还有也是看不见。他是一个活动的骷髅。但他演说的精神却不但是饱满,而且是剧烈的,像山谷里乌云似的连绵的涌上来,他大约是在讲今晚戏剧与"近代思想潮流"的关系,可惜我听不懂,只听着卡尔马克思、达司开关朵儿、列宁、国际主义等,响亮的字眼像明星似的出现在满是乌云的天上。他嗓子已快哑了,他的愤慨还不曾完全发泄,来看戏的弟兄们可等不耐烦,这里一声嘘,那里一声嘘,满场全是嘘,骷髅先生没法再嚷,只得商量他的唇皮挂出一个解嘲的微笑,一鞠躬没了。大家拍掌叫好。

戏来了。

我应当说怖梦或是发魇开场了。因为怖梦是我们做小孩子时代的专利:墙壁里伸出一只手来,窗里钻进一个青面獠牙的鬼来,诸如此类;但今晚承犹太人的情,大家来参观一个最十全的理想的怖梦。谁要是胆子小些的,准会得凭空的喊起来。

我实在没法子描写,有人说画鬼顶容易,我有些不信,我就不会画,虽则画人我也觉得难,也许这两样没有多大分别。但戏里的意义却被我猜中了些,我究竟远有几分聪明,我只能把大意讲一讲。

那戏除了莫斯科,别的地方是不会得有的,莫斯科本身就是一个怖梦制造厂,换换口味也好,老是寻甜梦做好比老吃甜菜,怪腻烦的,来几盆苦瓜、苦笋爽爽口不合式?

你们说史德林堡的戏也是可怕的:不错,但今晚的怖的更透。

那戏的底子,是一个犹太诗人(叫什么我忘了)早二十几年前做的一首不到两页的诗,他也早十年死了,新近这犹太戏院拿来编成戏，加上音乐，在莫斯科开演。

不消说满台全是鬼。鬼不定可怖，有时鬼还比人可亲些，但今晚的鬼是特选的，我都有些受不住，回头你们听了，就有趣。

这戏的意思（我想）大致是象征现代的生活，台上布景，正中挂着一只多可怖的大手，铁青色的筋骨全暴在皮外，狰狞的在半空里宕着；这手想是象征运，命，或是象征资产阶级的压迫，在这铁手势力的底下现代生活的怖梦风车似的转着。

戏里有两个主要的动因（motif）一是生命，一是死。但生命是已经迷失了路径的，仿佛在暗沉沉山谷里寻路，同时死的声音从墓窟的底里喊上来，嘲弄他，戏弄他，悲怜他，引诱他。

为什么生命走入了迷路，因为上面有资产阶级的压迫。为什么死的鬼灵敢这样大胆的引诱，因为生命前途没有光亮，它的自然的趋向是永久的坟墓。

布景是一个市场，左右旁侧都有通道，上去有桥，下去有窨，那都是鬼群出入的孔道、配色、电光、布置、动作、唱，——都跟着一个条理走，——叫你看的人害怕。最先出场我记得是四五个褴褛的小孩，叫着冷，嚷着饿，回头鬼来伴着他们玩——玩鬼把戏。他们的老子娘是做工人，资本家的牛马，身上的脂肪全叫他们吸了去，一天瘦似一天，生下来的子女更是遭罪来的，没衣穿，没饭吃，尤其是没玩具玩，只得寻鬼作伴去。

来了两个工人：一是打铁的；一个是做工的。打铁的觉悟了，提起他的铁槌子，袒开了胸膛，赌气寻万恶的资本家算帐去：生命的声音鼓励着他，怂恿他去革命，死的声音应和着他。做木工的还不曾觉悟，在他奴隶的生活中消耗他的时光，生命的声音对着他哭泣，死的声音嘲弄他的冥顽。

又来了一男一女，男的是一个醉汉，不知是酒喝醉还是苦恼的生活迷醉的；女的是一个卖淫的，她卖的不是她自己的皮肉，是人道的廉耻，他糟蹋的不是他自己的身体，是人类的圣洁。

又来了一强盗，一个快生产的女子；强盗是叫他的生活逼到杀人，法律又来逼着他往死路走；女子是受骗的，现在她肚子里的小冤鬼逼着叫她放弃生命，因为在这"讲廉耻的社会"里再没有他地位。

这一群人，还有同样的许多，都跑到生命的陡壁前，望着时间无底的潭壑跳；生命的声音哭丧的唱他哀词，死的声音在坟墓的底里和着他的歌声——那时间的欲壑有填满的时候吗？

再下去更不了了？地皮翻过身来，坟里墓底的尸体全竖了起来，排成行列，围成圆圈，往前进，向后退，死的精灵狂喜的跳着，尸体们也跟着跳——死的跳舞。

他们行动了，在空虚无际的道上走着，各样奇丑的尸体；全烂的，半烂的，疮毒死的，饿死的，冻死的，瘦死的，劳力死的，投水死的，生产死的（抱着她不足月的小尸体），淫乱死的，吊死的、煤矿里闷死的，机器上轧死的，老的，小的，中年的，男的，女的，拐着走的，跳着走的，爬着的，单脚窜的，他们一齐跳着，跟着音乐跳舞，旋绕的迎赛着，叫着，唱着，哭着，笑着——死的精灵欣欣的在前面引路，生的影子跟在后背送行，光也灭了，黑暗的光也灭了，坟墓的光，运命的光，死的青光也全灭了——那大群色彩斑斓的尸体在黑暗的黑暗中舞着唱着……死的胜利？

够了！怖梦也有醒的时候，再要做下去，我就受不住。犹太朋友们做怖的本领可真不小，那晚台上的鬼与尸体至少有好几十，五十以上，但各个有各个的特色，形状与色彩的配置各个不同。不问戏成不成，怖梦总做成了，那也不易。但那晚台上固然异常的热闹——鬼跳，鬼脸，鬼叫，鬼笑，什么都有。台下的情形，在我看来至少有同样的趣味。司蒂文孙如其有机会来，他一定单写台下，不写台上的。你们记得今晚是共产党俱乐部全包请客，这戏院是犹太戏院，我们可因此推定看客里大约十九是犹太人，并且是共产党员。你们不是这几年来各人脑筋里都有一个鲍尔雪微克或是过激派的小影，英美各国报纸上的讽刺画与他们报的消息或造的谣言都是造成那印象的资料。我敢说我们想象中标类的鲍尔雪微克至少有下列几种成分：——杀猪屠、刽子手、长毛、黑旋风李逵、吃人的野人或猩猩、谋财害命的强盗；黑脸、蓬头、红眼睛、大胡子，长毛的大手、腰里挂一只放人头的口袋……

所以我那晚特别的留意，心想今晚才可以"饱瞻丰采畅慰生平"了！初起是失望，因为在那群"山魈后人"的脸上一些也看不出他们祖上的异相：拉打胡子，红的眉毛，绿着眼。影子都没有！我坐在他们中间，只是觉着不安，不一定背上有刺，或是孟子说的穿了朝衣朝冠去坐在涂炭上，但总是不舒服，好像在这里不应得有我的位置似的。我定了一定神。第一件事应得登记的，是鼻子里的异味。俄国人的异味我是领教过的，最是在 lrkutsk 的车站里我上一次通讯讲起过，但那是西伯利亚，他们身上的皮革，屋子里的煤气、潮气，外加烧东西的气味，造成一种最辛辣最沉闷的怪臭；今晚的不同，静的多，虽则已经够浓，这里面有土白古，有 vodka，有热气的熏蒸。但主味还是人气，虽则我不敢断定是斯拉夫，是莫斯科或是希伯来的雅味。第二件事叫我注意的是他们的服装。平常洗了手吃饭,换好衣服看戏,是不论东西的通例,在英国工人们上戏院也得换上一个领结,肩膀上去些灰迹,今晚可不同了,康姆赖特们打破习俗的精神是可佩服的。因为不但一件整齐的裤子不容易看见,简直连一个像样的结子都难得,你竟可以疑心他们晚上就那样子溜进被窝里去,早上也就那样子钻出被窝来;大半是戴着便帽或黑泥帽,——歪戴的多:再看脱了帽的那几位,你一定疑问莫斯科的铺子是不备梳子的了,剃头匠有没有也是问题。女同志们当然一致的名士派,解放到这样程度才真有意思,但他们头上的红巾终究是一点喜色。但最有趣的是他们面上的表情,第一你们没到过俄国来的趁早取消你们脑筋里鲍尔雪微克的小影,至少得大大的修正,因为他们,就今晚在场的看,虽则完全脱离了波淇洼的体面主义,虽则一致拒绝安全剃刀的引诱,虽则衣着上是十三分的落拓,但他们的面貌还是官正的多,他们的神情还是和蔼的多,他们的态度也比北京捧角团或南欧戏院里看客们文雅得多(他们虽则嘘跑了那位热心的骷髅先生,那本来是诚实而且公道,他们看戏时却再也不露一些焦燥)。那晚大概是带"恳亲"的意思,所以年纪大些的也很多;我方才说有趣是为想起了他们。你们在电影的滑稽片里,不是常看到东伦敦或是东纽约戏院子里的一群看客吗?那晚他们全来了:胡子挂得老长的,手里拿着红布手巾不住擦眼的,鼻子上开玫瑰花的,嘴边溜着白涎的,驼背的,拐脚的,牙齿全没了下巴往上掬的,秃顶的,袒眼的,形形色色,什么都来了。可惜我没有司蒂文孙的雅趣,否则我真不该老是仰起头跟着戏台上做怖梦,我正应得私下拿着纸笔,替我前后左右的邻居们写生,结果一定比看鬼把戏有趣而且有味。

十一　契诃夫的墓园

诗人们在这喧哗的市街上不能不感寂寞；因此"伤时"是他们怨怼的发泄，"吊古"是他们柔情的寄托。但"伤时"是感情直接的反动：子规的清啼容易转成夜鸦的急调，吊古却是情绪自然的流露，想像已往的韶光，慰藉心灵的幽独：在墓墟间，在晚风中，在山一边，在水一角，慕古人情，怀旧光华；像是朵朵出岫的白云，轻沾斜阳的彩色，冉冉的卷，款款的舒，风动时动，风止时止。

吊古便不得不憬悟光阴的实在；随你想像它是汹涌的洪潮，想像它是缓渐的流水，想像它是倒悬的急湍，想像它是足迹的尾间，只要你见到它那水花里隐现着的骸骨，你就认识它那无顾恋的冷酷，它那无限量的破坏的馋欲：桑田变沧海，红粉变骷髅，青梗变枯柴，帝国变迷梦，梦变烟，火变灰，石变砂，玫瑰变泥，一切的纷争消纳在无声的墓窟里……那时间人生的来踪与去迹，它那色调与波纹，便如夕照晚霞中的山岭融成了青紫一片，是邱是壑，是林是谷，不再分明，但它那大体的轮廓却亭亭的刻画在天边，给你一个最清切的辨认。这一辨认就相联的唤起了疑问：人生究竟是什么？你得加下你的按语，你得表示你的"观"。陶渊明说大家在这一条水里浮沉，总有一天浸没在里面，让我今天趁南山风色好，多种一棵菊花，多喝一杯甜酿；李太白、苏东坡、陆放翁都回响说不错，我们的"观"就在这酒杯里。古诗十九首说这一生一扯即过，不过也得过，想长生的是傻子，抓住这现在的现在尽量的享福寻快乐是真的——"不如饮美酒，被服纨与素，"曹子建望着火烧了的洛阳，免不得动感情；他对着渺渺的人生也是绝望——转蓬离本根，飘飘随长风，何意回飙举，吹我入云中，高高上无极，天路安可穷。光阴"悠悠"的神秘警觉了陈元龙：人们在世上都是无俦伴的独客，各个，在他觉悟时都是寂寞的灵魂。庄子也没奈何这悠悠的光阴，他借重一个调侃的骷髅，设想另一个宇宙，那边生的进行不再受时间的制限。

所以吊古——尤其是上坟——是中国文人的一个癖好。这癖好想是遗传的；因为就我自己说，不仅每到一处地方爱去郊外冷落处寻墓园消遣，那坟墓的意象竟仿佛在我每一个思想的后背闳着——单这馒形的一块黄土在我就有无穷的意趣——更无须蔓草、凉风、白杨、青燐等等的附带。坟的意象与死的概念当然不能差离多远，但在我坟与死的关系却并不密切：死仿佛有附着或有实质的一个现象，坟墓只是一个美丽的虚无，在这静定的意境里，光阴仿佛止息了波动，你自己的思感也收敛了震悸，那时你的性灵便可感到最纯净的慰安，你再不要什么。还有一个原因为什么我不爱想死是为死的对象就是最恼人不过的生，死止是中止生，不是解决生，更不是消灭生，止是增剧生的复杂，并不清理它的纠纷。坟的意象却不暗示你什么对举或比称的实体，它没有远亲，也没有近邻，它只是它，包涵一切，覆盖一切，调融一切的一个美的虚无。

我这次到欧洲来倒像是专做清明来的，我不仅上知名的或与我有关系的坟（在莫斯科上契诃夫、克鲁泡德金的坟，在柏林上我自己儿子的坟，在枫丹薄罗上曼殊斐儿的坟，在巴黎上茶花女、哈哀内的坟，上菩特莱"恶之花"的坟，上凡尔泰、卢骚、嚣俄的坟，在罗马上雪莱、基茨的坟，在翡冷翠上勃郎宁太太的坟，上密仡郎其罗、梅迪启家的坟；日内到 Ravenna 去还得上丹德的坟，到 Assisi 上法兰西士的坟，到 Mautua 上浮吉尔的坟）我每过不知名的墓园也往往进去留连，那时情绪不定是伤悲，不定是感触，有风听风，在块块的墓碑间且自徘徊，待斜阳淡了再计较回家。

你们下回到莫斯科去，不要贪看列宁，那无非是一个像活的死人放着做广告的（口孽罪过！）反而忘却一个真值得去的好所在——那是在雀山山脚下的一座有名的墓园，原先是贵族埋葬的地方，但契诃夫的三代与克鲁泡德金也在里面，我在莫斯科三天，过得异常的昏闷，但那一个向晚，在那嚛寂的寺园里，不见了莫斯科的红尘，脱离了犹太人的怖梦，从容的怀古，默默的寻思，在他人许有更大的幸福，在我已经知足。那庵名象是 Monestiere Vinozositoh（可译作圣贞庵），但不敢说是对的，好在容易问得。

我最不能忘情的坟山是日中神户山上专葬僧尼那地方，一因它是依山筑道，林荫花草是天然的，二因两侧引泉，有不绝的水声，三因地位高亢，望见海湾与对岸山岛，我最不喜欢的是巴黎 Montmartre 的那个墓园，虽则有茶花女的芳邻我还是不愿意，因为它四周是市街，驾空又是一架走电车的大桥，什么清宁的意致都叫那些机轮轧成了断片，我是立定主意不去的；罗马雪莱，基茨的坟场也算是不错，但这留着以后再讲；莫斯科的圣贞庵，是应得赞美的，但躺到那边去的机会似乎不多！

那圣贞庵本身是白石的，葫芦顶是金的，旁边有一个极美的钟塔，红色的，方的，异常的鲜艳，远望这三色——白、金、红——的配置，极有风趣；墓碑与坟亭密密的在这塔影下散布着，我去的那天正当傍晚，地下的雪一半化了水，不穿胶皮套鞋是不能走的；电车直到庵前，后背望去森森的林山便是拿破仑退兵时曾经回望的雀山，庵门内的空气先就不同，常青的树荫间，雪铺的地里，悄悄的屏息着各式的墓碑：青石的平枑，镂像的长碣；嵌金的塔，中空的享亭，有高踞的，有低伏的，有雕饰繁复的，有平易的；但他们表示的意思却只是极简单的一个，古诗说的："下有陈死人，杳杳即长暮，潜寐黄泉下，千载永不寤。"

我们向前走不久便发现了一个颇堪惊心的事实；有不少极庄严的碑碣倒在地上的，有好几处坚致的石阑与铁阑打毁了的；你们记得在这里埋着的贵族居多，近几年来风水转了，贵族最吃苦，幸而不毁，也不免亡命，阶级的怨毒在这墓园里都留下了痕迹——楚平王死得快还是逃不了尸体受刑——虽则有标记与无标记，有祭扫与无祭扫，究竟关不关这底下陈死人的痛痒，还是不可知的一件事；但对于虚荣心重实的活人，这类示威的手段却是一个警告。

我们摸索了半天，不曾寻着契诃夫；我的朋友上那边问去了。我在一个转角站着等，那时候忽的眼前一亮（那天本是阴沉），夕阳也不知从那边过来，正照着金顶与红塔，打成一片不可信的辉煌；你们没见过大金顶的不易想像他那回光的力量，平常玻窗上的反光已够你耀眼的，何况偌大一个纯金的圆穹，我不由得不感谢那建筑家的高见，我看了《西游记》《封神传》渴慕的金光神霞，到这里见着了！更有那秀挺的绯红的高塔也在这俄顷间变成了棃花摇曳的长虹，仿佛脱离了地面，将次凌空飞去。

契诃夫的墓上（他父亲与他并肩）只是一块瓷青色的石碑，刻着他的名字与生死的年份，有铁栏围着，栏内半化的雪里有几瓣小青叶，旁边树上吊下去的，在那里微微的转动。

我独自倚着铁栏，沉思契诃夫今天要是在着他不知怎样；他是最爱"幽默"，自己也是最有谐趣的一位先生：他的太太告诉我们他临死的时候还要她讲笑话给他听；有幽默的人是不易做感情的奴隶的，但今天俄国的情形，今天世界的情形，他要是看了还能笑否，还能拿着他的灵活的笔继续写他灵活的小说否？……我正想着，一阵异样的声浪从园的那一角传过来打断了我的盘算，那声音在中国是听惯了的，但到欧洲是不提防的；我转过去看时有一位黑衣的太太站在一个坟前，她旁边一个服装古怪的牧师（像我们的游方和尚）高声念着经咒，在晚色团聚时，在森森的墓门间，听着那异样的音调（语尾曼长向上曳作顿），你知道那怪调是念给墓中人听的；这一想毛发间就起了作用，仿佛底下的一大群全爬了上来在你的周围站着倾听似的，同时钟声响动。那边庵门开了，门前亮着一星的油灯，里面出来成行列的尼僧，向另一屋子走去，一体的黑衣黑兜，悄悄的在雪地里走去……

克鲁泡德金的坟在后园，只一块扁平的白石，指示这伟大灵魂遗蜕的歇处，看着颇觉凄惘。关门铃已摇过，我们又得回红尘去了。

十二　"一宿有话"——真正老牌"迦门"

那晚上车我的手提包里有烟，有糖，有桔子蜜酒。

睡车每间两个床位，我的是上铺，他在下面。

你是日本人？

不。

中国人？

是的。

你喝威司克？唤仆欧！（他意思是沙达水，不是威司克。）

不，多谢。抽烟？

你到巴黎去长住？

不。

我当过军官——在德皇御队里的。

是的；那你打仗了？

从头到底——我一共打了七十二仗。

大英雄！你对敌是谁——是英是法？

全打过。

你杀死了多少人？

三千法国人，一千英国人。

谁会打些？

英国人，法国人不成。

为什么？

喝的太多。女人太多。

所以你杀了他们，还是看不起他们。法国女人呢？你们一定多的是机会。

喔，要多少？她们可不干净你知道，洗得不够你知道。司墨漆希。

哈哈。

她们可长得好看不是？不比贵国人差对不对？

喔，好看是有的，可没有用。她们不行，没有好身体，有病的你知道，不成。

你打了那么多仗，没有受伤？

喏你看！（他脱了褂子，剥开里衣，露出一个奇形的肩膀，骨骼像是全断了，凹下一个大坑，皮扭扭皱皱怪难看的。）

现在没有事了。

啊，你试试。（他伸出手臂，叫我摸他铁打似的栗子筋）我是一个打拳的。

先打他的正面，再打旁边，打中就破了——我带了十三个大的。

你打了美国兵没有？

没有，我打法国黑兵，顶没有用，比小鸡还容易捉；

再抽烟，请。你现在做什么事？

做生意——衣服生意，你看我身上穿的就是我自己店里的。

你还愿意打仗吗？

当然！十年内你看着，德国打败英国、法国。

怎么打法？

俄国人会得帮我们。他们先拿波兰，法国人的左腿就破了。

啊，那你少不了中国人帮忙！

不错不错。日耳曼、俄罗斯、支那联成一起，全世界翻身，法国"卡波脱"（破），日本卡波脱，美国卡波脱，英国更不用提了。

你也不爱日本？

不，日本人不成，他们自己没有文化，有文化就是支那、德意志，日本人是猴子。

喝蜜酒吧，请，祝福我们将来联合的胜利！再来一杯。

你有家了没有？

你问我有老婆？没有没有。有了家没有自由，我做生意，今天到这里，明天到那里，有了家就……（他想不出字）

Handicapped？

啊不错，Handicapped！你看我的身体多好！你有刀吗？

（他低了头去到表链上去解小刀，我看着他光秃的头顶，有三个大疤，像老寿星的头，我忍不住笑了。）

你笑什么？

你怎么受伤的？

开花弹炸破的。我在这儿站着，弹子炸了，正当着我面，我赶快旋转身这里着了。

你倒了没有？

一点也不倒。

那你得进医院？

是的，在医院住五个星期，又回家去五个星期。那是十七年的年底。下年正月我又回前敌去打，又弄死了不少法国人。

你是步队？

是的，步队；我专打"汤克"（tank），怎么打法？——汤克不是顶可怕的吗？

我笑法国人，（这时候他已经把小刀剥开，拿过刀尖叫我摸它的锋利，我莫名其妙）刀尖快不快？

快。

你看。（他伸出他的右腿，逬着气，手拿着刀，尖头向下，提得高高的，一撒手，刀尖着股，咄的一声，弹下了地去，像是碰着一块有弹性的金属，再来一次。）

了不得。不得了！（他得意笑了，头皮发亮）好汉！所以你不爱女色？

喔有时候。女人多的是，我们付钱，她们爱——哈哈，可是打仗顶好玩，比女人还有趣。

我信，所以你只盼望再打？你的政党当然是德意志国民党？

当然，你看这三色的党徽。

你看这次选举谁有希望？

胜利一定是我们——兴登堡将军顶好。

你崇拜他？

一百分。

好，我们再喝酒，祝你们政党的胜利！

昨晚柏林有好戏你看了没有？他问。

"Oscar Wilde？"那是第一晚，我嫌贵没有去，你去了。

去了。

做得好？

不错，槐尔德——的事情你信不信？

许有的，他就好奇。

好奇？我看是人们的天性。你们中国有没有？

变例自然到处有；德国怎么样？

时行得很，没有什么稀奇，学校里，军队里，柏林有俱乐部，你知道吗？

不知道，所以你们竟不以为奇？

一点也不，你到 Munchen 去住几时就知道了。

呕，你们德国人真是伟大的民族！时候不早了，休息吧，夜安。

夜安。

（这是我从柏林到巴黎那晚车上我自以为有趣的谈话，当晚我说过夜安上床去在枕上就记下一些……英文……今天无意中检着,觉得还是有趣,所以翻了出来。但你们却不要误会,以为德国全是这样的,蠢、粗、忍、变性的,虽则像他同样脑筋的一定不少,要不然兴登堡将军那里会有机会,我在这里又碰到一个德国人,他是我的好友,与那位先生刚巧相反。他也是打了四年的仗,但他恨极了打仗……他是一个深思,勤学,爱和平,有见地,敦厚,可亲的一个少年。只可惜一个人教育入了骨髓,思想有了分寸,他的外表的趣味就淡。你替他写就不易,不比那位先生开口见喉咙,粗极,却也趣极,你想拿刀尖来扎大腿的那类手势,在文明社会里,是否不可多得?)

志摩斐伦翠山中 六七日

十三 血

谒列宁遗体回想。

过莫斯科的人大概没有一个不去瞻仰列宁的"金刚不烂"身的。我们那天在雪冰里足足站了半句多钟(真对不起使馆里那位屠太太,她为引导我们鞋袜都湿一个净透,)才挨着一个入地的机会。

进门朝北壁上挂着一架软木做展平的地球模型;从北极到南极,从东极到西极(姑且这么说),一体是血色,旁边一把血染的镰刀,一个血染的锤子。那样大胆的空前的预言,摩西见了都许会失色,何况我们不禁吓的凡胎俗骨。

我不敢批评苏维埃的共产制,我不配,我配也不来,笔头上批评只是一半骗人，一半自骗。早几年我胆子大得多，罗素批评了苏维埃，我批评了罗素，话怎么说法，记不得了，也不关紧要，我只记得罗素说．"我到俄国去的时候是一个共产党，但……"意思说是他一到俄国；就取消了他红色的信仰。我先前挖苦了他。这回我自己也到那空气里去呼吸了几天，我没有取消信仰的必要，因我从不曾有过信仰，共产或不共产。但我的确比先前明白了些，为什么罗素不能不向后转。怕我自己的脾胃多少也不免带些旧气息，老家里还有几件东西总觉得有些舍不得——例如个人的自由，也许等到我有信仰的日子就舍得也难说，但那日子似乎不很近。我不但旧，并且还有我的迷信；有时候我简直是一个宿命论者——例如我觉得这世界的罪孽实在太深了，枝节的改变，是要不到的，人们不根本悔悟的时候，不免遭大劫，但执行大劫的使者，不是安琪儿，也不是魔鬼，还是人类自己。莫斯科就仿佛负有那样的使命。他们相信天堂是有的，可以实现的，但在现世界与那天堂的中间欲隔着一座海，一座血污海，人类泅得过这血海，才能登彼岸，他们决定先实现那血海。

　　再说认真一点，比如先前有人说中国有过激趋向，我再也不信，种瓜栽树也得辨土性，不是随便可以乱扦的。现在我消极的把握都没有了。"怨毒"已经弥漫在空中，进了血管，长出来时是小疽是大痈说不定，开刀总躲不了，淤着的一大包脓，总得有个出路。别国我不敢说，我最亲爱的母国，其实是堕落得太不成话了；血液里有毒，细胞里有菌，性灵里有最不堪的污秽，皮肤上有麻风。血污池里洗澡或许是一个对症的治法，我究竟不是医生，不敢妄断。同时，我对我们一部分真有血性的青年们也忍不住有几句话说。我决不怪你们信服共产主义，我相信只有骨里有髓管里有血的人才肯牺牲一切，为一主义做事；只要十个青年里七个或是六个都像你们，我们民族的前途不致这样的黑暗。但同时我要对你们说一句话。你们不要生气：你们口里说的话大部分是借来的，你们不一定明白，你们说话背后，真正的意思是什么，还有，照你们的理想，我们应得准备的代价，你们也不一定计算过或是认清楚；血海的滋味，换一句话说，我们终究还不曾大规模的尝过。叫政府逮捕下狱，或是与巡警对打折了半只臂膀，那固然是英雄气概的一斑，但更痛快更响亮的事业多着，——耶稣对他的妈（她走了远道去寻他）说，"妇人，去你的！""你们要跟从我。"耶稣对他的门徒说，"就得渔夫抛弃他的网，儿子抛弃他的父母，丈夫抛弃他的妻儿。"又有人问他我的老子才死，你让我埋了他再来跟你，还是丢了尸首不管专来跟你。耶稣说，让死人埋死人去。不要笑我背圣经，我知道你们不相信的，我也不相信，但这几段话是引称，是比况，我想你们懂得，就是说，照你现在的办法做下去时，你们不久就会觉得你们不知怎的叫人家放在老虎背上去，那时候下来的好，还是不下来的好？你们现在理论时代，下笔做文章时代，事情究竟好办，话不圆也得说他圆的来，方的就把四个角剪了去不就圆了，回头你自己也忘了角是你剪的，只以为原来就圆的，那我懂得。比如说到了那一天有人拿一把火种一把快刀交在你的手里，叫你到你自己的村庄你的家族里去见房子放火，见人动刀——你干不干？说话不可怕一点，假如有那一天你想看某作者的书，算是托尔斯泰的，可是有人告诉你不但他的书再也买不到，你有了书也是再也不能看的——你的反感怎样？我们在中国别的事情不说，比较的个人自由我看来是比别国强的多，有时简直太自由了，我们随便骂人，随便谣言，随便说谎，也没人干涉，除了我们自己的良心，那也是不很肯管闲事的。假如这部分里的个人自由有一天叫无形的国家权威取缔到零度以下，你的感想又怎样？你当然打算想做那时代表国家权威的人，但万一轮不到你又怎样？

莫斯科是似乎做定了运命的代理人了，只要世界上，不论那一处，多翻一阵血浪，他们便自以为离他们的理想近一步，你站在他们的地位看出来，这并不背谬，十分的合理。

但就这一点（我搔着我的头发），我说有考虑的必要。我们要救度自己，也许不免流血；但为什么我们不能发明一个新鲜的流法，既然血是我们自己的血，为什么我们就这样的贫，理想是得向人家借的，方法又得向人家借的？不错，他们不说莫斯科，他们口口声声说国际，因此他们的就是我们的。那是骗人，我说；讲和平，讲人道主义，许可以加上国际的字样，那也待考，至於杀人流血有什么国际？你们要是躲懒，不去自己发明流自己的血的方法，却只贪图现成，听人家的话，我说你们就不配，你们辜负你们骨里的髓，辜负你们管里的血！

英国有一个麦克唐诺尔德便是一个不躲懒的榜样，你们去查考查考他的言论与行事。意大利有一个莫索利尼是另一种榜样，虽则法西士的主义你们与我都不一定佩服，他那不躲懒是一个实在。

俄国的桔子卖七毛五一只，为什么？国内收下来的重税，大半得运到外国去津贴宣传，因此生活程度便不免过分的提高，他们国内在饿莩的边沿上走路的百姓们正多着哩！我听了那话觉着伤心；我只盼望我们中国人还不至于去领他们的津贴，叫他们国内人民多挨一分饿！

我不是主张国家主义的人,但讲到革命,便不得不讲国家主义。为什么自己革命自己作不了军师,还得运外国主意来筹划流血?那也是一种可耻的堕落。

革英国命的是克郎威尔;革法国命的是卢骚、丹当、罗珮士披亚、罗兰夫人,革意大利命的是马志尼、加利包尔提;革俄国命的是列宁——你们要记着。假如革中国命的是孙中山,你们要小心了,不要让外国来的野鬼钻进了中山先生的棺材里去!

徐志摩翡冷翠山中一九二五年五月二十九日

意大利的天时小引[①]

我们常听说意大利的天就比别处的不同:"蓝天的意大利","艳阳的意大利","光亮的意大利"。我不曾来的时候,我常常想象意大利的天阴霾,晦塞,雾盲,昏沉那类的字在这里当然是不适用不必说,就是下雨也一定像夏天阵雨似的别有风趣,只是在雨前雨后增添天上的妩媚;我想没有云的日子一定多,头顶只见一个碧蓝的圆穹,地下只是艳丽的阳光,大致比我们冬季的北京再加几倍光亮的模样。有云的时候,也一定是最可爱的云彩,鹅毛似的白净,一条条在蓝天里挂着,要不然就是彩色最鲜艳的晚霞,玫瑰、琥珀、玛瑙、珊瑚、翡翠、珍珠什么都有;看着了那样的天(我想)心里有愁的人一定会忘所愁,本来快活的一定加倍的快活……

那是想象中的意大利的天与天时,但想望总不免过分;在这世界上最美满的事情离着理想的境界总还有几步路。意大利的

[①] 约作于一九二五年六月上旬,载于同年八月十九日《晨报》副刊,署名志摩,未收集。

天，虽则比别处的好，终究还不是"洞天"。你们后来的记好了，不要期望过奢；我自己幸亏多住了几天，否则不但不满意，差一些还会十分的失望。

初入境的印象我敢说一定是很强的。我记得那天钻出了阿尔帕斯的山脚，连环的雪峰向后直退。郎巴德的平壤像一条地毯似的直铺到前望的天边；那时头上的天与阳光的确不同，急切说不清怎样的不同，就只天蓝比往常的蓝，白云比寻常的白，阳光比平常的亮，你身边站着的旅伴说"啊，这是意大利"，你也脱口的回答"啊，这是意大利"，你的心跳就自然的会增快，你的眼力自然的会加强。田里的草，路旁的树，湖里的水都仿佛微笑着轻轻的回应你，啊，这是意大利！

但我初到的两个星期，从米兰到威尼市，经翡冷翠去罗马，意大利的天时，你说怎样，简直是荒谬！威尼市不曾见着它有名夕照的影子，翡冷翠只是不清明，罗马最不顾廉耻，简直连绵的淫雨了四天，四月有正月的冷，什么游兴都给毁了，临了逃向翡冷翠那天真忍不住咒了。

翡冷翠山居闲话[1]

在这里出门散步去,上山或是下山,在一个晴好的五月的向晚,正像是去赴一个美的宴会,比如去一果子园,那边每株树上都是满挂着诗情最秀逸的果实,假如你单是站着看还不满意时,只要你一伸手就可以采取,可以恣尝鲜味,足够你性灵的迷醉。阳光正好暖和,决不过暖;风息是温驯的,而且往往因为他是从繁花的山林里吹度过来他带来一股幽远的澹香,连着一息滋润的水气,摩挲着你的颜面,轻绕着你的肩腰,就这单纯的呼吸已是无穷的愉快;空气总是明净的,近谷内不生烟,远山上不起霭,那美秀风景的全部正像画片似的展露在你的眼前,供你闲暇的鉴赏。

作客山中的妙处,尤在你永不须踌躇你的服色与体态;你不妨摇曳着一头的蓬草,不妨纵容你满腮的苔藓;你爱穿什么就穿什么,扮一个牧童,扮一个渔翁,装一个农夫,装一个走江湖的

---

[1] 翡冷翠,通译佛罗伦萨,意大利中部城市,文艺复兴时期欧洲最著名的艺术中心,本文原载一九二五年七月四日《现代评论》第二卷。

桀卜闪①，装一个猎户；你再不必提心整理你的领结，你尽可以不用领结，给你的颈根与胸膛一半日的自由，你可以拿一条这边艳色的长巾包在你的头上，学一个太平军的头目，或是拜伦那埃及装的姿态；但最要紧的是穿上你最旧的旧鞋，别管他模样不佳，他们是顶可爱的好友，他们承着你的体重却不叫你记起你还有一双脚在你的底下。

这样的玩顶好是不要约伴，我竟想严格的取缔，只许你独身；因为有了伴多少总得叫你分心，尤其是年轻的女伴，那是最危险最专制不过的旅伴，你应得躲避她像你躲避青草里一条美丽的花蛇！平常我们从自己家里走到朋友的家里，或是我们执事的地方，那无非是在同一个大牢里从一间狱室移到另一间狱室去，拘束永远跟着我们，自由永远寻不到我们；但在这春夏间美秀的山中或乡间你要是有机会独身闲逛时，那才是你福星高照的时候，那才是你实际领受，亲口尝味，自由与自在的时候，那才是你肉体与灵魂行动一致的时候。朋友们，我们多长一岁年纪往往只是加重我们头上的枷，加紧我们脚胫上的链。我们见小孩子在草里在沙堆里在浅水里打滚作乐，或是看见小猫追他自己的尾巴，何尝没有羡慕的时候，但我们的枷，我们的链永远是制定我们行动的上司！所以只有你单身奔赴大自然的怀抱时，像一个裸体的小孩扑入他母亲的怀抱时，你才知道灵魂的愉快是怎样的，单是活着的快乐是怎样的，单就呼吸单就走道单就张眼看耸耳听的幸福是怎样的。因此你得严格的为己，极端的自私，只许你，体魄与性灵，与自然同在一个脉搏里跳动，同在一个音波里起

---

① 桀卜闪，通译吉卜赛人。

伏，同在一个神奇的宇宙里自得。我们浑朴的天真是像含羞草似的娇柔，一经同伴的抵触，他就卷了起来，但在澄静的日光下，和风中，他的姿态是自然的，他的生活是无阻碍的。

你一个人漫游的时候，你就会在青草里坐地仰卧，甚至有时打滚，因为草的和暖的颜色自然的唤起你童稚的活泼；在静僻的道上你就会不自主的狂舞，看着你自己的身影幻出种种诡异的变相，因为道旁树木的阴影在他们迂徐的婆娑里暗示你舞蹈的快乐；你也会得信口的歌唱，偶尔记起断片的音调，与你自己随口的小曲，因为树林中的莺燕告诉你春光是应得赞美的；更不必说你的胸襟自然会跟着曼长的山径开拓，你的心地会看着澄蓝的天空静定，你的思想和着山壑间的水声，山罅里的泉响，有时一澄到底的清澈，有时激起成章的波动，流，流，流入凉爽的橄榄林中，流入妩媚的阿诺河去……

并且你不但不须伴侣，每逢这样的游行，你也不必带书。书是理想的伴侣，但你应得带书，是在火车上，在你住处的客室里，不是在你独身漫步的时候。什么伟大的深沉的鼓舞的清明的优美的思想的根源不是可以在风籁中，云彩里，山势与地形的起伏里，花草的颜色与香息里寻得？自然是最伟大的一部书，葛德说，在他每一页的字句里我们读得最深奥的消息。并且这书上的文字是人人懂得的；阿尔帕斯①与五老峰，雪西里②与普陀山，莱因河③与扬子江；梨梦湖④与西子湖，建兰与琼花，杭州西溪的芦

---

① 阿尔帕斯，通译阿尔卑斯，欧洲南部山脉。
② 雪西里，通译西西里，地中海最大岛屿，属意大利。
③ 莱因河，通译莱茵河。
④ 梨梦湖，通译莱蒙湖，也即日内瓦湖，在瑞士西南与法国东部边境。

雪与威尼市①夕照的红潮,百灵与夜莺,更不提一般黄的黄麦,一般紫的紫藤,一般青的青草,同在大地上生长,同在和风中波动——他们应用的符号是永远一致的,他们的意义是永远明显的,只要你自己心灵上不长疮瘢,眼不盲,耳不塞,这无形迹的最高等教育便永远是你的名分,这不取费的最珍贵的补剂便永远供你的受用;只要你认识了这一部书,你在这世界上寂寞时便不寂寞,穷困时不穷困,苦恼时有安慰,挫折时有鼓励,软弱时有督责,迷失时有南针②。

---

① 威尼市,通译威尼斯,意大利东北部城市。
② 南针,即指南针。

罗曼罗兰①

罗曼罗兰（Romain Rolland），这个美丽的音乐的名字，究竟代表些什么？他为什么值得国际的敬仰，他的生日为什么值得国际的庆祝？他的名字，在我们多少知道他的几个人的心里，唤起些个什么？他是否值得我们已经认识他思想与景仰他人格的更亲切的认识他，更亲切的景仰他；从不曾接近他的赶快从他的作品里去接近他？

一个伟大的作者如罗曼罗兰或托尔斯泰，正像是一条大河，它那波澜，它那曲折，它那气象，随处不同，我们不能划出它的一湾一角来代表它那全流。我们有幸福在书本上结识他们的正比是尼罗河或扬子江沿岸的泥埭，各按我们的受量分沾他们的润泽的恩惠罢了。说起这两位作者——托尔斯泰与罗曼罗兰：他们灵感的泉源是同一的，他们的使命是同一的，他们在精神上有相互的默契（详后），仿佛上天从不教他的灵光在世上完全灭迹，所以在这普遍的混沌与黑暗的世界内往往有这类禀承灵智的大天才

---

① 写作时间不详，一九二五年十月三十一日初载于《晨报副刊》，署名徐志摩。

在我们中间指点迷途，启示光明。但他们也自有他们不同的地方；如其我们还是引申上面这个比喻，托尔斯泰，罗曼罗兰的前人，就更像是尼罗河的流域，它那两岸是浩瀚的沙碛，古埃及的墓宫，三角金字塔的映影，高矗的棕榈类的林木，间或有帐幕的游行队，天顶永远有异样的明星；罗曼罗兰，托尔斯泰的后人，象是扬子江的流域，更近人间，更近人情的大河，它那两岸是青绿的桑麻，是连枅的房屋，在波鳞里泅着的是鱼是虾，不是长牙齿的鳄鱼，岸边听得见的也不是神秘的驼铃，是随熟的鸡犬声。这也许是斯拉夫与拉丁民族各有的异禀，在这两位大师的身上得到更集中的表现，但他们润泽这苦旱的人间的使命是一致的。

十五年前一个下午，在巴黎的大街上，有一个穿马路的叫汽车给碰了，差一点没有死。他就是罗曼罗兰。那天他要是死了，巴黎也不会怎样的注意，至多报纸上本地新闻栏里登一条小字："汽车肇祸，撞死了一个走路的，叫罗曼罗兰，年四十五岁，在大学里当过音乐史教授，曾经办过一种不出名的杂志叫 *Cahiers de la guinzaine* 的。"

但罗兰不死，他不能死；他还得完成他分定的使命。在欧战爆裂的那一年，罗兰的天才，五十年来在无名的黑暗里埋着的，忽然取得了普遍的认识。从此他不仅是全欧心智与精神的领袖，他也是全世界一个灵感的泉源。他的声音仿佛是最高峰上的崩雪，回响在远远的万壑间，五年的大战毁了无数的生命与文化的成绩，但毁不了的是人类几个基本的信念与理想，在这无形的精神价值的战场上罗兰永远是一个不仆的英雄。对着在恶门的漩涡里挣扎着的全欧罗兰喊一声彼此是弟兄放手！对着蜘网似密布，疫疠似蔓延的怨恨，仇毒，虚妄，疯癫。罗兰集中他孤独的理智与情感的力量作战。对着普遍破坏的现象，罗兰伸出他单独的臂膀开始组织人道势力。对着叫褊浅的国家主义与恶毒的报复本能迷惑住的智识阶级，他大声唤醒他们应负的责任，要他们恢复思想的独立。救济盲目的群众。"在战场的空中"——"Above the Battle Field"——不是在战场上，在各民族共同的天空，不是在一国的领土内，我们听得罗兰的大声，也就是人道的呼声，像一阵光明的骤雨，激斗着地面上互杀的烈焰。罗兰的作战是有结果的，他联合了国际间自由的心灵，替未来的和平筑一层有力的基础。这是他自己的话：

"我们从战争得到一个付重价的利益，它替我们联合了各民族中不甘受流行的种族怨毒支配的心灵。这次的教训益发激励他们的精力，强固他们的意志。谁说人类友爱是一个绝望的理想？我再不怀疑未来的全欧一致的结合。我们不久可以实现那精神的统一。这战争只是它的热血的洗礼。"

这是罗兰，勇敢的人道的战土！当他全国的刀锋一致向着德人的时候，他敢说不，真正的敌人是你们自己心怀里的仇毒。当全欧破碎成不可收拾的断片时，他想象到人类更完美的精神的统一。友爱与同情，他相信，永远是打倒仇恨与怨毒的利器；他永远不怀疑他的理想是最后的胜利者。在他的前面有托尔斯泰与道施滔奄夫斯基（虽则思想的形式不同）他的同时有泰谷尔与甘地（他们的思想的形式也不同），他们的立场是在高山的顶上，他们的视域在时间上是历史的全部，在空间里是人类的全体，他们的声音是天空里的雷震，他们的赠与是精神的慰安。我们都是牢狱里的囚犯，镣铐压住的，铁栏锢住的，难得有一丝雪亮暖和的阳光照上我们黝黑的脸面，难得有喜雀过路的欢声清醒我们昏沉的

头脑。"重浊",罗兰开始他的贝德花芬传:

"重浊是我们周围的空气。这世界是叫一种凝厚的污浊的秽息给闷住了——一种卑琐的物质压在我们的心里,压在我们的头上,叫所有民族与个人失却了自由工作的机会。我们全让掐住了转不过气来。来,让我们打开窗子好叫天空自由的空气进来,好叫我们呼吸古英雄们的呼吸。"

打破我执的偏见来认识精神的统一;打破国界的偏见来认识人道的统一。这是罗兰与他同理想者的教训。解脱怨毒的束缚来实现思想的自由;反抗时代的压迫来恢复性灵的尊严。这是罗兰与他同理想者的教训。人生原是与苦俱来的;我们来做人的名分不是咒诅人生因为它给我们苦痛,我们正应在苦痛中学习,修养,觉悟,在苦痛中发现我们内蕴的宝藏,在苦痛中领会人生的真谛。英雄,罗兰最崇拜如密仡朗其罗与贝德花芬一类人道的英雄,不是别的,只是伟大的耐苦者。那些不朽的艺术家,谁不曾在苦痛中实现生命,实现艺术,实现宗教,实现一切的奥义?自己是个深感苦痛者,他推致他的同情给世上所有的受苦者;在他这受苦,这耐苦,是一种伟大,比事业的伟大更深沉的伟大。他要寻求的是地面上感悲哀感孤独的灵魂。"人生是艰难的。谁不甘愿承受庸俗,可他这辈子就是不断的奋斗。并且这往往是苦痛的奋斗,没有光彩,没有幸福,独自在孤单与沉默中挣扎。穷困压着你,家累累着你,无意味的沉闷的工作消耗你的精力,没有欢欣,没有希冀,没有同伴,你在这黑暗的道上甚至连一个在不幸中伸手给你的骨肉的机会都没有。"这受苦的概念便是罗兰人生哲学的起点,在这上面他求筑起一座强固的人道寓所。因此在他有名的传记里他用力传述先贤的苦难生涯,使我们憬悟至少在我们的苦痛里，我们不是孤独的，在我们切己的苦痛里隐藏着人道的消息与线索。"不快活的朋友们，不要过分的自伤，因为最伟大的人们也曾分尝味你们的苦味。我们正应得跟着他们的努奋自勉。假如我们觉得软弱，让我们靠着他们喘息。他们有安慰给我们。从他们的精神里放射着精力与仁慈。即使我们不研究他们的作品，即使我们听不到他们的声音，单从他们面上的光彩，单从他们曾经生活过的事实里，我们应得感悟到生命最伟大，最生产——甚至最快乐——的时候是在受苦痛的时候。"

我们不知道罗曼罗兰先生想象中的新中国是怎样的；我们不知道为什么他特别示意要听他的思想在新中国的回响。但如其他能知道新中国象我们自己知道它一样，他一定感觉与我们更密切的同情，更贴近的关系，也一定更急急的伸手给我们握着——因为你们知道，我也知道，什么是新中国只是新发现的深沉的悲哀与苦痛深深的盘伏在人生的底里！这也许是我个人新中国的解释；但如其有人拿一些时行的口号，什么打倒帝国主义等等，或是分裂与猜忌的现象，去报告罗兰先生说这是新中国，我再也不能预料他的感想了。

我已经没有时候与地位叙述罗兰的生平与著述；我只能匆匆的略说梗概。他是一个音乐的天才，在幼年音乐便是他的生命。他妈教他琴，在谐音的波动中他的童心便发现了不可言喻的快乐。莫察德与贝德花芬是他最早发见的英雄。所以在法国经受普鲁士战争爱国主义最高激的时候，这位年轻的圣人正在"敌人"的作品中尝味最高的艺术。他的自传里写着："我们家里有好多旧的德国音乐书。德国？我懂得那个字的意义？在我们这一带我相信德国人从没有人见过的。我翻着那一堆旧书，爬在琴上拼出一个个的音符。这些流动的乐音,谐调的细流,灌溉着我的童心,像雨水漫入泥土似的淹了进去。莫察德与贝德花芬的快乐与苦痛,想望的幻梦,渐渐的变成了我的肉的肉,我的骨的骨。我是它们,它们是我。要没有它们我怎过得了我的日子?我小时生病危殆的时候,莫察德的一个调子就象爱人似的贴近我的枕衾看着我。长大的时候,每回逢着怀疑与懊丧,贝德花芬的音乐又在我的心里拨旺了永久生命的火星。每回我精神疲倦了,或是心上有不如意事,我就找我的琴去,在音乐中洗净我的烦愁。"

要认识罗兰的不仅应得读他神光焕发的传记,还得读他十卷的 *Jean Christophe*,在这书里他描写他的音乐的经验。

他在学堂里结识了莎士比亚,发见了诗与戏剧的神奇。他的哲学的灵感,与歌德一样,是泛神主义的斯宾诺塞。他早年的朋友是近代法国三大诗人:克洛岱尔(Paul Claudel 法国驻日大使), Ande Suares,与 Charles Peguy (后来与他同办 *Cahioers de al Quinzaine*)。那时槐格纳是压倒一时的天才,也是罗兰与他少年朋友们的英雄。但在他个人更重要的一个影响是托尔斯泰。他早就读他的著作,十分的爱慕他,后来他念了他的艺术论,那只俄国的老象——用一个偷来的比喻——走进了艺术的花园里去,左一脚踩倒了一盆花,那是莎士比亚,右一脚又踩倒了一盆花,那是贝德花芬,这时候少年的罗曼罗兰走到了他的思想的歧路了。莎氏、贝氏、托氏,同是他的英雄,但托氏愤愤的申斥莎贝一流的作者,说他们的艺术都是要不得的,不相干的,不是真的人道的艺术——他早年的自己也是要不得不相干的。在罗兰一个热烈的寻求真理者,这来就好似青天里一个霹雳;他再也忍不住他的疑虑。他写了一封信给托尔斯泰,陈述他的冲突的心理。他那年二十二岁。过了几个星期罗兰差不多把那信忘都忘了，一天忽然接到一封邮件：三十八满页写的一封长信，伟大的托尔斯泰的亲笔给这不知名的法国少年的！"亲爱的兄弟"，那六十老人称呼他，"我接到你的第一封信，我深深的受感在心。我念你的信，泪水在我的眼里。"下面说他艺术的见解：我们投入人生的动机不应是为艺术的爱，而应是为人类的爱。只有经受这样灵感的人才可以希望在他的一生实现一些值得一做的事业。这还是他的老话，但少年的罗兰受深彻感动的地方是在这一时代的圣人竟然这样恳切的同情他，安慰他，指示他，一个无名的异邦人。他那时的感奋我们可以约略想象。因此罗兰这几十年来每逢少年人有信给他，他没有不亲笔作复，用一样慈爱诚挚的心对待他的后辈，这来受他的灵感的少年人更不知多少了。这是一件含奖励性的事实。我们从可以知道凡是一件不勉强的善事就比如春天的薰风，它一路来散布着生命的种子，唤醒活泼的世界。

但罗兰那时离着成名的日子还远，虽则他从幼年起只是不懈的努力。他还得经尝身世的失望（他的结婚是不幸的，近三十年来他几于完全隐士的生涯，他现在瑞士的鲁山，听说与他妹子同居），种种精神的苦痛，才能实受他的劳力的报酬——他的天才的认识与接受。他写了十二部长篇剧本，三部最著名的传记（密仡朗其罗，贝德花芬，托尔斯泰），十大篇 *Jean Christophe*，算是这时代里最重要的作品的一部，还有他与他的朋友办了十五年灰色的杂志，但他的名字还是在晦塞的灰堆里掩着——直到他将近五十岁那年，这世界方才开始惊讶他的异彩。贝德花芬有几句话，我想可以一样适用到一生劳悴不怨的罗兰身上：

"我没有朋友，我必得单独过活；但是我知道在我心灵的底里上帝是近着我,比别人更近。我走近他我心里不害怕,我一向认识他的。我从不着急我自己的音乐,那不是坏运所能颠仆的,谁要能懂得它,它就有力量使他解除折磨旁人的苦恼。"

十月三十一日

我所知道的康桥[①]

一

我这一生的周折，大都寻得出感情的线索。不论别的，单说求学。我到英国是为要从罗素。罗素来中国时，我已经在美国。他那不确的死耗传到的时候，我真的出眼泪不够，还做悼诗来了。他没有死，我自然高兴。我摆脱了哥伦比亚大博士衔的引诱，买船票过大西洋，想跟这位二十世纪的福禄泰尔认真念一点书去。谁知一到英国才知道事情变样了：一为他在战时主张和平，二为他离婚，罗素叫康桥给除名了，他原来是 Trinity College[②] 的 Fellow[③]，这来他的 Fellowship 也给取销了。他回英国后就在伦敦住下，夫妻两人卖文章过日子。因此我也不曾遂我从学的始愿。我在伦敦政治经济学院里混了半年，正感着闷想换路走的

---

① 作于一九二六年一月十四日、十五日，分两部分载于一九二六年一月十六日《晨报》副刊与二十五日《晨报》副刊，均署名徐志摩。
② 译为三清学院。
③ 译为研究员。

时候，我认识了狄更生先生。狄更生（Galsworthy Lowes Dickinson）是一个有名的作者，他的《一个中国人通信》（*Letters From John Chinaman*）与《一个现代聚餐谈话》（*A Modern Symposium*）两本小册子早得了我的景仰。我第一次会着他是在伦敦国际联盟协会席上，那天林宗孟先生演说，他做主席；第二次是宗孟寓里吃茶，有他。以后我常到他家里去。他看出我的烦闷，劝我到康桥去，他自己是王家学院（Kings College）的Fellow。我就写信去问两个学院，回信都说学额早满了，随后还是狄更生先生替我去在他的学院里说好了，给我一个特别生的资格，随意选科听讲。从此黑方巾、黑披袍的风光也被我占着了。初起我在离康桥六英里的乡下叫沙士顿的地方租了几间小屋住下，同居的有我从前的夫人张幼仪女士与郭虞裳君。每天一早我坐街车（有时骑自行车）上学，到晚回家。这样的生活过了一个春，但我在康桥还只是个陌生人，谁都不认识，康桥的生活，可以说完全不曾尝着，我知道的只是一个图书馆，几个课室，和三两个吃便宜饭的茶食铺子。狄更生常在伦敦或是大陆上，所以也不常见他。那年的秋季我一个人回到康桥，整整有一学年，那时我才有机会接近真正的康桥生活，同时我也慢慢的"发见"了康桥。我不曾知道过更大的愉快。

二

"单独"是一个耐寻味的现象。我有时想它是任何发见的第一个条件。你要发见你的朋友的"真"，你得有与他单独的机会。你要发见你自己的真，你得给你自己一个单独的机会。你要发见一个地方（地方一样有灵性），你也得有单独玩的机会。我们这一辈子，认真说，能认识几个人？能认识几个地方？我们都是太匆忙，太没有单独的机会。说实话，我连我的本乡都没有什么了解。康桥我要算是有相当交情的，再次许只有新认识的翡冷翠了。啊，那些清晨，那些黄昏，我一个人发痴似的在康桥！绝对的单独。

但一个人要写他最心爱的物件，不论是人是地，是多么使他为难的一个工作？你怕，你怕描坏了它，你怕说过分了恼了它，你怕说太谨慎了辜负了它。我现在想写康桥，也正是这样的心理，我不曾写，我就知道这回是写不好的——况且又是临时逼出来的事情。但我却不能不写，上期预告已经出去了。我想勉强分两节写，一是我所知道的康桥的天然景色，一是我所知道的康桥的学生生活。我今晚只能极简的写些，等以后有兴会时再补。

三

康桥的灵性全在一条河上；康河，我敢说，是全世界最秀丽的一条水。河的名字是葛兰大（Granta），也有叫康河（River Cam）的，许有上下流的区别，我不甚清楚。河身多的是曲折，上游是有名的拜伦潭（Byrou's Pool），当年拜伦常在那里玩的；有一个老村子叫格兰骞斯德，有一个果子园，你可以躺在累累的桃李树荫下吃茶，花果会掉入你的茶杯，小雀子会到你桌上来啄食，那真是别有一番天地。这是上游；下游是从骞斯德顿下去，河面展开，那是春夏间竞舟的场所。上下河分界处有一个坝筑，水流急得很，在星光下听水声，听近村晚钟声，听河畔倦牛刍草声,是我康桥经验中最神秘的一种:大自然的优美、宁静,调谐在这星光与波光的默契中不期然的淹入了你的性灵。

但康河的精华是在它的中权,著名的"Backs①",这两岸是几个最蜚声的学院的建筑。从上面下来是 Pembroke②, St. Katharine's③, King's④, Clare⑤, Trinity, St. John's⑥。最令人留连的一节是克莱亚与王家学院的毗连处,克莱亚的秀丽紧邻着王家教堂(King's Chapel)的宏伟。别的地方尽有更美更庄严的建筑,例如巴黎赛因河的罗浮宫一带,威尼斯的利阿尔多大桥的两岸,翡冷翠维基乌大桥的周遭;但康桥的"Backs"自有它的特长,这不容易用一二个状词来概括,它那脱尽尘埃气的一种清澈秀逸的意境可说是超出了画图而化生了音乐的神味。再没有比这一群建筑更调谐更匀称的了!论画,可比的许只有柯罗(Corot)的田野;论音乐,可比的许只有萧班(Chopin)的夜曲。就这也不能给你依稀的印象,它给你的美感简直是神灵性的一种。

假如你站在王家学院桥边的那棵大椈树荫下眺望,右侧面,隔着一大方浅草坪,是我们的校友居(Fellows Building),那年代并不早,但它的妩媚也是不可掩的,它那苍白的石壁上春夏间满缀着艳色的蔷薇在和风中摇头,移左是那教堂,森林似的尖阁不可浼的永远直指着天空;更左是克莱亚,啊!那不可信的玲珑的方庭,谁说这不是圣克莱亚(St. Clare)的化身,那一块石上不

---

① Backs:英国剑桥大学的后花园。
② Pembroke:潘布鲁克学院。
③ St. Katharine's:圣凯瑟琳学院。
④ King's:国王学院。
⑤ Clare:克莱尔(徐译克莱亚),即圣可莱尔学院。
⑥ St. John's:圣约翰学院。

闪耀着她当年圣洁的精神？在克莱亚后背隐约可辨的是康桥最潇洒最骄纵的三清学院（Trinity），它那临河的图书楼上坐镇着拜伦神采惊人的雕像。

但这时你的注意早已叫克莱亚的三环洞桥魔术似的摄住。你见过西湖白堤上的西泠断桥不是（可怜它们早已叫代表近代丑恶精神的汽车公司给踩平了，现在它们跟着苍凉的雷峰永远辞别了人间）。你忘不了那桥上斑驳的苍苔，木栅的古色，与那桥拱下泄露的湖光与山色不是？克莱亚并没有那样体面的衬托，它也不比庐山栖贤寺旁的观音桥，上瞰五老的奇峰，下临深潭与飞瀑；它只是怯怜怜的一座三环洞的小桥，它那桥洞间也只掩映着细纹的波鳞与婆娑的树影，它那桥上栉比的小穿阑与阑节顶上双双的白石球，也只是村姑子头上不夸张的香草与野花一类的装饰；但你凝神的看着，更凝神的看着，你再反省你的心境，看还有一丝屑的俗念沾滞不？只要你审美的本能不曾汩灭时，这是你的机会实现纯粹美感的神奇！

但你还得选你赏鉴的时辰。英国的天时与气候是走极端的。冬天是荒谬的坏，逢着连绵的雾盲天你一定不迟疑的甘愿进地狱本身去试试；春天（英国是几乎没有夏天的）是更荒谬的可爱，尤其是它那四五月间最渐缓最艳丽的黄昏，那才真是寸寸黄金。在康河边上过一个黄昏是一服灵魂的补剂。啊！我那时蜜甜的单独，那时蜜甜的闲暇。一晚又一晚的，只见我出神似的倚在桥阑上向西天凝望：

看一回凝静的桥影，
数一数螺钿的波纹；

  我倚暖了石阑的青苔,
  青苔凉透了我的心坎;……

还有几句更笨重的怎能仿佛那游丝似轻妙的情景:

  难忘七月的黄昏,远树凝寂,
  像墨泼的山形,衬出轻柔暝色,
  密稠稠,七分鹅黄,三分橘绿,
  那妙意只可去秋梦边缘捕捉;……

四

  这河身的两岸都是四季常青最葱翠的草坪。从校友居的楼上望去,对岸草场上,不论早晚,永远有十数匹黄牛与白马,胫蹄没在恣蔓的草丛中,从容的在咬嚼,星星的黄花在风中动荡,应和着它们尾鬃的扫拂。桥的两端有斜倚的垂柳与掬荫护住。水是澈底的清澄,深不足四尺,匀匀的长着长条的水草。这岸边的草坪又是我的爱宠,在清朝,在傍晚,我常去这天然的织锦上坐地,有时读书,有时看水;有时仰卧着看天空的行云,有时反仆着搂抱大地的温软。

  但河上的风流还不止两岸的秀丽。你得买船去玩,船不止一种:有普通的双桨划船,有轻快的薄皮舟(Canoe),有最别致的长形撑篙船(Punt)。最末的一种是别处不常有的:约莫有二丈长,三尺宽,你站直在船梢上用长竿撑着走的。这撑是一种技术。我手脚太蠢,始终不曾学会。你初起手尝试时,容易把船身横住在河中，东颠西撞的狼狈。英国人是不轻易开口笑人的，但是小心他们不出声的皱眉！也不知有多少次河中本来优闲的秩序叫我这莽撞的外行给捣乱了。我真的始终不曾学会；每回我不服输跑去租船再试的时候，有一个白胡子的船家往往带讥讽的对我说："先生，这撑船费劲，天热累人，还是拿个薄皮舟溜溜吧！"我那里肯听话，长篙子一点就把船撑了开去，结果还是把河身一段段的腰斩了去！

你站在桥上去看人家撑，那多不费劲，多美！尤其在礼拜天有几个专家的女郎，穿一身缟素衣服，裙裾在风前悠悠的飘着，戴一顶宽边的薄纱帽，帽影在水草间颤动，你看她们出桥洞时的姿态，捻起一根竟像没有分量的长竿，只轻轻的，不经心的往波心里一点，身子微微的一蹲，这船身便波的转出了桥影，翠条鱼似的向前滑了去。她们那敏捷，那闲暇，那轻盈，真是值得歌咏的。

在初夏阳光渐暖时你去买一支小船，划去桥边荫下躺着念你的书或是做你的梦，槐花香在水面上飘浮，鱼群的唼喋声在你的耳边挑逗。或是在初秋的黄昏，近着新月的寒光，望上流僻静处远去。爱热闹的少年们携着他们的女友，在船沿上支着双双的东洋彩纸灯，带着话匣子，船心里用软垫铺着，也开向无人迹处去享他们的野福——谁不爱听那水底翻的音乐在静定的河上描写梦意与春光！

住惯城市的人不易知道季候的变迁。看见叶子掉知道是秋，看见叶子绿知道是春；天冷了装炉子，天热了拆炉子；脱下棉袍，换上夹袍，脱下夹袍，穿上单袍；不过如此罢了。天上星斗的消息，地下泥土里的消息，空中风吹的消息，都不关我们的事。忙着哪,这样那样事情多着,谁耐烦管星星的移转,花草的消长,风云的变幻?同时我们抱怨我们的生活、苦痛、烦闷、拘束、枯燥,谁肯承认做人是快乐?谁不多少间咒诅人生?

但不满意的生活大都是由于自取的。我是一个生命的信仰者,我信生活决不是我们大多数人仅仅从自身经验推得的那样暗惨。我们的病根是在"忘本"。人是自然的产儿,就比枝头的花与鸟是自然的产儿;但我们不幸是文明人,入世深似一天,离自然远似一天。离开了泥土的花草,离开了水的鱼,能快活吗?能生存吗?从大自然,我们取得我们的生命;从大自然,我们应分取得我们继续的滋养。那一株婆娑的大木没有盘错的根柢深入在无尽藏的地里?我们是永远不能独立的。有幸福是永远不离母亲抚育的孩子,有健康是永远接近自然的人们。不必一定与鹿豕游,不必一定回"洞府"去;为医治我们当前生活的枯窘,只要"不完全遗忘自然"一张轻淡的药方我们的病象就有缓和的希望。在青草里打几个滚,到海水里洗几次浴,到高处去看几次朝霞与晚照——你肩背上的负担就会轻松了去的。

这是极肤浅的道理,当然。但我要没有过过康桥的日子,我就不会有这样的自信。我这一辈子就只那一春,说也可怜,算是不曾虚度。就只那一春,我的生活是自然的,是真愉快的!(虽则碰巧那也是我最感受人生痛苦的时期。)我那时有的是闲暇,有的是自由,有的是绝对单独的机会。说也奇怪,竟像是第一次,我辨认了星月的光明,草的青,花的香,流水的殷勤。我能忘记那初春的睥睨吗?曾经有多少个清晨我独自冒着冷去薄霜铺地的林子里闲步——为听鸟语,为盼朝阳,为寻泥土里渐次苏醒的花草,为体会最微细最神妙的春信。啊,那是新来的画眉在那边凋不尽的青枝上试它的新声！啊，这是第一朵小雪球花挣出了半冻的地面！啊，这不是新来的潮润沾上了寂寞的柳条？

　　静极了，这朝来水溶溶的大道，只远处牛奶车的铃声，点缀这周遭的沉默。顺着这大道走去，走到尽头，再转入林子里的小径，往烟雾浓密处走去，头顶是交枝的榆荫，透露着漠楞楞的曙色；再往前走去，走尽这林子，当前是平坦的原野，望见了村舍，初青的麦田，更远三两个馒形的小山掩住了一条通道。天边是雾茫茫的，尖尖的黑影是近村的教寺。听，那晓钟和缓的清音。这一带是此邦中部的平原，地形像是海里的轻波，默沉沉的起伏；山岭是望不见的，有的是常青的草原与沃腴的田壤。登那土阜上望去，康桥只是一带茂林，拥戴着几处娉婷的尖阁。妩媚的康河也望不见踪迹，你只能循着那锦带似的林木想象那一流清浅。村舍与树林是这地盘上的棋子，有村舍处有佳荫，有佳荫处有村舍。这早起是看炊烟的时辰：朝雾渐渐的升起，揭开了这灰苍苍的天幕（最好是微霰后的光景），远近的炊烟，成丝的，成缕的，成卷的，轻快的，迟重的，浓灰的，淡青的，惨白的，在静定的朝气里渐渐的上腾，渐渐的不见，仿佛是朝来人们的祈祷，参差的翳入了天厅。朝阳是难得见的，这初春的天气。但它来时是起早人莫大的愉快。顷刻间这田野添深了颜色，一层轻纱似的金粉糁上了这草，这树，这通道，这庄舍。顷刻间这周遭弥漫了清晨富丽的温柔。顷刻间你的心怀也分润了白天诞生的光荣。"春"！这胜利的晴空仿佛在你的耳边私语。"春"！你那快活的灵魂也仿佛在那里回响。

　　……

　　伺候着河上的风光，这春来一天有一天的消息。关心石上的苔痕,关心败草里的花鲜,关心这水流的缓急,关心水草的滋长,关心天上的云霞,关心新来的鸟语。怯怜怜的小雪球是探春信的小使。铃兰与香草是欢喜的初声。窈窕的莲馨,玲珑的石水仙,爱热闹的克罗克斯,耐辛苦的蒲公英与雏菊——这时候春光已是缦烂在人间,更不须殷勤问讯。

瑰丽的春放。这是你野游的时期。可爱的路政,这里不比中国,那一处不是坦荡荡的大道?徒步是一个愉快,但骑自转车是一个更大的愉快,在康桥骑车是普遍的技术;妇人、稚子、老翁,一致享受这双轮舞的快乐。(在康桥听说自转车是不怕人偷的,就为人人都自己有车,没人要偷)。任你选一个方向,任你上一条通道,顺着这带草味的和风,放轮远去,保管你这半天的逍遥是你性灵的补剂。这道上有的是清荫与美草,随地都可以供你休憩。你如爱花,这里多的是锦绣似的草原。你如爱鸟,这里多的是巧啭的鸣禽。你如爱儿童,这乡间到处是可亲的稚子。你如爱人情,这里多的是不嫌远客的乡人,你到处可以"挂单"借宿,有酪浆与嫩薯供你饱餐,有夺目的果鲜恣你尝新。你如爱酒,这乡间每"望"都为你储有上好的新酿,黑啤如太浓,苹果酒姜酒都是供你解渴润肺的。……带一卷书,走十里路,选一块清静地,看天,听鸟,读书,倦了时,和身在草绵绵处寻梦去——你能想象更适情更适性的消遣吗?

陆放翁有一联诗句:"传呼快马迎新月,却上轻舆趁晚凉"——这是做地方官的风流。我在康桥时虽没马骑,没轿子坐,却也有我的风流:我常常在夕阳西晒时骑了车迎着天边扁大的日头直追。日头是追不到的,我没有夸父的荒诞,但晚景的温存却被我这样偷尝了不少。有三两幅画图似的经验至今还是栩栩的留着。只说看夕阳,我们平常只知道登山或是临海,但实际只须辽阔的天际,平地上的晚霞有时也是一样的神奇。有一次我赶到一个地方,手把着一家村庄的篱笆,隔着一大田的麦浪,看西天的变幻。有一次是正冲着一条宽广的大道,过来一大群羊,放草归来的,偌大的太阳在它们后背放射着万缕的金辉,天上却是乌青青的,只剩这不可逼视的威光中的一条大路,一群生物!我心头顿时感着神异性的压迫,我真的跪下了,对着这冉冉渐翳的金光。再有一次是更不可忘的奇景,那是临着一大片望不到头的草原,满开着艳红的罂粟,在青草里亭亭的像是万盏的金灯,阳光从褐色云里斜着过来,幻成一种异样的紫色,透明似的不可逼视,刹那间在我迷眩了的视觉中,这草田变成了……不说也罢,说来你们也是不信的!

　　一别二年多了,康桥,谁知我这思乡的隐忧?也不想别的,我只要那晚钟撼动的黄昏,没遮拦的田野,独自斜倚在软草里,看第一个大星在天边出现!

一月十五日

这是风刮的[①]

本来还想"剖"下去,但大风刮得人眉眼不得清静别想出门,家里坐着温温旧情罢。今天(四月八日)是太谷尔先生的生日,两年前今晚此时,阿琼达的臂膀正当着乡村的晚钟声里把契玦腊围抱进热恋的中心去,——多静穆多热烈的光景呀!但那晚台上与台下的人物都已星散,两年内的变动真数得上!那晚脸上搽着脂粉头顶着颤巍巍的纸金帽装"春之神"的五十老人林宗孟,此时变了辽河边无骸可托、无家可归的一个野鬼;我们手"契玦腊"在万里外过心碎难堪的日子;银须紫袍的竺震且在他的老家里病床上呻吟衰老(他上月二十三来电给我说病好些);扮跑龙套一类的蒋百里将军在湘汉间亡命似奔波,我们的"阿琼达"又似乎回复了他十二年"独身禁欲"的誓约,每晚对着西天的暮霭发他神秘的梦想;就这不长进的"爱之神"依旧在这京尘里悠悠自得,但在这大风夜默念光阴无情的痕迹。也不免滴泪

[①] 作于一九二六年四月八日,载于同年四月十日《晨报》副刊,署名志摩,未收集。本文系徐志摩译曼殊斐儿小说《刮风》前言,文中"阿琼达"指林徽因,"爱之神"指徐志摩自己。

怅触！

"这是风刮的！"风刮散了天上的云，刮乱了地上的土，刮烂了树上的花——它怎能不同时刮灭光阴的痕迹，惆怅是人生，人生是惆怅。

啊，还有那四年前彭德家十号的一晚；

美如仙慧如仙的曼殊斐儿，她也完了；她的骨肉此时有芳丹薄罗林子里的红嘴虫儿在徐徐的消受！麦雷，她的丈夫，早就另娶，还能记得她吗？

这是风刮的！曼殊斐儿是在澳洲雪德尼地方生长的，她有个弟弟，她最心爱的，在第一年欧战时从军不到一星期就死了，这是她生时最伤心的一件事。她的日记里有很多记念他爱弟极沉痛的记载。她的小说大半是追写她早年在家乡时的情景；她的弟弟的影子，常常在她的故事里摇晃着。那篇《刮风》里的"宝健"就是，我信。

曼殊斐儿文笔的可爱，就在轻妙——和风一般的轻妙，不是大风像今天似的，是远处林子里吹来的微喟。蛱蝶似的掠过我们的鬓发，撩动我们的轻衣，又落在初蕊的丁香林中小憩，绕了几个湾，不提防的又在烂漫的迎春花堆里飞了出来，又到我们口角边惹刺一下，翘着尾巴歇在屋檐上的喜雀"怯"的一声叫了，风儿它已经没了影纵。不，它去是去了，它的余痕还在着，许永远会留着：丁香花枝上的微颤，你心弦上的微颤。

但是你得留神，难得这点子轻妙的，别又叫这年生的风给刮了去！

吸烟与文化[1]

一

牛津是世界上名声压得倒人的一个学府。牛津的秘密是它的导师制。导师的秘密,按利卡克教授说,是"对准了他的徒弟们抽烟"。真的在牛津或康桥地方要找一个不吸烟的学生是很费事的——先生更不用提。学会抽烟,学会沙发上古怪的坐法,学会半吞半吐的谈话——大学教育就够格儿了。"牛津人""康桥人"还不够抖吗?我如其有钱办学堂的话,利卡克说,第一件事情我要做的是造一间吸烟室,其次造宿舍,再次造图书室;真要到了有钱没地方化的时候再来造课堂。

二

怪不得有人就会说,原来英国学生就会吃烟,就会懒惰。臭

---

[1] 本文作于一九二六年一月十四日。

绅士的架子！臭架子的绅士！难怪我们这年头背心上刺刺的老不舒服，原来我们中间也来了几个叫土巴菰烟臭熏出来的破绅士！

这年头说话得谨慎些，提起英国就犯嫌疑。贵族主义！帝国主义！走狗！挖个坑埋了他！

实际上事情可不这么简单。侵略，压迫，该咒是一件事，别的事情不跟着。至少我们得承认英国，就它本身说，是一个站得住的国家，英国人是有出息的民族。它的是有组织的生活，它的是有活气的文化。我们也得承认牛津或是康桥至少是一个十分可羡慕的学府，它们是英国文化生活的娘胎。多少伟大的政治家、学者、诗人、艺术家、科学家，是这两个学府的产儿——烟味儿给薰出来的。

三

利卡克的话不完全是俏皮话。"抽烟主义"是值得研究的。

但吸烟室究竟是怎么一回事？烟斗里如何抽得出文化真髓来？对准了学生抽烟怎样是英国教育的秘密？利卡克先生没有描写牛津、康桥生活的真相；他只这么说，他不曾说出一个所以然来。许有人愿意听听的，我想。我也在英国念过两年书，大部分的时间在康桥。但严格的说，我还是不够资格的。我当初并不是像我的朋友温源宁先生似的出了大金镑正式去请教薰烟的；我只是个，比方说，烤小半熟的白薯，离着焦味儿透香还正远哪。但我在康桥的日子可真是享福，深怕这辈子再也得不到那样蜜甜的机会了。我不敢说康桥给了我多少学问或是教会了我什么。我不敢说受了康桥的洗礼，一个人就会变气息，脱凡胎。我敢说的只是——就我个人说,我的眼是康桥教我睁的,我的求知欲是康桥给我拨动的,我的自我的意识是康桥给我胚胎的。我在美国有整两年,在英国也算是整两年。在美国我忙的是上课,听讲,写考卷,啃橡皮糖,看电影,赌咒。在康桥我忙的是散步,划船,骑自转车,抽烟,闲谈,吃五点钟茶、牛油烤饼,看闲书。如其我到美国的时候是一个不含糊的草包,我离开自由神的时候也还是那原封没有动;但如其我在美国的时候不曾通窍,我在康桥的日子至少自己明白了原先只是一肚子颟顸。这分别不能算小。

我早想谈谈康桥,对它我有的是无限的柔情。但我又怕亵渎了它似的始终不曾出口。这年头!只要贵族教育一个无意识的口号就可以把牛顿、达尔文、米尔顿、拜伦、华茨华斯、阿诺尔德、纽门、罗刹蒂、格兰士顿等等所从来的母校一下抹煞。再说年来交通便利了,各式各种日新月异的教育原理教育新制翩翩的从各方向的外洋飞到中华,那还容得厨房老过四百年墙壁上爬满骚胡髭一类藤萝的老书院一起来上讲坛?

四

但另换一个方向看去,我们也见到少数有见地的人,再也看不过国内高等教育的混沌现象,想跳开了蹂烂的道儿,回头另寻新路走去。向外望去,现成有牛津康桥青藤缭绕的学院招着你微笑;回头望去,五老峰下飞泉声中白鹿洞一类的书院瞅着你惆怅。这浪漫的累乡病跟着现代教育丑化的程度在少数人的心中一天深似一天。这机械性买卖性的教育够腻烦了,我们说。我们也要几间满沿着爬山虎的高雪克屋子来安息我们的灵性,我们说。

我们也要一个绝对闲暇的环境好容我们的心智自由的发展去，我们说。

林语堂先生在《现代评论》登过一篇文章谈他的教育的理想。新近任叔永先生与他的夫人陈衡哲女士也发表了他们的教育的理想。林先生的意思约莫记得是想仿效牛津一类学府；陈、任两位是要恢复书院制的精神。这两篇文章我认为是很重要的，尤其是陈、任两位的具体提议，但因为开倒车走回头路分明是不合时宜，他们几位的意思并不曾得到期望的回响。想来现在的学者们太忙了，寻饭吃的，做官的，当革命领袖的，谁都不得闲，谁都不愿闲，结果当然没有人来关心什么纯粹教育（不含任何动机的学问）或是人格教育。这是个可憾的现象。

我自己也是深感这浪漫的思乡病的一个；我只要

　　草青人远，
　　一流冷涧……

但我们这想望的境界有容我们达到的一天吗？

第三辑

志摩随笔

雨后虹[①]

我记得儿时在家塾中读书,最爱夏天的打阵。塾前是一个方形铺石的"天井",其中有不砌的金鱼潭,周围杂生花草,几个积水的大缸,几盆应时的鲜花,——这是我们的"大花园"。南边的夏天下午,蒸热得厉害,全靠傍晚一阵雷雨,来驱散暑气,黄昏时满天星出,凉风透院,我常常袒胸洗足和姊嫂兄弟婢仆杂坐在门口"风头里",随便谈笑,随便歌唱,算是绝大的快乐。但在白天不论天热得连气都转不过来,可怜的读书官官们,还是照常临帖习字,高喊着"黄鸟黄鸟","不亦说乎";虽则手里一把大蒲扇,不住地扇动,满须满腋的汗,依旧蒸炉似透发,先生亦还是照常抽他的大烟,喝他的"清平乐府"。在这样烦溽的时候,对面四丈高白精上的日新忽然隐息,清朗的天上忽然满布了乌云,花园里的水缸盆景,也沉静闲滤,仿佛等候什么重大的消息,书方里的光线也渐渐减淡,直到先生榻上那只烟灯,原来只

[①] 一九二二年八月六日作完,一九二三年七月二十一日、二十三日、二十四日载《时事新报》副刊《学灯》,署名徐志摩,未收集。

像一磷鬼火,大放光明,满屋子里的书桌,墙上的字画,天花板上挂的方玻璃灯,都像变了形,怪可怕的。突然一股尖劲的凉风,穿透了重闷的空气,从窗外吹进房来,吹得我们毛骨悚然,满身腻烦的汗,几乎结冰,这感觉又痛快又难道;但我们那时的注意,都不在身体上,而在这凶兆所预告的大变,我们新学得的什么:洪水泛滥;混沌,天翻地覆;皇天震怒;等等字句,立刻在我们小脑子的内库里跳了出来,益发引起孩子们只望烟头起的本性。我们在这阴迷的时刻,往往相顾悍然,热性放开大嗓狂读,身子也狂摇得连坐椅都磔格作响。

同时沉闷的雷声,已经在屋顶发作,再过几分钟,只听得庭心里石板上劈啪有声,仿佛马蹄在那里踢踏:重复停了;又是一小阵淅淅;如此作了几次阵势,临了紧接着坍天破地的一个或是几个霹雳——我们孩子早把耳朵堵住——扁豆大的雨块,就狠命狂倒下来,屋溜屋檐,屋顶,墙角里的碎碗破铁罐,一齐同情地反响;楼上婢仆争收晒件的慌张咒笑声关窗声;间壁小孩的嚷叫;雷声不住地震吼;天井里的鱼潭小缸,早已像煮沸的小壶,在那里狂流溢——我们很替可怜的金鱼们担忧;那几盆嫩好的鲜花,也不住地狂颤;阴沟也来不及收吸这汤汤的流水,石天井顷刻名副其实,水一直满出尺半了的阶沿,不好了!书房里的地平碾上都是水了!闪电像蛇似钻入室内连先生肮脏的炕床都照得烁亮;有时外面厅梁上住家的燕子,也进我们书房来避难,东扑西投,情形又可怜又可笑;

在这一团糟之中,我们孩子反应的心理,却并不简单,第一,我们当然觉得好玩,这里,品林嘭朗那里也品林嘭朗,原来又炎热又乏味的下午忽然变得这样异常地闹热,小孩那一个不欢迎。第二，天空一打阵，大家起劲看，起劲开窗户，起劲听，当然写字的搁笔，念书的闭口，连先生（我们想）有时也觉得好玩！然而我记得我个人亲切的心理反应。仿佛猪八戒听得师父被女儿国招了亲急要散伙的心理。我希望那样半混沌的情形继续，电光永闪着，雨水倒着，水永没上阶沿，漏入室内，因此我们读书写字的责务也永远止歇！孩子们照例怕拘束，最爱自由，爱整天玩，最恨坐定读书，最厌这牢狱一般的书房——犹之猪八戒一腔野心，其实不愿意跟着穷师父取穷经整天只吃些穷斋，所以关入书房的孩子，没有一个心愿的，底里没有一个不想造反；就是思想没有这贯力，同时书房和牢房收敛野性的效力也逐渐增大，所以孩子们至多短期逃学，暗观先生；生瘟病，很少敢昌言，从此不进书房的革命谈。但暑天的打阵，却符合了我们潜伏的希冀，俄顷之间，天地变色，书房变色，有时连先生亦变色，无怪这聚锢的叛儿，这勉强修行的猪八戒，感觉到十二分的畅快，甚至盼望天从此再不要清明，雷雨从此再不要休止！

我生平最纯粹可贵的教育是得之于自然界，田野，森林，山谷，湖，草地，是我的课室；云彩的变幻，晚霞的绚烂，星月的隐现，田里的麦浪是我的功课；瀑吼，松涛，鸟语，雷声是我的教师，我的官觉是他们忠谨的学生，爱教的弟子。

大部分生命的觉悟，只是耳目的觉悟；我整整过了二十多年含糊生活，疑视疑听疑嗅疑觉的一个生物！我记得我十三岁那年初次发现我的眼是近视，第一付眼镜配好的时候，天已昏黑，那时我在泥城桥附近和一个朋友走路，我把眼镜试带上去，仰头一望，异哉好一个伟大蓝净不相熟的天，张着几千百只指光闪烁的神眼，一直穿过我眼镜眼睛直贯我灵府深处，我不禁大声叫道，好天，今天才规复我眼睛的权利；

但眼镜虽好，只能助你看，而不能使你看；你若然不愿意来看，来认识，来享乐你的自然界，你就带十付二十付托立克，克立托也是无效！

我到今日才再能大声叫道，"好天，今日才知道使用我生命的权利！"

我不抱歉"叫"得迟，我只怕配准了眼镜不知道"看"。

我方才记起小时在私塾里夏天打阵的往迹，我现在想记我二日前冒阵待虹的经验。

猫最好看的情形，是在春天下午她从地毡上午寐醒来，回头还想伸懒腰，出去游玩，猛然看见五步之内，沾着一只傲慢不驯的野狗，她不禁大怒，把她二十个利爪一起尽性放开，扒紧在地毡上，把她的背无限地高控，像一个桥洞，尾巴旗杆以笔直竖起满身的猫毛也满溢着她的义愤，她圆睁了她的黄睛，对准她的仇敌，从口鼻间哈出一声威吓。这是猫的怒，在旁边看她的人虽则很体谅她的发脾气，总觉得有趣可笑。我想我们站得远远地看人类的悲剧，有时也只觉得有趣可笑。我们在稳固的山楼上，看疾风暴雨，看牛羊牧童在雷震电飙中飞奔躲避、也只觉得有趣可笑。

笑，柏格森说，纯粹是智慧的，示深切的同情感兴，不能同时并存。所以我们需要领会悲剧或深的情感——不论是事实或表现在文字里的——的意义，最简捷的方法是将我们自身和经验的对象同化，开振我们的同情力来替他设身处地。你体会伟大情感的程度愈高，你了解人道的范围亦愈广。我们对待自然界我以为也是如此。我们爱寻常草原，不如我们爱高山大水，爱市河庸沼，不如流涧大瀑，爱白日广天，不如朝彩晚霞，爱细丽微风，不如疾雷迅雨。

简言之，我们也爱自然界情感奋切的际会，他所行动的情绪，当然也不是平常庸气。

所以我十数年前私塾爱打阵，如今也还是爱打阵，不过这爱字意义不尽同就是。

有一天我正在房里看书，列兰（房东的小女孩，她每次见天象变迁总来报告我，我看见两个最富贵的落日，都是她的功劳）跑来说天快打阵了。我一看窗外果然完全矿灰色，一阵阵的灰在街心里卷起，路上的行人都急忙走着，天上已经叠好无数的雨饼，此等信号一动就下，我赶快穿了雨衣，外加我们的袍，戴上方帽，出门骑上自行车，飞快向我校门赶去。一路雨点已经雹块似抛下。河边满树开花的栗树，曼陀罗，紫丁香，一齐俯首觳觫，专待恣暴，但他们芬芳的呼吸，却彻浃重实的空气，似乎向孟浪的狂且，乞情求免。

我到校门的时候，满天几乎漆黑，雷声已动，门房迎着笑道，"呀，你到得真巧，再过一分钟，你准让阵雨浸透！"我笑答道，"我正为要漫透来的！"

我一口气跑到河边，四围估量了一下，觉得还是桥上的地位最好，我就去靠在桥栏上老等，我头顶正是那株靠河最大的橘树，对面是棵柳树，从柳树里望见先华亚学院的一角，和我们著名教堂的后背（King's Chapel）；两树的中间，正对校友居的大部，中隔着百码见方由齐整匀净葱翠的草庭。这是在我的右边。从柳树的左手望见亭亭倩倩三环洞，先华亚桥，她的妙景，整整地印在平静的康河里，河左岸的牧场上，依旧有几匹马几条黄白花牛在那里吃草，啮齿有声，完全不理会天时的变迁，只晓得勤拂着马鬃牛尾，驱逐愈很的马蝇牛虫。此时天色虽则阴沉可怕，然我眼前绝美的一幅图画——绝色的建筑庄严的寺角，绝色的绿草，绝色的河与桥，绝色的垂柳高桥——只是一片异常恬静，绝不露仓皇形色。草地上有三两只小雀，时常地跳跃；平常高唱好画者黑雀却都住了口，大约伏在窠里看光景，只远处偶然的鸦啼，散沙似从半天里撒下。

记得，桥上有我站着。

来了！雷雨都到了猖獗的程度，只听见自然界一体的喧哗；雷是鼓，雨落草地是沉溜的弦声，雨落水面是急珠走盘声，雨落柳上是疏郁的琴声；雨落桥栏是击草声。

西南角——牧场那一边我的左手，正对校友居——的云堆里，不时放射出电闪，穿过树林，仿佛好几条紧缠的金蛇，掠过光景，一直打到教堂的颜色玻璃和校友居的青藤白不和凹屈别致的窗坡上，像几条洞偏担，同时打一块磨石大的火石，金花日射，光惊骇目。

雨怒注不休。云色虽稍开明，但四围都是雨激起的烟雾苍茫，克莱亚的一面几乎看不清楚。我仰庇掬老翁（指最大的橘树）的高荫，身上并不太湿，但桥上的水，却分成几道泥沟，急冲下来，我站在两条泥沟的中间，所以鞋也没有透水。同时我很高兴发现离我十几码一颗大榆树底下，也有两个人站着，但他们分明是避雨，不是像我来看来经验打阵。他们在那里划火抽烟，想等过这阵急霈。

那边牧场方才不管天时变迁尽吃的朋友，此时也躲在场中间两枝榆树底下，马低着头，牛昂着头，在那里抱怨或是崇拜老天的变怒。

雨已经下了十几分钟，益发大了。雷电都已经休止，天色也更清明了。但我所仰庇的掬老翁，再也不能继续荫庇我，他老人家自己的胡髭，也支不住淋漓起来，结果是我浑身增加好几斤重量。有时作恶的水一直灌进我的领子，直溜到背上，寒透肌骨；桥栏也全没了；我脚下的干土，也已经渐次灭迹，几条泥沟，已经迸成一大股浑流，踊跃进行，我下体也增加了重量，连胫骨都湿了。到这个时候，初阵的新奇已经过去，满眼只是一体的雨色，满耳只是一体的雨声，满身只是一体的雨感觉，我独身——避雨那两位已逃入邻近的屋子里——在大雨里听淹，头上的方巾已成了湿巾，前后左右淋个不住，倒觉得无聊起来。

但我有希望，西天的云已经开解不少，露出夕阳的预兆，我想这雨一停一定有奇景出现——我于是立定主意示雨赌耐心。我向地上看，看无数的榆线在急涡里乱转，还有几个不幸的虫蛾也葬身在这横流之中，我忽然想起道施滔奄夫斯奇（陀思妥耶夫斯基）的一部小说里的一个设想，他说你若然发现你自己在一沧海中一块仅仅容足的拳石上，浪涛像狮虎似向你身上扑来，你在这完全绝望的境地，你还想不想活命？我又想起康赖特的"大风"，人和自然原质的决斗。我又想像我在西伯利亚大雪地，穿着皮簑，手拿牧杖，站在一大群绵羊中间。我想战阵是冒险，恋爱是更大的冒险，死是最大的冒险。我想起耶酥，魔鬼，薇纳司，福贺司德；我想飞出这雨圈，去踏在雨云的背上，看他们工作。我想……半点钟已过，我心海里至少涌起了几万种幻想，但雨还是倒个不住。

又过了足足十分钟，雨势方才收敛。满林的鸟雀都出了家门，使劲的欢呼高唱；此时云彩很别致，东中北三路，还是满布着厚云，并且极低，似乎紧罩在教堂的 H 形尖阁上，但颜色已从乌黑转入青灰，西南隅的云已经开张了一只大口，从月牙形的云絮背后冲射出一海的明霞，仿佛菩萨背后的万道佛光，这精悍的烈焰，和方才初雨时的电闪一样，直照在教堂和校友居的上楼，将一带白玻窗尽数打成纯粹的黄金，教堂颜色玻窗上的反射更为强烈，那些书中人物都像穿扮整齐，在金河里游泳跳舞。妙处尤在这些高宇的后背及顶头，只是一片深青，越显得西天云镙月漏的精神，彩焰奔腾的气象。

未雨之先，万象都只是静，现在雨一过，风又敛迹，天上虽在那里变化，地上还是一体地静；就是阵雨前的静，是空气空实的现象，是严肃的静，这静是大动大变的符号先声，是火山将炸裂前的静；阵后的静不同，空气里的浊质，已经彻底洗净，草青树绿经过了恐怖，重复清新自喜，益发笑容可掬，四周的水气雾意也完全灭迹，这静是清的静，是平静，和悦安舒的静。在这静里，流利的鸟语，益发调新韵切，宛似金匙击玉声，清脆无比。我对此自然从大力里产出的美；从剧变里透出的和谐；从纷乱中转出的恬静；从暴怒中映出的微笑；从迅奋里结成的安闲；只觉得胸头塞满——喜悦惊讶，爱好，崇拜，感奋的情绪，满身神经都感受强烈痛快的震撼，两眼火热地蓄泪欲流，声音肢体头随身旁的飞禽歌舞；同时我自顶至踵完全湿透浸透，方巾上还不住地滴水，假如有人见我，一定疑心我落水，但我那时绝对不觉得体外的冷，只觉得体内高乐的热。（我也没有受寒。）

我正注目看西方渐次扫荡满天云锢的太阳，偶然转过身来，不禁失声惊叫。原来从校友居的正中起直到河的左岸，已经筑起一条鲜明五彩的虹桥！

八月六日

泰山日出[1]

振铎来信要我在《小说月报》的"泰戈尔号"上说几句话。我也曾答应了,但这一时游济南游泰山游孔陵,太乐了,一时竟拉不拢心思来做整篇的文字,一直挨到现在期限快到,只得勉强坐下来,把我想得到的话不整齐的写出。

我们在泰山顶上看出太阳。在航过海的人,看太阳从地平线下爬上来,本不是奇事;而且我个人是曾饱饫过江海与印度洋无比的日彩的。但在高山顶上看日出,尤其在泰山顶上,我们无餍的好奇心,当然盼望一种特异的境界,与平原或海上不同的。果然,我们初起时,天还暗沉沉的,西方是一片的铁青,东方些微有些白意,宇宙只是——如用旧词形容—— 一体莽莽苍苍的。但这是我一面感觉劲烈的晓寒,一面睡眼不曾十分醒豁时约略的印象。等到留心回览时,我不由得大声的狂叫——因为眼前只是一个见所未见的境界。原来昨夜整夜暴风的工程,却砌成一座普遍

---

[1] 原载一九二三年九月《小说月报》第十四卷第九号。

的云海。除了日观峰与我们所在的玉皇顶以外,东西南北只是平铺着弥漫的云气。在朝旭未露前,宛似无量数厚毳长绒的绵羊,交颈接背的眠着,卷耳与弯角都依稀辨认得出。那时候在这茫茫的云海中,我独自站在雾霭溟蒙的小岛上,发生了奇异的幻想——

我躯体无限的长大,脚下的山峦比例我的身量,只是一块拳石;这巨人披着散发,长发在风里像一面墨色的大旗,飒飒的在飘荡。这巨人竖立在大地的顶尖上,仰面向着东方,平拓着一双长臂,在盼望,在迎接,在催促,在默默的叫唤;在崇拜,在祈祷,在流泪——在流久慕未见而将见悲喜交互的热泪……

这泪不是空流的,这默祷不是不生显应的。

巨人的手,指向着东方——

东方有的,在展露的,是什么?

东方有的是瑰丽荣华的色彩,东方有的是伟大普照的光明——出现了,到了,在这里了……

玫瑰汁、葡萄浆、紫荆液、玛瑙精、霜枫叶——大量的染工,在层累的云底工作,无数蜿蜒的鱼龙,爬进了苍白色的云堆。

一方的异彩,揭去了满天的睡意,唤醒了四隅的明霞——光明的神驹,在热奋地驰骋……

云海也活了:眠熟了兽形的涛澜,又回复了伟大的呼啸,昂头摇尾的向着我们朝露染青馒形的小岛冲洗,激起了四岸的水沫浪花，震荡着这生命的浮礁，似在报告光明与欢欣之临莅……

再看东方——海句力士已经扫荡了他的阻碍，雀屏似的金霞，从无垠的肩上产生，展开在大地的边沿。起……起……用力，用力。纯焰的圆颅，一探再探的跃出了地平，翻登了云背，临照在天空……

歌唱呀，赞美呀，这是东方之复活，这是光明的胜利……

散发祷祝的巨人，他的身彩横亘在无边的云海上，已经渐渐的消翳在普遍的欢欣里；现在他雄浑的颂美的歌声，也已在霞彩变幻中，普彻了四方八隅……

听呀，这普彻的欢声；看呀，这普照的光明！

这是我此时回忆泰山日出时的幻想，亦是我想望泰戈尔来华的颂词。

我们看戏看的是什么？[①]

有时候菩萨也会生气的，不要说肉体的人。西滢是个不容易生气的人，但他在这篇文章里分明是生气了。他的气是有出息的，要不然我们那里看得到这篇锋利谐谑的批评文章？

我很觉得惭愧，因为我自己和我的朋友那晚在新明瞻仰"娜拉"的，也是没有等戏完就"戴帽子披围巾走的看客"，所以，照仁陀、芳信两先生的见解，也是"不配看有价值戏"，不懂得艺术的名著，"脑筋里没有人格两个字"一类的可怜虫。我自己很抱歉不曾仔细拜读两先生的大文，所以也不曾生气，但我的友人却看到了文字，也动了一点小气，也曾经愤愤的对我说要我也出来插几句嘴。我当时实在因为心里没有一点子气，所以到如今还是无气可出。今天西滢的文章果然出现了，他原来想不发表的，这次的付印大半还是我的擅主。我以为这篇文章，除了答辩以外，本身很有趣味，他的笔锋虽则在嘲讽的液体浸透了的，但

[①] 作于一九二三年五月二十日，载于同年五月二十四日《晨报》副刊，署名徐志摩，未收集。

他抬高评衡标准与纠正纯凭主观骂人者的用意，平心静气的读者当然看得出来。

他说"戏剧的根本作用在于使人愉快"，这话是极有意味的。艺术，不论那一种，最明显的特点，就在作品自身能创造一整个的境界，不论他的经程手段如何。有艺术感觉性的人看了高等的艺术，就能在他自己的想像中实现造艺者的境界。那时他所感觉的只是审美的愉快（Aesthetic Joy），这便是艺术神秘的效用。易卜生那戏不朽的价值，不在他的道德观念，不在她解放不解放，人格不人格；娜拉之所以不朽是在他的艺术。主义等只是一种风尚，一种时髦，发生容易，消灭也容易，只有艺术家在作品里实现的心灵才是不可或不容易磨灭的，犹之我们真纯的审美的情绪也是生命里最不易磨灭的经验。我觉得现在的时代，只是深染了主义毒观念毒，却把艺术之所以为艺术的道理绝不愿管。所以如其看了娜拉那戏所得的只是道德的教训，只是人格不人格，解放不解放，我们也许看到了戏里的主义，却不曾看出主义里实现的戏（艺术）。主义都是浅薄的，至多只是艺术的材料；若然他专为主义而编戏，他便是个 Doctrinaire，不是个艺术家。看戏的人若然只看主义，他们也就配看 Melodrama，不曾领会到艺术的妙处。

所以我应该要求的是：

戏的最先最后的条件是戏，一种殊特的艺式，不是东牛西马不相干的东西；我们批评戏最先最后的标准也只是当作戏，不是当作什么宣传主义的机关。

这是个艺术上很大的问题，就是艺质与艺式的关系，我此时不及研究了。

我那晚去看娜拉，老实说也很有盼望，和西滢一样的心理，并且事前就存心做一篇评衡文字：绝对不曾预料到后来实际上必不得已不等戏完动身就走的"悲剧"。我就也没有动笔，因为实在是无话可说，现在既然西滢做了一长篇的文章我又硬拿他来发表了，我觉得有不得不附几句话在后面的责任。我最后一句话是要预先劝被西滢批评着的诸君，不要闹意气，彼此都是同志，共同维持艺术的尊严与正谊，是我们唯一的责任，此外什么事我们都不妨相让的。

五月二十日

天下本无事[①]

我在《努力》第五一期上做了一篇杂记，题目是《假诗，坏诗，形似诗》，却不道又引起了一场官司。一面仿吾他们不必说，声势汹汹的预备和我整个儿翻脸，振铎他们不消说也在那里乌烟瘴气的愤恨，为的是我同声嘲笑"雅典主义"以"取媚创造社"，这双方并进的攻击，来得凶猛，结果我也写了一封长信，一则答覆成仿君，乘便我也发表联带想起的意见，请大家来研究研究，仇隙是否宜解不宜结；如其要解，是否彼此应得平心静气的。我最看不起吵架的文字，因为吵架的文字最不费劲最容易写，每当吵架的时候，我总觉得口齿特别的捷给，文笔也异常流利。难怪吵架这样的盛行！晨报的副刊这一时倒颇不寂寞，张君劢的人生观，张竞生的爱情，惹出一天星斗，光怪陆离的只是好看；现在我又来凑趣，也许凑不识趣，重新提起评诗的问题，又要占据副刊不少的地位，我又觉得抱歉，又觉得可笑，所以这篇，虽则是

[①] 作于一九二三年六月七日，载于同年六月十日《晨报》副刊，署名徐志摩，又载6月14日上海《时事新报》"学灯"，未收集。

封致仿吾的信,就定名为《天下本无事》。

仿吾兄:

这封信我特别请求你在《创造周报》上公布。

方才一位友人,气急败坏的到我们清静的图书馆里来。拿一张《创造周报》向我手里一塞,口说"坏了坏了,徐志摩变了'Fake man'① 了!"

我看完了那《通信四则》以后,感想颇不单纯,现在我提起笔来平心静气的写一封复信,盼望你和其余看到这封信的诸君,也都能平心静气的看。

我说平心静气,仿像我心原来不平气原来不静似的,但这又是用字句的随便(世上多少口角的原因只是用字句之随便!),因为实际上我非但无气,而且有极真的心想来消解在他人心里已经发动的不必有的气哩。如其我感觉到至少的不安,那就为的是你不曾得我的允许,将我给你私人的信随手发表了。固然你是乘着一股嫉伪如仇的义愤,急于"暴露""假人"的真凭实据,再也不顾常情与友谊,但我猜想你看了我这篇说明以后,也许不免觉得做事有时过于操切罢?

在我解释一切以前,我先要来一个小小的引子,请你原谅。骞司德顿(G. K. Chestorton)有一句妙语,他说一个人受过最高教育的凭据,就在他能嘲笑自己,戏弄自己,高兴他自己可笑的作为;这也是心灵健全的证据。最大的亦最可笑的悲剧,就是自

---

① 译作假人。

信为至高无上的理想人,永远不会走错路,永运不会说错话。是人总是不完全的。最大的诗人可以写出极浅极陋的诗。能够承认自己缺陷与短处,即使不是人格伟大的标记,至少也证明他内心的生活,决不限于狃狃地悻悻地保障他可怜稀小畏葸的自我。我个人念了几年心理学的成绩,只在感觉到在我"高等教育"所养成神气活现的外形底里,还有不时在密谋猖獗的一个兽性的动物,一个披发的原人,一个顽皮的孩子。上帝知道我们深奥的灵魂里,不更有奇丑的怪物,可怖的陷井暗室隐藏着!

  这段小引是不很切题的;我就急于盼望我自己和他人共有而且富有的,就是一句不易翻出的英国话——A Sense of Humour①。万事总得看透一点;人们都是太认真了,结果把应该认真的反而忽略了!
  适当的义愤是人类史上许多奇事伟迹的动机,但任性的恚怨,只是产生不必有的扰攘,并且自伤贵体;我们知道世上多少大战变乱灾难,都是起原于人体的生理作用,原因于神经的反射性过强;我们应得咀嚼"文王一怒而天下平"的怒字,不应得纵容自己去学那些"Eternally exasperated housewives"②!

  我的友人多叫我"理想者",因为我不开口则已,一开口总是与现实的事理即不相冲突也很难符合的。我是去年年底才从欧洲回来的,所以不但政情商情,就连文界艺境的种种经纬脉络,

---

① 译作幽默感。
② 译作"常常被激怒的主妇"。

都是很膈膜的；而且就到现在我并不致憾我的膈膜。比如人家说北京是肮脏黑暗，但我在此地整天的只是享乐我的朝彩与晚色，友谊与人情；只要你不存心去亲近肮脏黑暗，肮脏黑暗也很不易特地来亲近你的。政治上我似乎听说有什么交通党国民党安福党研究党种种的分别，教育上也似乎听说有南派北派之不同，就连同声高呼光明自由的新文学界里，也似乎听说有什么会与什么社——老实说吧，文学研究会与创造社——的眕睚。我一向只是一体的否认这些党派有注意之价值，但近来我期望最深的文艺界里，不幸也常有情形发现使我不得不认为是可悲的现象——可悲因为是不必有的。

我到最近才知道文学研究会与创造社是过不去的。但在我望出来，却不曾看见什么会与什么社与什么报，我所见的只是热心创造新文学新艺术的同志；我既不隶属于此社，也不曾归附于彼会，更不曾充任何报的正式主笔。所以我自己极浅薄无聊作品之投赠，只问其所投之出版物宗旨之纯否与真否，而不计较其为此会之机关或彼社之代表。我至今还是大声的否认，可耻的卑琐的党派气味，Petty party bias①——会得有机会侵入高尚纯粹艺术家的心灵里。

我如其曾经有过评衡的文字，我决不至于幼稚至于以笼统的个人为单位：评衡的标准，只是所评衡的作品的自身。为的是一个简单的理由，人在行为上可以做好，也可以做坏；说雪莱的 *Deamon of the World*② 幼稚，并不连带说 *Prometheus Unbound*③ 或

---

① 译作小党派偏见。
② 译作《世界之魔》。
③ 译作《解放了的普罗米修斯》。

The Cenci① 是幼稚。说宛次宛士（Wordsworth）大部分的诗是绝对的无聊，并不妨害宛次宛士是我们最大诗人之一的评价。仿吾兄，你自己也是位评衡家，而且我觉得你是比较的见过文艺界的世面来的，我就不懂你如何会做出那样离奇的搭题——怎么我评了一首诗的字句之不妥你就下相差不可衡量的时空的断语，说我全在"污辱沫若的人格"，真是旧戏台上所谓"这是那里说起呀！"

你是没有看懂我那篇杂记的意思。我前面说过我如其有评衡文字发表——我不自信曾有正式评衡发表过——我的标准，决不逾越所评衡的对象之范围。我那篇文字里所评的是悬拟的坏诗与假诗，至於我很不幸的引用那"泪浪滔滔……"固然因为作文时偶然记到——我并不会翻按原作——其次也许不自觉的有意难为沫若那一段诗，隐示就是在新诗人里，我看来最有成绩的尚且不免有笔懈的时候，留下不当颂扬的标样，此外更是可想而知了。仿吾，平心说，你我下笔评衡的时候若然要引证来解释一条原则，我们是否应该向比较有声望的作品里去寻访，还是向无奇不有的报纸与杂志上去随意乱引呢？

不过有一点我到此刻想起应得乘便声明的。我回想那篇杂记通篇只是泛论，引文却就只"泪浪滔滔……"那四字，而且又回反重复自得其乐的把那四字 Reductio ad absurdum，我倒觉得我也不能过分，深怪你竟以为我有意与沫若"抬杠"。我很盼望沫若兄的气没有仿吾这样标类的（Typical）湖南人那样急法，但如其他也不幸的下了主观的断语，怀疑我有意挑拨，我只有深深的道

---

① 译作《钦契》，指雪莱诗作《钦契一家》。

歉。还有由假诗而牵涉到假人,更是令我失笑的大搭题。我绝对的不曾那样的存心。

我自信我的天性,不是爱衅寻仇的,我最厌恶笼统的对人的攻击。但为维持文艺的正谊的尊严起见——如其我可以妄想有万一的这样资格与能力——我老实说我非但不怕得罪人,而且决不踌躇称扬,甚至於崇拜真好的作品。比如每次有人问我新诗里谁的最要得,我未有不首推郭沫若的,同时我也不隐讳他初期尝试作品之不足为法。我那天路过上海由达夫会到你们创造社诸君,同时也由瞿菊农的介绍,初识《小说月报》的诸编辑。我当时只觉得你们都是诚心为新文艺的个人,你就一斧劈开我的脑子,你也寻不出此会彼社的印象来!后来我到京与菊农谈起,都觉得两面争吵于无谓,胡适之说的彼此同一家弟兄,何必闹意气,老实说你若然悬一个理想的文艺的标准,来绳按现有的作品,不问是什么书局或是什么会社的出版物,至多也无非彼善于此,百步与五十步之间。我们应得悉心侦候与培养的是纯正的萌芽,应得引人注意的只是新辟的纯正的路径;反之,应得爬梳与暴露的只是杂芜与作伪。我们的对象,只是艺术,我们若然决心为艺术牺牲,那里还有心意与工夫来从事无谓的纠缠,纵容嫉忌鄙陋崛强等等应受铲灭的根性,盲干损人不利己的勾当,耗费可实的脑力与文才,学着老妈子与洋车夫的咒骂。

艺术只是同情!评衡只是发现。发现就是创造之一式,是无上的快乐。百年前《爱丁保评论》(*Edinburgh Review*)的主笔骂死了开茨(Keats)的人,却骂不死开茨的诗。所有大评衡家——圣伯符,裴德,高柳列其——不朽的声誉,都是建筑于发现与赞美之上,不是从破坏刻薄的事业得来的。固然有时有排斥抉剔的必要,但总是消极的作用,用意无非在衬出真的与纯的。评衡是赞美的美术,是创造的;是扩大同情心,不是发泄一己的意气。

这一段话与我们"假人假诗"的打架,似乎并不相关,但我满腔只是理不清的悲绪,我其实想借这个机会凭我一己有限的爱艺术与爱友谊的热心,感动所有未能解除意气或竟沾染党同伐异的陋习却一样的有大热的心来建造新文化的诸君,此后彼此严自审验,有过共忍共谅,有功共标共赏,消除成见的暴戾与专愎,在真文艺精神的温热里互感彼此心灵之密切。那岂不是一件痛快大事?

真的,随你什么社什么会也分不开彼此共同表现的现代精神。对抗这新精神的真仇敌多着哩,我们何苦不协力来防御我们辛苦得来的新领土,何苦不协力来抵抗与扫平隐伏在我们周围的疑忌与侵凌!精神的兄弟是分不了家的!

最后我还要声明一句,我说的话我句句都认帐的。我恭维沫若的话,是我说的。我批评"泪浪滔滔"这一类诗的疏忽,是我说的。我笑话"雅典主义"与"手势戏",是我说的。但我恭维沫若的人,并不防止我批评沫若的诗;我只当沫若和旁人一样,是人,不是神圣不可侵犯的。我说"泪浪滔滔"这类句法不是可做榜样的,并不妨害我承认沫若在新文学里最有建树的一个人。我在创造上偶然发表文字,我并不感到对于创造的作品有 Taboo 甚至无条件的崇拜的义务,犹之我在《小说月报》上投稿,并无取消我与创造诸君结识的权利。

我说一首诗是坏是假,随是东洋或西洋的逻辑家也不能引证我有断定那作诗人是坏人或是假人的涵义。（那天我写那篇杂记的时候，也曾想从我自己的作品去寻标本，因为适之也曾经说有人说我的诗有 Affectation 的嫌疑；结果敕免了自己却套上了沫若，实在是偶然的不幸，我现在真觉得负歉，因为人家都是那样的认真。）

我说以血比日以琴比心的可厌，是证明就是新文学也有趋滥调（Mannerism）的危险，并不断定凡是曾经以血比日以心比琴的作者都是作伪的；我自己就以琴喻心好过几次！其实指出新诗有假与坏与形似的种类，我并不除外我自己的作品，我很愿意献我自己的丑，但我因为自己不介意，就随意推想旁人也不会怎样的介意——那里知道我就错在这里。

再说我笑"雅典主义"的荒谬，不见得就是取媚创造社，犹之我笑"手势戏"，并不表示我对犯错误的作者，有除此以外的蔑视与嘲笑——真是，谁免得了错误，要存心吹求起来，世上既没有完全的作者，更没有无批评的译者！你们一方面如其以为我骂假诗就是骂创造，所以就是取悦文学研究会，他一方面当然又以我的嘲笑雅典主义等等的信，为骂文学研究会，所以就是取悦创造社。结果作伪一暴露，两面不讨好两面受攻击，——"虚与周旋""放冷箭"，什么都发现了！哈哈！我到不曾想到也有这样幸福走入党见曲解的重楼复阁之中，多好玩呀！

但我关于自己的表白，是无所谓的，我如其希望什么事，就只前面再三说过的劝各方面平心静气的消仇解隙。槐尔德说的"Where there is no love, there is no understanding"，你们把"偏忌障"打开看看，同情的本能自然会活动，从前只见丑恶，现在却发现清洁，从前只见卑琐，现在却发现可爱的境界，云雾消翳了，青天和星月的光明当然会露的。说了半天，我还是个顽固不化的"理想者"，我确信世上没有不可消解的嫌隙，我话也说完了，请你们鉴谅我一番的致意。

六月七日

迎上前去[1]

这回我不撒谎,不打隐谜,不唱反调,不来烘托;我要说几句至少我自己信得过的话,我要痛快的招认我自己的虚实,我愿意把我的花押画在这张供状的末尾。

我要求你们大量的容许,准我在我第一天接手《晨报》副刊的时候,介绍我自己,解释我自己,鼓励我自己。

我相信真的理想主义者是受得住眼看他往常保持着的理想煨成灰,碎成断片,烂成泥,在这灰、这断片、这泥的底里,他再来发现他更伟大、更光明的理想。我就是这样的一个。

只有信生病是荣耀的人们才来不知耻的高声嚷痛;这时候他听着有脚步声,他以为有帮助他的人向着他来,谁知是他自己的灵性离了他去!真有志气的病人,在不能自己豁脱苦痛的时候,宁可死休,不来忍受医药与慈善的侮辱。我又是这样的一个。

我们在这生命里到处碰头失望,连续遭逢"幻灭",头顶只见乌云,地下满是黑影,同时我们的年岁、病痛、工作、习惯,

---

[1] 载于一九二五年十月五日《晨报》副刊。

恶狠狠的压上我们的肩背，一天重似一天，在无形中嘲讽的呼喝着，"倒，倒，你这不量力的蠢材！"因此你看这满路的倒尸，有全死的，有半死的，有爬着挣扎的，有默无声息的……嘿！生命这十字架，有几个人抗得起来？

但生命还不是顶重的担负，比生命更重实更压得死人的是思想那十字架。人类心灵的历史里能有几个无成的孟贲乌获？在思想可怕的战场上我们就只有数得清有限的几具光荣的尸体。

我不敢非分的自夸；我不够狂，不够妄。我认识我自己力量的止境，但我却不能制止我看了这时候国内思想界萎瘪现象的愤懑与羞恶。我要一把抓住这时代的脑袋，问它要一点真思想的精神给我看看——不是借来的兑来的冒来的描来的东西，不是纸糊的老虎，摇头的傀儡，蜘蛛网幕面的偶像；我要的是筋骨里迸出来，血液里激出来，性灵里跳出来，生命里震荡出来的真纯的思想。我不来问他要，是我的懦怯；他拿不出来给我看，是他的耻辱。朋友，我要你选定一边，假如你不能站在我的对面，拿出我要的东西来给我看，你就得站在我这一边，帮着我对这时代挑战。

我预料有人笑骂我的大话。是的，大话。我正嫌这年头的话太小了，我们得造一个比小更小的字来形容这年头听着的说话，写下印成的文字；我们得请一个想象力细致如史魏夫脱（Dean Swift）的来描写那些说小话的小口，说尖话的尖嘴。一大群的食蚁兽！他们最大的快乐是忙着他们的尖喙在泥土里垦寻细微的蚂蚁。蚂蚁是吃不完的，同时这可笑的尖嘴却益发不住的向尖的方向进化，小心再隔几代连蚂蚁这食料都显太大了！

我不来谈学问，我不配，我书本的知识是真的十二分的有限。年轻的时候我念过几本极普通的中国书,这几年不但没有知新,温故都说不上,我实在是固陋,但我却抱定孔子的一句名言"知之为知之,不知为不知,是知也",决不来强不知以为知;我并不看不起国学与研究国学的学者,我十二分尊敬他们,只是这部分的工作我只能艳羡的看他们去做,我自己恐怕不但今天,竟许这辈子都没希望参加的了。外国书呢?看过的书虽则有几本,但是真说得上"我看过的"能有多少,说多一点,三两篇戏,十来首诗,五六篇文章,不过这样罢了。

科学我是不懂的,我不曾受过正式的训练,最简单的物理化学,都说不明白,我要是不预备就去考中学校,十分里有九分是落第,你信不信!天上我只认识几颗大星,地上几棵大树,这也不是先生教我的;从先生那里学来的,十几年学校教育给我的,究竟有些什么,我实在想不起,说不上,我记得的只是几个教授可笑的嘴脸与课堂里强烈的催眠的空气。

我人事的经验与知识也是同样的有限,我不曾做过工;我不曾尝味过生活的艰难,我不曾打过仗,不曾坐过监,不曾进过什么秘密党,不曾杀过人,不曾做过买卖,发过一个大的财。

所以你看,我只是个极平常的人,没有出人头地的学问,更没有非常的经验。但同时我自信我也有我与人不同的地方。我不曾投降这世界。这不受它的拘束。

我是一只没笼头的野马,我从来不曾站定过。我人是在这社会里活着,我却不是这社会里的一个,像是有离魂病似的,我这躯壳的动静是一件事,我那梦魂的去处又是一件事。我是一个傻子:我曾经妄想在这流动的生活里发现一些不变的价值,在这打谎的世上寻出一些不磨灭的真,在我这灵魂的冒险是生命核心里的意义；我永远在无形的经验的巉岩上爬着。

冒险——痛苦——失败——失望，是跟着来的，存心冒险的人就得打算他最后的失望；但失望却不是绝望，这分别很大。我是曾经遭受失望的打击，我的头是流着血，但我的脖子还是硬的；我不能让绝望的重量压住我的呼吸，不能让悲观的慢性病侵蚀我的精神，更不能让厌世的恶质染黑我的血液。厌世观与生命是不可并存的；我是一个生命的信徒，起初是的，今天还是的，将来我敢说也是的。我决不容忍性灵的颓唐，那是最不可救药的堕落，同时却继续躯壳的存在；在我，单这开口说话，提笔写字的事实，就表示后背有一个基本的信仰，完全的没破绽的信仰；否则我何必再做什么文章，办什么报刊？

但这并不是说我不感受人生遭遇的痛创；我决不是那童呆性的乐观主义者；我决不来指着黑影说这是阳光，指着云雾说这是青天，指着分明的恶说这是善；我并不否认黑影、云雾与恶，我只是不怀疑阳光与青天与善的实在；暂时的掩蔽与侵蚀不能使我们绝望，这正应得加倍的激动我们寻求光明的决心。前几天我觉着异常懊丧的时候无意中翻着尼采的一句话，极简单的几个字却涵有无穷的意义与强悍的力量，正如天上星斗的纵横与川的经纬，在无声中暗示你人生的奥义，祛除你的迷惘，照亮你的思路，他说"受苦的人没有悲观的权利"（The sufferer has no right to pessimism），我那时感受一种异样的惊心，一种异样的彻悟——

> 我不辞痛苦，因为我要认识你，上帝；
> 我甘心，甘心在火焰里存身，

到最后那时辰见我的真,
见我的真,我定了主意,上帝,再不迟疑!

所以我这次从南边回来,决意改变我对人生的态度,我写信给朋友说这要来认真做一点"人的事业"了——

我再不想成仙,蓬莱不是我的分;
我只要这地面,情愿安分的做人。

在我这"决心做人,决心做一点认真的事业",是一个思想的大转变;因为先前我对这人生只是不调和不承认的态度,因此我与这现世界并没有什么相互的关系,我是我,它是它,它不能责备我,我也不来批评它。但这来我决心做人的宣言却就把我放进了一个有关系,负责任的地位,我再不能张着眼睛做梦,从今起得把现实当现实看:我要来察看,我要来检查,我要来清除,我要来颠扑,我要来挑战,我要来破坏。

人生到底是什么?我得先对我自己给一个相当的答案。人生究竟是什么?为什么这形形色色的,纷扰不清的现象——宗教,政治,社会,道德,艺术,男女,经济?我来是来了,可还是一肚子的不明白,我得慢慢的看古玩似的,一件件拿在手里看一个清切再来说话,我不敢保证我的话一定在行,我敢担保的只是我自己思想的忠实;我前面说过我的学识是极浅陋的,但我却并不因此自馁,有时学问是一种束缚,知识是一层障碍,我只要能信得过我能看的眼,能感受的心,我就有我的话说;至于我说的话有没有人听,有没有人懂,那是另外一件事,我管不着了——"有的人身死了才出世的",谁知道一个人有没有真的出世那一天？

是的，我从今起要迎上前去！生命第一个消息是活动，第二个消息是搏斗，第三个消息是决定；思想也是的，活动的下文就是搏斗。搏斗就包含一个搏斗的对象，许是人，许是问题，许是现象，许是思想本体。一个武士最大的期望是寻着一个相当的敌手，思想家也是的，他也要一个可以较量他充分的力量的对象。"攻击是我的本性。"一个哲学家说，"要与你的对手相当——这是一个正直的决斗的第一个条件。你心存鄙夷的时候你不能搏斗。你占上风，你认定对手无能的时候你不应当搏斗。我的战略可以约成四个原则：——第一，我专打正占胜利的对象——在必要时我暂缓我的攻击，等他胜利了再开手；第二，我专打没有人打的对象，我这边不会有助手，我单独的站定一边——在这搏斗中我难为的只是我自己；第三，我永远不来对人的攻击——在必要时我只拿一个人格当显微镜用，借它来显出某种普遍的，但却隐遁不易踪迹的恶性；第四，我攻击某事物的动机，不包含私人嫌隙的关系，在我攻击是一个善意的，而且在某种情况下，感恩的凭证。"

这位哲学家的战略，我现在僭引作我自己的战略，我盼望我将来不至于在搏斗的沉酣中忽略了预定的规律，万一疏忽时我恳求你们随时提醒。我现在戴我的手套去！

零 碎[1]

积了不少零星的事情,应得及早声明的,偏偏自己贪懒,搁着不问,今天喝饱了早茶,想来理一理了。

(一)

第一件事情得声明的是承我的前任刘先生遗交给我好些文稿,我得补谢他代劳的好意。有一部分我已经还给刘先生,有一部分我留着要用的。请来稿诸君不要着急,如其我这里不能及早登载。现在我先将这部分留用的来稿篇名登出,好叫他们放心他们的作品有我经管着,并不曾失掉。

杨柏森君撰的《近代戏剧的发展及其趋势》(就正余上沅先生)

沈从文君的来件

---

[1] 作于一九二五年十月二十三日,载于同年十月二十四日《晨报》副刊,署名志摩,未收集。

敬慈君译的《天才的优人》

（顺便，以后如有译稿寄来，务盼译者在篇首声明原著及作者原名，版数。出版期，及那一家印行，至要。）

于成泽君的《垂钓》

徐葆炎君的《不谢的玫瑰》

徐丹歌君的《两湖之滨》

许君远君的《别幕》

梁思成君的《挚友》

（二）

做编辑先生得到的第一个虚荣的满足是信多。有人爱信，有人不爱信；我总算是爱的。有时我的"信欲"极亢张，却偏不得信，那是最难受不过的。这一时我阔极了，每天早晚报馆送来总是一包，通信人大都是"神交"，不相识的，各式各样的字体，各式各样的文体，各式各样的信纸信封，我才享受半个月光景的尊荣心里还没有生厌的感觉；不，我见了一大堆信就乐，像是小孩子见了大堆的糖果。我回信怕有时靠不住，忘了时候有，存心躲懒也有，但我总想督着自己做到相当的勤度。关于我办的副刊，来信说要得的有，说还得改良这点那点的有（比如有人反对长条印法，有人反对长稿，更多人反对我自己老长的烂文——我懂，这时代要的是简易，例如白话文职业教育一类）。有一位不留名姓住址的连着投来谁都看不懂分行写的怪文，在最后一封的末尾我的同事替我发现这几个字"奚若志摩两先师，革命节"（难道我与奚若前世收过学生来的）。有一位先生责备我不该滥用编辑（他应该是个哑巴）的权利成天的滥写，这我认罪，而且疑心我专诚骂他；这分明冤枉，我不能不叫屈，因为我谁都不会并且不敢骂，别提那位来信的。

（三）

关于四行诗的来信一共有好几十封，我实在没有本事爬梳，一起发表良心不答应。说老实话我不曾寻出什么新的贡献，因此我决意完全不要，等以后有真要得的来时再说，要不然葛德的四行诗目前就不提了，请大家原谅。

同时郭沫若先生有封信来。

志摩：

在友人处看见你所编纂的晨报副刊，看见你把我译的歌德的那几行诗也一道发表了，甚是惭愧。你说"还是没有翻好"，是一些也不错的。不过其中错了一个字，我不能负责，倒要请你为我改正一下。便是第三行的"独坐在枕头上哭到天明"的"枕"字。我决不会有那样荒唐，会连德文的 Bett（床）字也要译成枕字的。我所以特别写这封信请求你，请你替我改正。

郭沫若上　十月十二日

你们记得我说主张准确的朱先生第一个就不答应郭先生有"枕头"。现在照郭先生的更正。他那第三行应改作"独坐在床头上哭到过天明"。

但是我还得声明那枕头，如其是谁的，还是郭先生的，决不是我的枕头，有沫若的亲笔作证。那天我在上海到他寓里去看他时他当时提笔写了给我的。这里许多朋友也都见过。我想一定是沫若那天自己的笔误，这是很分明的，要不然我即使荒唐也决不至于任意窜改人家的原文还来取乐的。可惜我一时找不到那张原稿了，否则我就寄还给沫若。反正不关紧要，顺便说起好玩的。我想沫若想起了也一定发笑的，什么枕头不枕头谁都不认帐，到底那儿来的！

（四）

我写东西太大意了，有时竟会不自觉的得罪人，我这回有些知道了。海粟是我的好友，他那爽恺，他那豪放，最合我的脾胃。他知道我办副刊，他就投稿来帮忙。碰巧他忙不及替我另做，被我一逼就抽了他的一篇讲义寄来。我看了一时高兴就涂了一篇叫什么"悒死木死"。我一说开了话，我就让话作主尽它说开去。这来可危险！幸亏海粟一来大量，二来明白，否则他真会疑我存心跟他开玩笑，那可不是顽！这年头真不得了，一不小心就出乱子，爱变成恨，信任变疑忌，朋友变仇敌，亲人变路人，想着叫人害怕。我在这世界上还是初到的生客，但已经觉到了使我不安的消息。少数相知的朋友是我生命的生命，我决不能让时代的流行毒侵蚀我们辛苦得来的一点子真纯友谊。我以后一定格外的审慎，在别的地方我许敢大胆的宣告独立，但在感情上我决离不了少数知友的同情。

海粟新近来信说：

……但我也不是盲于主义的人。我记得三年前曾做过一篇文章，主张冲决一切主义派别的网罗；所谓画者生机纯从心灵活动跃出。现在你着实有点误会我那一段短文的意思，不过那一段讲义本是随便抽出来的一节，前后文你没有看见，也难怪你要说我坚确的肯定主义与运动的分界。《晨报》第五周年纪念刊上我也有一篇论近代艺术的文章，你倘若看见了就明白我的意思。我的生命本来在画布上，色彩里，决不是排在铅字上的。你要我做文章所以不得不拿些东西给你，你这样一说，更使我觉醒了……

是的，画者的生机纯从心灵里出来的。刘先生的生命是在画布上，色彩里。顺便我给读者们一个可喜的消息：刘先生自己及他同志们的画有一二百幅（国画西画都有）已经从上海运来北京，不久在公园展览，主持人是高仁山先生，到时另有通告，你们等着来看上海这班"艺术叛徒"同志们的成绩吧。

同时我还得请海粟宥恕我那篇瞎扯。

话匣子(一)

——《汉姆雷德》与留学生①

一个自命时新甚至激进的人多的是发现他自己骨子里其实守旧甚至顽固的时候。最显著的是讲政治;在三四年前热烈的崇拜列宁,信仰劳工革命的先生们这时候在中国不仅笑骂想望共产天国的青年,并且私下祷祝俄国革命快快完全失败,给他一个自夸高见的机会。思想上也是的;十年前的老虎这时候全变了猫了,而且大都有煨灶的倾向,从此不要说人,连耗子都"办不了";入后的转变更快了,在这时候张牙舞爪的能有几天威势,看着,不久我们的孩子都会到椅子底下拉住他们的尾巴把他们倒拖出来!神奇化为腐朽,我们每天见得着;但谁见过腐朽复化为神奇?

前年我记得有一晚我与西滢西林在新明剧场差一点乐破了肠胃;我们买了一个包厢看李悲世一群新剧家演的《汉姆雷德》,

---

① 写作时间不详,载于一九二五年十月二十六日《晨报》副刊,署名志摩,未收集。

据陈大悲的道歉辞令说，那是莎士比亚的四世孙；莎翁的戏兰姆先生写成故事，林琴南先生又从兰姆翻好古文，郑正秋先生又从林琴南编成新剧，最末了特烦李悲世先生开演这空前的中国汉姆雷德。我们不能不乐。同时看客中受感动的自然有，穿天鹅绒衫子的女太太们看到奥菲利亚疯了的时候偷揩眼泪的不少。我们这几个人特别的受用，人家愁时我们乐，人家哭时我们笑，有我们的理由。我们是去过大英国，莎士比亚是英国人，他写英文的，我们懂英文的，在学堂里研究过他的戏，至少汉姆雷德，在戏台上也看过，许还不止一次，我们当然不仅懂得莎士比亚，并且认识丹麦王子汉姆雷德，我们想象里都有一个他，穿丧服的，见鬼的，蹙着眉头捻紧拳头自己同自己商量——"死好还是不死好"？李悲世先生的汉姆雷德是一个新式汉姆雷德，穿一身燕尾服，走路比奥菲利亚还要婀娜，口气（一口蓝青官话，父王长，母后短）比奥菲利亚还要温柔，一时候跪下一条腿去亲吻奥菲利亚的手算是求婚的意思，顺便博得池子里的鼓掌。我们眼睛长在头发心里的英国留学生怎的不笑断肚肠根？所以这算是我们新剧的成绩，汉姆雷德，丹麦王子，莎士比亚一定在他那坟里翻身哪……

英国留学生难得高兴时讲他的莎士比亚，多体面多够根儿的事情，你们没到过外国看不完全原文的当然不配插嘴，你们就配扁着耳朵悉心的听。要说艺术的戏剧，听清楚了，戏剧不是娱乐是艺术，纯粹的最高的艺术，是莎士比亚莫利哀一流的神品，不是杨小楼去盗马，余叔岩去闹府，说起艺术两个字管子里的血都会转得快些的，这事情当然更是我们留学生的专利了；我们不出手，艺术那蜗牛就永远躲在硬壳里面不透出来，没有我们是不成的，信不信？哼，穿燕尾服的汉姆雷德，猫都笑瞎眼珠了！

这是我们高明新派人腔子里的话,虽则在事实上我们还不屑多费唾液多难为呼吸跟那班人生气,几声冷笑,一小串的鼻音,也尽够表现我们的蔑视了。

同时报仇的神永远在你的背后跟着,随你跑得多快。

最近伦敦戏剧界的新花样是一出老戏,不是别的,就是汉姆雷德,并且还是莎先生的原本,没有重要的改动。大得发,没有一篇评文不称赞,最难服事的批评家都笑着点头了。你知道这新汉姆雷德不同的地方在那里?第一点,顶要紧的,是这丹麦王子,连着他的父王母后,不成事实的丈人,生生疯死的奥菲利亚一群人的衣服全都就近请教彭街上的裁缝,没有跑回三百年去作成依理查白斯时代的成衣师父。奥菲利亚穿短裙子,太子穿白法兰绒运动裤,戴艳色领结(服制都不管了),在朝庭上大大方方的做他的戏。第二个新花样是跟着短裙子白绒袴来的;说话也变活了,原先是一顿一顿的念诗,因为不如此莎翁的诗就给糟踏了,这回可随熟了,鲍郎尼斯教训儿子也就比你家尊大人在你出门时嘱咐你几句小心话不差什么神气,汉姆雷德自得其乐的演说也就比我们日常空下来没事做自言自语不差什么威严,奥菲利亚对太子说话也就比你的爱人怕你生气跑来陪小心不差什么温存。简单一句话,这回伦敦的新汉姆雷德离着李悲世先生们在新明剧场做的比在我们大英国留学生的想象中的莎翁杰作距离贴近得多!

留学生当然不服气,当然还有自解的话说,但我们现在没工夫听了,唯一崭新的教训是不要太自以为是了,有时候分明极荒谬可笑的试验未始不包涵着相当的暗示,分明山重水曲的转湾未始没有花明柳暗的去处,势利是群性动物的一个通性,本质不同就是:有名利的势利,旧儒林外史式的势利,有知识的势利,新儒林外史式的势利，方向不一样，势利还不一样是势利。我们里面很少人反省到单只会一点洋文的小事，暗里全把我们变成了不自觉的"夜郎"，这是危险的，因为做夜郎的结果往往是把自大的烂泥砌满了原来多少通气的灵窍。那晚我们上新明去看丹麦王子还不是存心去取乐？谁也不曾在直乐的时候抽空想一想这古戏也未始不可新做的可能。我们明里或暗时都赞成活时代用活语言造活文学，但等得丹麦王子穿上了北京饭店里跳舞适用的"活"衣服，我们就下面顿足上面笑酸牙根骂人家胡闹！

等着……古戏新做，古诗新读，古话新说一类的可能性大着哩。我此时想象一个空城计的诸葛军师穿一件团花蓝缎袍戴一顶面盆帽，靠着北海漪澜堂一类的栏杆心平气和的对一个脸上不擦白粉的司马懿谈天。为什么不成？这回我在柏林见一次新农装的茶花女奥配拉，唱还是照旧，姿势也还是照旧，说老实话，有点看不惯。就比如梅兰芳唱时装新戏，拿着一块丝巾左牵右牵的唱二簧慢板，其实有点看不惯。很可惜我们看不到伦敦的新汉姆雷德，听说他们还要继续试验别的旧戏，撇开了不自然的戏台惯习，用自然的演法来发明剧本里变不掉的精彩。至少是有趣并且有意味的尝试，我敢说。

临了话还得说回来。我开篇第一句话是"一个自命时新甚至激进的人多的是发现他骨子里其实守旧甚至顽固的时候。"我们如其想望我们的心灵永远能像一张紧张的弦琴挂在松林里跟着风声发出高下疾徐的乐音，我们至少消极方面就得严防势利、自大与虚荣心的侵入。肚子里塞满茅草固然是不舒服，心坎化生了硬石头也不见得一定是卫生。留学生的消化力本来就衰弱，因为不是一时间吃得太多就是吃得太快。胃病是怪难受的。

话匣子（二）①

——一大群骡；一只猫：赵元任先生

我第一次见识赵元任先生是在美国绮色佳地方一个娱乐性质的集会场上。赵先生站在台上唱《九连环》，得儿儿得儿儿的滚着他灵便的舌头，听的人全乐了。赵元任是个天生快活人——现代最难得的奇才。胡适之有一个雅号，叫做"不可救药的乐观主义者"：他的嘴唇上（有小胡子时小胡子里）永远——用一个新字眼——"荡漾"着一种看了叫人忘忧的微笑。这已经是很难得了；但他还不能算是天生快活人。赵先生才是的。赵先生的微笑比胡先生的"幽雅精致"得多，新月式的微笑；但是你一见他笑你就看出他心坎里不矫揉的快乐，活动的，新鲜的，像早上草瓣上的露水。

真快活的人没有不爱音乐、不爱唱歌的。赵先生就爱唱，莲花落，山歌，道情，九连环，五更，外国调子，什么都会。他是

---

① 写作时间不详，载于一九二五年十月二十八日《晨报》副刊署名志摩，未收集。

一只八哥。

因此赵先生的脸子比较算是圆的。看现代的心理状态，地支里应加入一只骡子。悲哀，忧愁，烦闷，结果我们年轻人的脸子全遭了骡化！因此赵先生在我们中间，就比是一群骡子中间夹了一只猫。

赵先生对这时代负的责任不轻。我们悲，赵先生得替我们止；我们愁，赵先生得替我们浇；我们闷，赵先生得替我们解。

好了！好容易赵先生光降我们《晨报》副刊了。我们听听他的开场是什么调子？

"得儿铃的钉

得儿弄的冬，

得儿浪的当，

得儿拉的打——

放开胆子来，

请大家做个乐观家。"

"这年头活着不易"！悲调固然往往比喜调动听，但老唱一个调子，不论多么好听，总是腻烦的。在不能完全解除悲观的时候，我们无论如何也还得向前希望。我们希冀健康，想望光明，希冀快乐，想望更光明更快乐的希望。生命的消息终究不是悲哀，它是快乐；不是眼泪，是笑。在大笑的冲洗里，我们的心灵得到完全的解放，生机得到完全的活动，兴味，勇敢，奋斗的精神，那时全跟着来了。春天雷震过后泥土里萌芽的豁裂，是大自然的笑；我们劫难过后心坎里欢忭的豁裂，是生命的笑。时候到了，我们不妨暂时忘却十字架上头颈倒挂的那个；忘却锡兰岛上，闭着眼睛修行的那个；忘却"天生德于予，恒魋其如予何"，自解嘲的那个。我们要另外寻宗教，寻神道，寻信仰。我们要更近人情的，更近生命的，更自然的一个象征，指导我们生活的方向与状态。我们要积极动的，活泼的，发扬的，没怕惧的。

我动议我们回到古希腊去寻访我们的心愿。

水草间逍遥下半身长长的毛"彭"（Pan）何似？树林里躲着性馋最狼藉的绥透士（Satyrs）何似？维奴斯堡格山洞里躺着肉艳的维奴斯何似？

还是那伟大的达昂尼素斯（Dionysus），他的生命是狂歌，他的表情是狂舞？

大家来呀：

得儿铃的钉（轻轻地），

得儿弄的冬（渐响），

得儿浪的当，

得儿拉的打（极响）——

再谈管孩子[①]

你做小孩时候快活不？我，不快活。至少我在回忆中想不起来。你满意你现在的情况不？你觉不觉得有地方习惯成了自然，明知是做自己习惯的奴隶却又没法摆脱这束缚，没法回复原来的自由？不但是实际生活上，思想、意志、性情也一样有受习惯拘执的可能。习惯都是养成的，我们很少想到我们这时候觉着的混身的镣铐，大半是小时候就套上的——记着一岁到六岁是品格与习惯的养成的最重要时期。我小时候的受业师袁花查桐荪先生，因为他出世时父母怕孩子遭凉没有给洗澡，他就带了这不洗澡习惯到棺材里去——从生到死五十几年一次都没有洗过身体！他也不刷牙，不洗头，很少洗脸。脏得叫人听了都腻心不是？我们很少想到我们品格上，性情上，乃至思想上的不洁，多半是原因于小时候做父母的姑息与颠顸。中国人口头上常讲率真，实际上我们是假到自己都不觉得。讲信义，你一天在社会上不说一两句谎话能过日子吗？讲廉讲洁，有比我们更贪更龌龊的民族没有？讲

[①] 载于一九二六年五月十五日《晨报》副刊。

气节——这更不容说了！

这是实际情形，不容掩讳的。我们用不着归咎这样，归咎那样，说来很简单，只是一个教育问题；可不是上学以后，而是上学以前的教育问题。品格教育，不是知识教育。我们不敢说合理的养育就可以消灭所有的败类；但我们确信（借近代科学研究的光）环境与有意识的训练在十次里至少有八九次可以变化气质，养成品格。什么事只要基础打好就有办法：屋漏了容易修，墙坏了可以补，基础不坚实时可麻烦。管好你的孩子，帮他开好方向，以后他就会自己寻路走。

但是你说谁家父母不想管好他们的孩子？原是的。但我们要问问仔细，一般父母心目中的"好孩子"究竟是不是好孩子。究竟他们的管法是不是，我在上篇里说过，（一）替孩子本身的利益；（二）替全社会着想。我的观察是老派父母养育的观念整个儿是不对的。他们的意思是爱，他们的实效是害。我敢断定现代大多数的父母是对他们的子女负罪的。养花是多简单的一件事，但有的花不能多晒，有的不能多浇水，还有土性的关系，一不小心，花就种死，或是开得寒伧，辜负了它的种性。管孩子至少比养花更难些。很多的孩子是晒太多浇太勤给闹坏的。这几乎完全是一个科学问题，感情的地位，如其有，很是有限，单靠爱是不够的。单凭成法也是不够的。养花得识花性，什么花怎么养法；管孩子得明白孩子性质，什么孩子怎么管法——每朝每晚都得用心看着，差不得一点。打起了底子，以后就好办。

这话听得太平常了，谁不知道不是？让我们来看看实际情形。我们不讲无知识阶级的父母，实际乡下人的管孩子倒是合理得多，他们比较的"接近自然"。最可痛的是所谓有知识阶级乃至于"知识阶级"的育儿情形。别笑话做母亲的在人前拖出奶来喂孩子，这是应得奖励的。有钱人家有了孩子就交给奶妈，谁耐烦抱孩子，高兴的时候要过来逗逗亲亲叫几声乖，一下就喊奶妈抱了去，多心烦！结果我们中上等人家的孩子竟是老妈乃至丫头们的玩物！有好多孩子身上闻着老妈的臭味，脸上看出老妈的傻相！

单看我们孩子的衣着先就可笑。浑身全给裹得紧紧，胳、胫、腿，也不叫露在外面，怕着凉。怕着凉，不错；可是裤子是开裆的，孩子一往下蹲，屁股就往外露，肚子也就连带通风——这倒不怕着凉了！孩子是不能常洗澡的，洗澡又容易着凉，我们家乡地方终年不洗澡的孩子并不出奇，我不知道我自己小时候平均每年洗几回澡，冬天不用说，因为屋子不生火，当然不洗，夏天有时不得不洗，但只浅浅的一只小脚桶，水又是滚烫，（不滚容易着凉！）结果孩子们也就不爱洗。我记得孩子时候，顶怕两件事：一件是剃头；一件是洗澡。"今天我总得'捉牢'他来剃头"，"今天我总得'捉牢'他来洗澡"，我妈总是这么说；他们可不对我讲一个人一定得洗澡的理由，他们也不想法把洗的方法给弄适意些。这影响深极了，我到这老大年纪每回洗澡虽不至厌恶，总不见得热心；看作一种必要的麻烦，不是愉快的练习。泅水也没有学会，猜想也是从小对洗身没有感情的缘故。我的孩子更可笑了。跟我一样，他也不热心洗澡。有一次我在家里（他是祖母管大的），好容易拉了他一起洗，他倒也没有什么，明天再洗，成绩很好，再来几次就可以引起他的兴趣的希望。可是他第二天碰巧有了发热，家里人对他说：你看，都是你爸爸不好，硬拖你洗,又着凉了,下回再不要听他的!他们说这话也许一半是好玩,但孩子可是认了真,下回他再也不跟爸爸洗澡了!

像这类的情形真是举不胜举,但单纯关于身体的习惯,比较还容易改。最坏是一般父母心目中的"好孩子"观念,再没有比父母更专制的。他们命令,他们强制,他们骂,他们打;他们却从不对孩子讲理——好像孩子比他们自己欠聪明懂不得理似的!他们用种种的方法教孩子学大人样——简单说,愈不像孩子的孩子在他们看是愈好的孩子。孩子得听话,不许闹——中国父母顶得意的是他们的孩子听人家吩咐规规矩矩的叫人,绝对机械性的叫人——"伯伯""妈妈"。我有时看孩子们哭丧着脸听话叫人的时候,真觉得难受!所以叫人是孩子聪明乖的唯一标准。因为要强制孩子听大人话(孩子最不愿意听大人话!),大人们有时就得用种种谎骗恫吓的方法。多少在成人后作伪与懦怯的品性是"别哭,老虎来了""别嚷,老太太来了""不许吃,吃了要长疮的",一类话给养成的。孩子一定得胆小怕事,这又是中国父母的得意文章。"我们的阿大真不好,胆子大极了",或是"你们的宝宝多好,他一个人走路都不敢的"。我记得我小的时候,家里人常拿鬼来吓我,结果我胆小极了,从来不敢一个人进屋子或是单身睡一个床——说来太可笑,你们不信,我到结亲以前还是常常同妈妈睡一床的!这怕黑暗怕鬼的影响到如今还有痕迹。我那时候实在胆子并不小,什么事有机会都想试试,后来他们发明了一个特别的恐吓,骗我说我不是我妈生的,是"网船"(即渔船)上抱来的,每天头上包着蓝布走进天井来问要虾不要的那个渔婆就是我的亲娘。每回我闹凶了,胆子"太大了",他们就说:"再闹叫你网船上的娘来抱回去",那灵极了,一说我就瘪,再也不敢强了。这也是极坏的影响。我的孩子因为在老家里生长,他们还是如法炮制,每回我一回家,就奖励他走路上山,甚至爬石头,他也是顶喜欢的。有一次我带他在山上住,天天爬山,乐得很,隔一天他回家了,碰巧有点发热,家里人又有了机会来破坏爸爸的威信了:"你看都是你爸,领你到山上去乱跑,着了凉发热,下回再不要听他了!"当然他再也不听信爸爸了!

但是孩子们的习惯,赶早想法转移,也是很容易的事。就我的孩子说,因为生长在老式家庭里的缘故,所有已经将次养成的习惯多半是我们认为不对的,我们认为应分训练的习惯却一点不顾着,这由于:(一)"好孩子"观念的错误;(二)拘执成法,再没有比我的父母再爱孙儿的,他病了,我母亲整天整晚的抱着,有几次在夏天发热简直是一个火炉,晚上我母亲同他睡,在冬天常常通宵握住他的冷脚给窝暖;但爱是一件事,得法不得法又是一件事。这回好了,他自己的妈(张幼仪女士,不久来京,想专办蒙养教育)从德国研究蒙养教育毕业回来了。孩子一归她管,不到两个月工夫,整个儿变化了,至少在看得见的习惯上。他本来晚上上床早上起身没有定时的,现在十点钟一定睡,早上也一定时候起,听说每晚到了十点钟他自己觉得大人不理他了,他就看一看钟,站起来说,明天会,自己去睡了。本来他晚上睡不但不换睡衣,有时天凉连棉袄都穿了睡的,现在自己每晚穿衣换衣,早上穿衣起身再也不叫旁人帮忙。本来最不愿意念书写字,现在到了一定时候,就会自动写字念书,本来走一点路就叫肚疼或腿酸的,现在长路散步成了习惯。洗澡什么当然也看作当然了。最好是他现在也学会了认真刷牙(他在德国死的弟弟两岁起就自己刷牙了),舀水满脸洗,洗过用干布擦,一点也不含糊了！在知识上也一样的有进步，原先在他念书写字因为上面含有强迫性质看作一种苦恼，现在得了相当的引诱与指导，自动的兴趣也慢慢的来了。这种地方虽则小，却未始不是想认真做父母的一个启示。不要怪你们孩子性情强不好，或是愁他们身子不好，实际只要你们肯费一点心思，花一点工夫，认清了孩子本能的倾向，治水似的耐心的去疏导它，原来不好的地方很容易变好，性情、身体，都可以立刻见效的。"性相近，习相远"，这话是真理；我们或许有一天可以进一步相信"人之初，性本善"哪！没有工作比创造的工作更愉快更伟大的；做父母的都有一个创作的机会，把你们的孩子养成一个健康、活泼、灵敏、慈爱的成人，替社会造一个有用的人才，替自然完成一个有意识的工作，同时也增你们自己的光，添你们的欢喜——这机会还不够大吗？看看现代的成人，为什么都是这懒，这脏（尤其在品格上与思想），这蠢，这丑，这破烂；看看现代的青年，为什么这弱，这忌心重，这多愁多悲哀，这种种的不健康——多半是做爹娘的当初不曾尽他们应尽的责任，一半是愚暗，一半是懒怠，结果对不起社会，对不起孩子们自身，自己也没有好处，这真是何苦来！

现在卢梭先生给了我们一部关于养成品格问题极光亮的书，综合近代理论与实施所得的有价值的研究与结论，明白的父母们看了可以更增育儿的兴味，在寻求知识中的父母们看了更有莫大的利益；相信我，这部书是一个不灭的亮灯，谁家能利用的就不愁再遭黑暗的悲惨了！但我说了这半天，本题还是没有讲到，时候已经不早了，只好再等下回了。

丑西湖[①]

"欲把西湖比西子,浓妆淡抹总相宜。"我们太把西湖看理想化了。夏天要算是西湖浓妆的时候,堤上的杨柳绿成一片浓青,里湖一带的荷叶荷花也正当满艳,朝上的烟雾,向晚的晴霞,那样不是现成的诗料,但这西姑娘你爱不爱?我是不成,这回一见面我回头就逃!什么西湖这简直是一锅腥臊的热汤!西湖的水本来就浅,又不流通,近来满湖又全养了大鱼,有四五十斤的,把湖里袅袅婷婷的水草全给咬烂了,水浑不用说,还有那鱼腥味儿顶叫人难受。说起西湖养鱼,我听得有种种的说法,也不知那样是内情:有说养鱼干脆是官家谋利,放着偌大一个鱼沼,养肥了鱼打了去卖不是顶现成的;有说养鱼是为预防水草长得太放肆了,怕塞满了湖心,也有说这些大鱼都是大慈善家们为要延寿或是求子或是求财源茂健特为从别地方买了来放生在湖里的,而且现在打鱼当官是不准。不论怎么样,西湖确是变了鱼湖了。六月

---

① 本文发表时有一总标题《南行杂记》。刊于一九二六年八月九日《晨报》副刊。

以来杭州据说一滴水都没有过，西湖当然水浅得像个干血痨的美女，再加那腥味儿！今年南方的热，说来我们住惯北方的也不易信，白天热不说，通宵到天亮也不见放松，天天大太阳，夜夜满天星，节节高的一天暖似一天。杭州更比上海不堪，西湖那一洼浅水用不到几个钟头的晒就离滚沸不远什么，四面又是山，这热是来得去不得，一天不发大风打阵，这锅热汤，就永远不会凉。我那天到了晚上才雇了条船游湖，心想比岸上总可以凉快些。好，风不来还熬得，风一来可真难受极了，又热又带腥味儿，真叫人发眩作呕，我同船一个朋友当时就病了，我记得红海里两边的沙漠风都似乎较为可耐些！夜间十二点我们回家的时候都还是热虎虎的。还有湖里的蚊虫！简直是一群群的大水鸭子！你一生定就活该。

这西湖是太难了，气味先就不堪。再说沿湖的去处，本来顶清淡宜人的一个地方是平湖秋月，那一方平台，几棵杨柳，几折回廊，在秋月清澈的凉夜去坐着看湖确是别有风味，更好在去的人绝少，你夜间去总可以独占，唤起看守的人来泡一碗清茶，冲一杯藕粉，和几个朋友闲谈着消磨他半夜，真是清福。我三年前一次去有琴友有笛师，躺平在杨树底下看揉碎的月光，听水面上翻响的幽乐，那逸趣真不易。西湖的俗化真是一日千里，我每回去总添一度伤心：雷峰也羞跑了，断桥折成了汽车桥，哈得在湖心里造房子，某家大少爷的汽油船在三尺的柔波里兴风作浪，工厂的烟替代了出岫的霞，大世界以及什么舞台的锣鼓充当了湖上的啼莺。西湖，西湖，还有什么可留恋的！这回连平湖秋月也给糟蹋了，你信不信？

"船家，我们到平湖秋月去，那边总还清静。"

"平湖秋月？先生，清静是不清静的，格歇开了酒馆，酒馆着实闹忙哩，你看，望得见的，穿白衣服的人多煞勒瞎，扇子搧得活血血的，还有唱唱的，十七八岁的姑娘，听听看——是无锡山歌哩，胡琴都蛮清爽的……"

那我们到楼外楼去吧。谁知楼外楼又是一个伤心！原来楼外楼那一楼一底的旧房子斜斜的对着湖心亭，几张揩抹得发白光的旧桌子，一两个上年纪的老堂倌，活络络的鱼虾，滑齐齐的莼菜，一壶远年，一碟盐水花生，我每回到西湖往往偷闲独自跑去领略这点子古色古香，靠在阑干上从堤边杨柳荫里望滟滟的湖光，晴有晴色，雨雪有雨雪的景致，要不然月上柳梢时意味更长，好在是不闹，晚上去也是独占的时候多，一边喝着热酒，一边与老堂倌随便讲讲湖上风光，鱼虾行市，也自有一种说不出的愉快。但这回连楼外楼都变了面目！地址不曾移动，但翻造了三层楼带屋顶的洋式门面，新漆亮光光的刺眼，在湖中就望见楼上电扇的疾转，客人闹盈盈的挤着，堂倌也换了，穿上西崽的长袍，原来那老朋友也看不见了，什么闲情逸趣都没有了！我们没办法移一个桌子在楼下马路边吃了一点东西，果然连小菜都变了，真是可伤。泰戈尔来看了中国，发了很大的感慨。他说，"世界上再没有第二个民族像你们这样蓄意的制造丑恶的精神。"怪不过老头牢骚，他来时对中国是怎样的期望（也许是诗人的期望），他看到的又是怎样一个现实！狄更生先生有一篇绝妙的文章，是他游泰山以后的感想，他对照西方人的俗与我们的雅，他们的唯利主义与我们的闲暇精神。他说只有中国人才真懂得爱护自然，他们在山水间的点缀是没有一点辜负自然的；实际上他们处处想法子增添自然的美，他们不容许煞风景的事业。他们在山上造路是依着山势回环曲折，铺上本山的石子，就这山道就饶有趣味，他们宁可牺牲一点便利，不愿斫丧自然的和谐。所以他们造的是妩媚的石径；欧美人来时不开马路就来穿山的电梯。他们在原来的石块上刻上美秀的诗文，漆成古色的青绿，在苔藓间掩映生趣；反之在欧美的山石上只见雪茄烟与各种生意的广告。他们在山林丛密处透出一角寺院的红墙，西方人起的是几层楼嘈杂的旅馆。听人说中国人得效法欧西，我不知道应得自觉虚心做学徒的究竟是谁？

这是十五年前狄更生先生来中国时感想的一节。我不知道他现在要是回来看看西湖的成绩，他又有什么妙文来颂扬我们的美德！

说来西湖真是个爱伦内。论山水的秀丽，西湖在世界上真有位置。那山光，那水色，别有一种醉人处，叫人不能不生爱。但不幸杭州的人种（我也算是杭州人），也不知怎的，特别的来得俗气来得陋相。不读书人无味，读书人更可厌，单听那一口杭白，甲隔甲隔的，就够人心烦！看来杭州人话会说（杭州人真会说话！），事也会做，近年来就"事业"方面看，杭州的建设的确不少，例如西湖堤上的六条桥就全给拉平了替汽车公司帮忙；但不幸经营山水的风景是另一种事业，决不是开铺子、做官一类的事业。平常布置一个小小的园林，我们尚且说总得主人胸中有些丘壑，如今整个的西湖放在一班大佬的手里，他们的脑子里平常想些什么我不敢猜度，但就成绩看，他们的确是只图每年"我们杭州"商界收入的总数增加多少的一种头脑！开铺子的老班们也许沾了光，但是可怜的西湖呢？分明天生俊俏的一个少女，生生的叫一群粗汉去替她涂脂抹粉，就说没有别的难堪情形，也就够煞风景又煞风景！天啊，这苦恼的西子！

但是回过来说，这年头那还顾得了美不美！江南总算是天堂，到今天为止。别的地方人命只当得虫子，有路不敢走，有话不敢说，还来搭什么臭绅士的架子，挑什么够美不够美的鸟眼？

天目山中笔记[①]

佛于大众中　说我当作佛
闻如是法音　疑悔悉已除
初闻佛所说　心中大惊疑
将非魔作佛　恼乱我心耶
　　　　　——莲花经譬喻品

山中不定是清静。庙宇在参天的大木中间藏着，早晚间有的是风，松有松声，竹有竹韵，鸣的禽，叫的虫子，阁上的大钟，殿上的木鱼，庙身的左边右边都安着接泉水的粗毛竹管，这就是天然的笙箫，时缓时急的参和着天空地上种种的鸣籁，静是不静的；但山中的声响，不论是泥土里的蚯蚓叫或是轿夫们深夜里"唱宝"的异调，自有一种个别处：它来得纯粹，来得清亮，来得透澈，冰水似的沁入你的脾肺；正如你在泉水里洗濯过后觉得清白些，这些山籁，虽则一样是音响，也分明有洗净的功能。

[①] 作于一九二六年秋。

夜间这些清籁摇着你入梦，清早上你也从这些清籁的怀抱中苏醒。

山居是福，山上有楼住更是修得来的。我们的楼窗开处是一片葱葱的林海；林海外更有云海！日的光，月的光，星的光：全是你的。从这三尺方的窗户你接受自然的变幻；从这三尺方的窗户你散放你情感的变幻。自在，满足。

今早梦回时睁眼见满帐的霞光。鸟雀们在赞美；我也加入一份。它们的是清越的歌唱，我的是潜深一度的沉默。

钟楼中飞下一声宏钟，空山在音波的磅礴中震荡。这一声钟激起了我的思潮。不，潮字太夸，说思流罢。耶教人说阿门，印度教人说"欧姆"（O—m），与这钟声的嗡嗡，同是从撮口外摄到合口内包的一个无限的波动：分明是外扩，却又是内潜；一切在它的周缘，却又在它的中心；同时是皮又是核，是轴亦复是廓。这伟大奥妙的（Om）使人感到动，又感到静；从静中见动，又从动中见静。从安住到飞翔，又从飞翔回复安住；从实在境界超入妙空，又从妙空化生实在：

"闻佛柔软香，深远甚微妙。"

多奇异的力量！多奥妙的启示！包容一切冲突性的现象，扩大刹那间的视域，这单纯的音响，于我是一种智灵的洗净。花开，花落，天外的流星与田畦间的飞萤，上缩云天的青松，下临绝海的巉岩，男女的爱，珠宝的光，火山的溶液：一婴儿在它的摇篮中安眠。

这山上的钟声是昼夜不间歇的，平均五分钟时一次。打钟的和尚独自在钟头上住着，据说他已经不间歇的打了十一年钟，他的愿心是打到他不能动弹的那天。钟楼上供着菩萨，打钟人在大钟的一边安着他的"座",他每晚是坐着安神的,一只手挽着钟棰的一头,从长期的习惯,不叫睡眠耽误他的职司。"这和尚",我自忖,"一定是有道理的!和尚是没道理的多:方才那知客僧想把七窍蒙充六根,怎么算总多了一个鼻孔或是耳孔;那方丈师的谈吐里不少某督军与某省长的点缀;那管半山亭的和尚更是贪嗔的化身,无端摔破了两个无辜的茶碗。但这打钟和尚,他一定不是庸流不能不去看看!"他的年岁在五十开外,出家有二十几年,这钟楼,不错,是他管的,这钟是他打的(说着他就过去撞了一下),他每晚,也不错,是坐着安神的,但此外,可怜,我的俗眼竟看不出什么异样。他拂拭着神龛,神座,拜垫,换上香烛,掇一盂水,洗一把青菜,捻一把米,擦干了手接受香客的布施,又转身去撞一声钟。他脸上看不出修行的清癯,却没有失眠的倦态,倒是满满的不时有笑容的展露;念什么经;不,就念阿弥陀佛,他竟许是不认识字的。"那一带是什么山,叫什么,和尚?""这里是天目山。"他说。"我知道,我说的是那一带的。"我手点着问。"我不知道。"他回答。

山上另有一个和尚,他住在更上去昭明太子读书台的旧址,盖着几间屋,供着佛像,也归庙管的,叫作茅棚,但这不比得普渡山上的真茅棚,那看了怕人的,坐着或是偎着修行的和尚没一个不是鹄形鸠面,鬼似的东西。他们不开口的多,你爱布施什么就放在他跟前的篓子或是盘子里,他们怎么也不睁眼,不出声,随你给的是金条或是铁条。人说得更奇了。有的半年没有吃过东西,不曾挪过窝,可还是没有死,就这冥冥的坐着。他们大约离成佛不远了,单看他们的脸色,就比石片泥土不差什么,一样这黑刺刺,死僵僵的。"内中有几个,"香客们说,"已经成了活佛,我们的祖母早三十年来就看见他们这样坐着的!"

但天目山的茅棚以及茅棚里的和尚,却没有那样的浪漫出奇。茅棚是尽够蔽风雨的屋子,修道的也是活鲜鲜的人,虽则他并不因此减却他给我们的趣味。他是一个高身材,黑面目,行动迟缓的中年人;他出家将近十年,三年前坐过禅关,现在这山上茅棚里来修行;他在俗家时是个商人,家中有父母兄弟姊妹,也许还有自身的妻子;他不曾明说他中年出家的缘由,他只说"俗业太重了,还是出家从佛的好",但从他沉着的语音与持重的神态中可以觉出他不仅是曾经在人事上受过磨折,并且是在思想上能分清黑白的人。他的口,他的眼,都泄漏着他内里强自抑制,魔与佛交斗的痕迹;说他是放过火杀过人的忏悔者,可信;说他是个回头的浪子,也可信。他不比那钟楼上人的不着颜色,不露曲折:他分明是色的世界里逃来的一个囚犯。三年的禅关,三年的草棚,还不曾压倒,不曾灭净,他肉身的烈火。"俗业太重了,不如出家从佛的好";这话里岂不颤栗着一往忏悔的深心?我觉着好奇;我怎么能得知他深夜跌坐时意念的究竟?

> 佛于大众中　说我当作佛
> 闻如是法音　疑悔悉已除
> 初闻佛所说　心中大惊疑
> 将非魔作佛　恼乱我心耶

但这也许看太奥了。我们承受西洋人生观洗礼的,容易把做人看太积极,入世的要求太猛烈,太不肯退让,把住这热虎虎的一个身子一个心放进生活的轧床去，不叫他留存半点汁水回去；非到山穷水尽的时候，决不肯认输，退后，收下旗帜；并且即使承认了绝望的表示，他往往直接向生存本体的取决，不来半不阑珊的收回了步子向后退：宁可自杀，干脆的生命的断绝，不来出家，那是生命的否认。不错，西洋人也有出家做和尚做尼姑的，例如亚佩腊与爱洛绮丝，但在他们是情感方面的转变，原来对人的爱移作上帝的爱，这知感的自体与它的活动依旧不含糊的在着；在东方人，这出家是求情感的消灭，皈依佛法或道法，目的在自我一切痕迹的解脱。再说，这出家或出世的观念的老家，是印度不是中国，是跟着佛教来的；印度可以会发生这类思想，学者们自有种种哲理上乃至物理上的解释，也尽有趣味的。中国何以能容留这类思想，并且在实际上出家做尼僧的今天不比以前少。（我新近一个朋友差一点做了小和尚！）这问题正值得研究，因为这分明不仅仅是个知识乃至意识的浅深问题，也许这情形尽有极有趣味的解释的可能，我见闻浅，不知道我们的学者怎样想法，我愿意领教。

海粟的画①

　　海粟是一个有玄学思想的画家。从道德经经过邵康节到"天游主义",或是从"天游主义"到邵康节再到道德经——这是海翁在他的玄学海里旅程的一个概况。本来作"文人画"的作家是脱离不了玄学思想的,不论是道佛或是别的什么;海翁无非是格外明显的一个例。这部分思想的渊源发见在他的作品里是一种殊持的气象,这究竟是什么?颇不易用一二个状词来概括,至少我觉得难,但无论如何我们不能否认他确实能在他的画里表现一种他所独有的品性或风格。一个画家的思想的倾向往往在他的作品的题材里流露消息。有的人许不愿意把思想一类字眼和画家放在一起,仿佛一个画家就不该有或不必有什么思想似的,我理会得这个道理,但是我现在不能申辨,我只能求你们把思想这字眼放宽一点看,只当它是可与性情乃至态度一类字眼几乎可相通用的。海粟每回提起笔来作画的时候(我这里是说他的国面)在他想像

---

　　① 作于一九二七年十二月,载于同年十二月《上海画报》第三零三期,署名徐志摩,未收集。

中最浮现的是什么一类境界，在他内心里要求表现的是什么？（容我斗胆来一个心理的揣详。）最现成的是大山岭，海，波澜，瀑布，老松，枯木，寒林；要是鸟，那就是白凤，再不然就是大鹏，"其翼若垂天之云，背负青天而莫之夭阏者"；要是花（他绝少画花），那就是曼陀罗花，或是别的什么产自神仙出处的奇葩。我们这里要问的是他要表现的是什么，是这些山水花鸟的本体，还是他借用这些形体来表现他潜伏在内心里的概念？我的拙见是他要写的是"意"，不是体。他写山海是为它们的大，波澜为它们的壮阔，泉为它们的神秘，枯木为它们的苍劲。尤其是"大"的一个概念在海粟是无处不活跃的；从新心理学说来，这几字是一种 Complex①。因此在他成功的时候，他的形象轮廓不止是形象轮廓；同时在他失败的时候他的形象轮廓不够是形象轮廓。他的画，至少他的国画，确乎是东方一部分玄学思想的绘事的表现。

我们再从他的爱好的作家里探得消息。意识的或非意识的，海粟自己赏鉴的标准也只是一个。伟大。不嫌粗，不嫌野，他只求大。"大"是他崇拜的英雄们的一个共性。在西方他觅得了密恰朗其罗，罗丹，塞尚，梵高；在东方他倾倒八大，石涛。这不是偶然的好恶，这是个人性情自然的响往。因缘是前定的；有他的性情才有他的发现，因他的发现更确定了他的性情。

所以从他的崇仰及他自己的作品里我们看出海粟一生精神的趋向。他是一个有体魄有力量的人，他并且有时也能把他天赋的体魄和力量着实的按捺到他的作品里。我们不能否认他的胸襟的宽扩，他的意境的开展，他的笔致的遒劲。你尽可以不喜欢他的

---

① 译作"情结"。

作品，你尽可以从各方面批评他的作品，但在现代作家中你不能忽略他的独占的地位。他是在那里，不论是粗是细。他不仅是那里，他并且强迫你的注意。尤其在这人材荒歉的年生，我们不能不在这样一位天赋独厚的作者身上安放我们绝望中的希望。吴仓老已经作古，我们生在这时代的不由的更觉得孤寂了，海粟更应得如何自勉！自信力是一切事业的一个根脚；海粟有的是自信力。但同时海粟还得用谦卑的精神来体会艺术的真际，山外有山，海外有海，身上本来长有翅膀的何苦屈伏在卑琐的地面上消磨有限的光阴？海粟是已经决定出国去几年，我们可以预期像他这样有准备的去探宝山，决不会得空手归来，我们在这里等候着消息！这次的展览是他去国前的一个结束，关心艺术的不可错过这认识海粟的一个唯一机会。

年终便话[1]

（一）

这年头你再不用想有什么事儿如意。往东东有累坠，往西西有别扭。眼见的耳闻的满没有让你宽心的事。屋子外面缺少光亮。回家来更显得黯惨。出门去道儿不平顺。自个儿坐在空房里转念头时。满脑子也只是怕人的鬼影。大事儿是一片糊。小零星也不得干净。想找人诉诉苦，来人的脸子绷得比你的更长。你笑人家不认得真珠。你自己用锦匣儿装着的也全是机器的出品。什么都是岔了道。什么都长豁了样。这年头，这年头！

一年容易，又到了尽头。回头望望，就只烟雾似的一片。希望、理想——好词儿。希望早给劈碎了当柴烧。在这小火上面慢慢的烤糊了理想。烤糊了的栗子，烤糊了的白薯。捏上手全是灰，还热着哪。再别高谈什么人生。生活就比是小孩们在地上用绳子抽着直转的地龙。东一蹩西一跛的。嗡嗡的扁着小嗓子且唱。

---

[1] 作于一九二七年十二月底，一九二八年一月一日载于《申报》"元旦增刊"。

又来了一个冬至。冷飕飕的空气，草尖上挑着稀松的霜，黑夜赖着不肯走。好时候！我想到一个僻静的教堂里去。听穿白长袍的孩子们唱赞美诗。看二尺来高的白蜡一寸寸的往下矮。你想，不错。你是这么想来着。我可想独自关在屋子里抒写一半行从性灵暖处来的诗句。暖暖的，像打伤了小鸟的前胸的羽毛，跳着的。你想，不错，你是这么想来着。然又想……得，你想开了罢。这年头那容你有一件事儿，顶小顶轻松的事儿，如意称心。

（二）

可是尽说道冷落丧气话也不公平。冷急了自然只能将希望劈成小柴生火。可是在这小火上面许还有些没有完全烤糊的理想。前天在无意中检着了一个！田寿昌上回看他自己的戏叫人家演糊了的时候，他急得直蹬腿，脸上爆着粗汗。说比死还难过。他说他里面有火，一时可透不出焰来。这回他的火吐了焰了。鱼龙会那几个小戏是值得赞美的。虽则我只见着了一个半多些。我满想腾出一晚去看他的戏。可偏是这鬼忙，错了一天又是一天。前天下午，有一点钟的闲，就拉着小曼去看鱼龙。进门就听得老婆子的悲声，湖南口音的。那一间小屋子隔着戏座的先叫我欢喜。台上的光也匀得好。我们一大群人成天嚷着要办小剧院，就知道抱怨世界上缺少慷慨的富翁来替我们化钱，却从不曾想到普通一间客厅就够我们试验。只要你精神饱满，什么莫利哀、莎士比亚、席勒，都不来嫌你简陋。鱼龙会的精神是一团不懈的精神。不铺张，不浮夸，不草率。小屋子里盛满了认真的兴会与努力。这是难得有的。

地方紧凑有种种好处。第一演戏的不感着拘束。他们可以放心说他们做他们的，说坏了做坏了都没有多大关系，这不矜持在演剧的成功上是一个大原则。第二地方小容易造成一种暖和的空气。在这里面谁都不觉得生分，谁都觉着舒泰，台上与台下间自会发生一种密切。台上容易讨好，台下容易见情，仿佛彼此是一家子，谁也不用防谁。这多有意思。第三是小场所可以完全动员看戏人的注意。教育的一个意义，是教人集中注意。我们平常收受经验评判经验的不是我们纯粹的性灵，在我们意识最上层浮着的往往只是种种的偏见与成见，像水面上的浮腻，这里面永远反映不出清晰的形象来。普通商业性质的戏院子，都是太大太空廊太嘈杂太散漫。因此观众的"灵窍"什么也不能自然的完全的闲着。小剧场正合式。正为是小，它的同化的力量却反而大。因此往往在大舞台上不怎样成功的作品，在小剧场里却收成了最大的效果。反之小剧场的成功，上舞台去不准成。这关键就在小台上的动作神情说话，台下全认得真听得清，又不费演员的劲。

（三）

话似乎说远了。鱼龙会的戏我只见了《爸爸回来了》《苏州夜话》，据说还不是顶好的。《爸爸回来了》这戏编得并不好，演来也尽有可商量的地方。但这戏没有做完，小曼和我同去的朋友们都变成了泪人儿。听说有一天外客来看的只有一个——一个厨子。他的东家化钱买了券，叫他来看的。他不知看了那一个戏，竟哭得把他完全油浸过的短袄又加一次泪渍。他站起来就跑，旁人留他再看。他说实在伤心得再也受不住了。这可见田先生的戏，至少已经得到了眼泪的成功。戏的大致是一个酒徒兼色鬼的为了一个不相干的女人丢了家，抛下他的妻和三个小孩，最大的八岁。家私是早给他荡尽了的。他的女人一着急，就带了她的孩子投河寻死去，又没有死成。那大孩子倒是有志气，吃了无穷的苦居然挣起了一份家，养他的母亲，并且还帮助他的弟妹上学。这年他已经二十三了，爸爸回来了，干脆一个要饭的，他穷得没路走又回来了。他的妻子没有心肠去责备他，他的两个小儿女也觉得爸爸怪可怜的。但大儿子可不答应。他简直的不认。如其认，不认他父亲，认他是别人。他弟弟他妈都想留下那化子，他一人不答应。爸爸没法子只得又走了。小儿子跟了去。幕落在他妹子过来伏在他身上哭着叫哥哥。那父亲临走时几声"还是去吧"，声音极悲惨。看的人哭是哭了，对戏可有批评，他们都觉得儿子总不该这样的对付老子。他已经流落到快死的地步。他们说国贤的见解是危险的——他的意思是负责任的父母才是父母。放弃责任同时就放弃权利。他父亲既然有这狠心丢下他的妻儿，做儿子的也正该回敬这狠心，不收容一个濒死的父亲，这是一个伦理问题，也不是没有趣味的。正如早年在易卜生的戏里，挪拉该不该抛弃家庭丈夫儿女是引起议论的一个问题。但现在姑且不谈。我倒是新近听到一件实事，颇使人觉着愤慨的，想在此附带说了。

子女对父母负有孝养的责任，因为父母对子女先尽了抚育的责任，这是相对的。子女对尽责的父母不尽孝或是父母虐待尽责的子女，一样是理情上人情上说不过去的。但已往法律，似乎只承认父母有告子女忤逆的权利，子女却不能告父母不尽责。换句话说，社会的制裁只能干涉到子女，却不能干涉到父母。因为旧伦理学的假定是："天下无不是之父母"。君要臣死，臣就得死，再没有话说。

但父母却不能随便处死子女。孔子说"小杖则受，大杖则走"。这"走"字是可寻味的。这是说父母到了发毒的时候，子女就该自己打主意。但孔子却不曾说："大杖则社会得干涉之"。

关于这一点，这时代不同的地方，就在这一句话。子女对父母或父母对子女的关系，已经绝对转成相对。社会的力量，可以干涉子女，同时也可以干涉父母。这样说来，《爸爸回来了》那戏里的国贤的见解并不是不合理的。虽则他如其能更进一层宽恕他父亲，因为骨肉的感情，或是因为人道的动机。我们对于那戏同情许可以更深些。现在如其有某父或母非分的虐待他的子女因而致死，这父或母是否对社会对法律负有一种责任，同时法律和社会在发见有这类事实时是否负有援助或申雪的责任。尤其是当这被虐者有特种天才对社会能有特别贡献的时候，社会是否更应得执行它干涉的责任。

前几天上海死了一个有名的女伶。她虽则是病死，但她的得病却是为了不自然的由来。她是极活泼伶俐的一个孩子，在北方在上海都博到极好的名气。替她家也赚不少的钱。她是她妈亲自教出来的。她妈的教法，完全是科班的教法。科班的残暴无人道的内幕我们多少知道，但我们却不易相信一个母亲会得非分的虐待她亲生的一个有天才的孩子。

现在人已死了，事情也过去了。她的妈如其还有一点子人性，也应得追悔她的恶毒。我在这里说起是为在伶界里正受着同类遭遇的孩子，正不知有多少。为防止此后的悲惨起见，我想社会方面相当的表示正许是必要的。这灰色的人生里，正不知包容着多少悲惨的内幕。人们只是看不见。但有文化的社会是不应得容许这种黑暗的。我们不能因为看不见，就解卸我们的责任。

一个行乞的诗人[①]

1. Collected Poems of William H. Davies
2. Autobiography of A Super Tramp
3. Later Days
4. A Poet's Pilgrimage

（一）

萧伯讷先生在一九○五年收到从邮局寄来的一本诗集，封面上印着作者的名字，他的住址，和两先令六的价格。附来作者的一纸短笔，说他如愿留那本书，请寄他两先令六，否则请他退回原书。在那些日子萧先生那里常有书坊和未成名的作者寄给他请求批评的书本，所以他接到这类东西是不以为奇的。这一次他却发现了一些新鲜，第一那本书分明是作者自己印行的，第二他那

[①] 作于一九二八年四月，同年五月十日载于《新月》月刊第一卷第三号，署名徐志摩，未收集。

住址是伦敦西南隅一所硕果仅存的"佃屋",第三附来的短简的笔致是异常的秀逸而且他那办法也是别致。但更使萧先生奇怪的是他一着眼就在这集子小诗里发现了一个真纯的诗人,他那思想的清新正如他音调的轻灵。萧先生决意帮助这位无名的英雄。他做的第一件好事是又向他多买了八本,这在经济上使那位诗人立时感到稀有的舒畅,第二是他又替他介绍给当时的几个批评家。果然在短时期内各种日报和期刊上都注意到了这位流浪的诗人,他的一生的概况也披露了,他的肖影也登出了——他的地位顿时由破旧的佃屋转移到英国文坛的中心!他的名字是惠廉苔微士,他的伙伴叫他惠儿苔微士(Will Davies)。

(二)

　　苔微士沿门托卖的那本诗集确是他自己出钱印的。他的钱也不是容易来的。十九镑钱印得二百五十册书。这笔印书费是做押款借来的。苔微士先生不是没有产业的人,他的进款是每星期十个先令(合华银五元),他自从成了残废以来就靠此生活。他的计划是在十先令的收入内规定六先令的生活费,另提两先令存储备作书费,余多的两先令是专为周济他的穷朋友的。他的住宿费是每星期三先令六(在更俭的时候是二先令四,在最俭的时候是不化一个大,因为他在夏季暖和时就老实借光上帝的地面,在凉爽的树林里或是宽大的屋檐下寄托他的诗身!)但要从每星期两先令积成二三十镑的巨款当然不是易事,所以苔微士先生在最后一次的发狠决意牺牲他整半年的进款积成一个整数,自己跷了一条木腿,带了一本约书,不怎样乐观却也不绝望的投向荡荡的

"王道"去。这是他一生最后一次,也是最辛苦的一次流浪,他自己说:

"再下去是一回奇怪的经验,无可名称的一种经验;因为我居然还能过活,虽则我既没有勇气讨饭,又不甘心做小贩。有时我急得真想做贼,但是我没有得到可偷的机会,我依然平安的走着我的路。在我最感疲乏和饥慌的时候——我的实在的状况益发的黑暗,对于将来的想望益发的光鲜,正如明星的照亮衬出黑夜的深荫。

我是单身赶路的,虽则别的流氓们好意的约我做他们的旅伴,我愿意孤单因为我不许生人的声音来扰我的清梦。有好多人以为我是疯子,因为他们问起我当天所经过的市镇与乡村我都不能回答。他们问我那村子里的"穷人院"是怎样的情形,我却一点也不知道因为我没有进去过。他们要知道最好的寓处,这我又是茫然的,因为我是寄宿在露天的。他们问我这天我是从那一边来的,这我一时也答不上;他们再问我到那里去,这我又是不知道的。这次经验最奇怪的一点是我虽则从不看人家一眼,或是开一声口问他们乞讨,我还是一样的受到他们的帮助。每回我要一口冷水,给我的却不是茶就是奶,吃的东西也总是跟着到手。我不由的把这一部生活认作短期的牺牲,消磨去一些无价值的时间为要换得后来千万个更舒服的;我祝颂每一个清朝,它开始一个新的日子,我也拜祷每一个安息日晚上,因为它结束了又一个星期。

这不使我们想起旧时朝山的僧人，他们那皈依的虔心使他们完全遗忘体肤的舒适？苔微士先生发现流浪生活最难堪的时候是在无荫蔽的旷野里遇雨，上帝保佑他们，因为流浪人的行装是没有替换的。有一天他在台风的乡间捡了一些麦柴，起造了一所精致的，风侵不进，露淋不着的临时公馆，自幸可以暖暖的过一夜，却不料——

天下雨。在半小时内大块的雨打漏了屋顶，不到一小时，这些雨点已经变成了洪流。又只能耐心躺着，在这大黑夜如何能寻到更安全的荫蔽。这雨直下了十个钟头，我简直连皮张都浸透了，比没身在水里干不了多少——不是平常我们叫几阵急雨给零潮了的时候说的'浸透了皮'。我一点也不沮丧，把这事情只看作我应分经受的苦难的一件。到了第二天早上我在露天选了一个行人走不到的地点，躺了下来，一边安息，一边让又热又强的阳光收干我的潮湿。有两三次我这样的遭难，但在事后我完全不觉得有什么难受。

头三个月是这样的过的，白天在路上跑，晚上在露天寄宿，但不幸暖和的夏季是有尽期的，从十月到年底这三个月是不能没有荫蔽的。一席地也得要钱，即使是几枚铜子，苔微士先生再不能这样清高的流浪他的时日。但高傲他还是的，本来一个残废的人，求人家的帮助是无须开口的，他只要在通衢上坐着，伸着一只手，钱就会来。再不然你就站在巡警先生不常到的街上唱几节圣诗，滚圆的铜子就会从住家的窗口蝴蝶似的向着你扑来。但我们的诗人不能这样折辱他的身分，他宁可忍冻，宁可挨饿，不能拉下了脸子来当职业的叫化。虽则在他最窘的日子，他也只能手拿着几副鞋带上街去碰他的机会，但他没有一个时候肯容自己应用乞丐们无心的惯技。这样的日子他挨过了两个月，大都在伦敦的近郊，最后为要整理他的诗稿他又回到他的故居，亏了旧时一个难友借给他一镑钱，至少寄宿的费用有了着落。他的诗集是三月初印得的，但第一批三十本请求介绍的送本只带回了两处小报上冷淡的案语。日子飞快的过去。同时他借来的一点钱又快完了，这一失望他几乎把辛苦印来的本子一起给毁了！最后他发明了寄书求售的法子，拚着十本里卖出一两本就可以免得几天的冻饿，这才蒙着了萧先生的同情，在简短的时日内结束了他的流浪的生涯。

(三)

但这还只是苔微士先生多曲折的生活史里最后的一个顿挫，最逼近飞升的一个盘旋。在他从家乡初到伦敦的时候，他虽则身体是残废，他对于自己文学的前途不是没有希望。他第一次寄稿给书铺，满想编辑先生无意中发见了天才竟许第二天早上就会赶来求见他，或是至少，爽快的接受他的稿件，回信问他要预支多少版税。他的初作是一篇诗剧，题目叫《强盗》。邮差带回来的还是他的原稿，除了标题，竟许一行都不曾邀览！他试了又试，结果还是一样，只是白化了邮资，污损了稿本。他不久就发现了缘故。他的寓址是乞丐收容所的变相，他的题目又不幸是《强盗》，难怪深于世故的书店主人没有敢结交他做朋友！但是他还得尝试。他又脱稿了一首长诗，在这诗里他荟集了山林的走兽，空中的飞禽甚至海底的鱼虾，在一处青林里共同咒骂人类的残忍，商量要秘密革命，乘黑夜到邻近的一个村庄里去谋害睡梦中的居民！这回他聪明了，另换不露形迹的地址，同时寄出了两个副本，打算至少一处总有希望，一星期过去没有消息，我们的作者急了，不为别的，怕是两处同时要定了他的非常的作品。再等了几天一份稿件回来了，不用；那一份跟着也回来了，一样的不用。苔微士先生想这一定是长诗不容易销，短诗一定有希望，他一坐下来又产生了几百首的短诗，但结果还是一样的为难，承印是有人了，但印费得作者自己担负。一个靠铜子过活的如何能拿得出几十个金镑？但为什么不试试知名的慈善家？他试了。当然是无结果。他又有了主意，何妨先印两千份一两页的"样诗"，买三个便士一份，自己上街兜卖去，卖完了不就是六千个便士，合五百个先令，整整二十五个金镑，恰巧印书的费用！但这也得印费，要三十五先令，他本有一些积蓄，再熬了几星期的饿，这一笔款子果然给凑成了。二千份样诗印了来，明天起一个大早，满心的高兴和希望，苔微士先生抱了一大卷上街零售去了。他见了人就拉生意，反复的说明他想印书的苦衷，请求三便士的帮助。他走了三十家，说干了嘴，没有人明白他是什么意思，也没有人理会他，一本也卖不掉！难得有一半个人想做好事，但三便士换一张纸，似乎太不值得了。诗，什么是诗？诗是干什么的？你再会说话他们还是不明白。最后他问到了一所较大的屋子，一个女佣出来应门。他照例说明他的来意，那位姑娘瞪大眼望着他。"玛丽，谁在那里？"女主人在楼梯上面问。她回说有人来卖字纸的。"给他这个铜子，叫他去吧！"一个铜子从楼梯上滚了下来。苔微士看到手了一个铜子，但他还是央着玛丽拿这张纸给她主人看，竟许她是有眼光的，竟许也赏识我，许她愿出钱替我印书，谁知道！但是楼梯上的声音更来得响亮而且凶狠了："玛丽，不许拿他什么东西，你听见了没有？"在几秒钟内苔微士先生站在已经关紧的门外，掌心里托着一个孤独的便士！得，饿了肚子跑酸了腿说干了嘴才到手了一个铜子，这该几十年才募得成二十五个金镑？而况回去时实在跑不动了还得化三便士坐电车！苔微士先生一发狠把二千份的样诗一口气给毁了，一页也没有存。

(四)

为了这一次试验的损失，苔微士先生为格外节省起见，迁居到一个救世军的收容机关。他还是不死心，还是想印行他的诗集。这回的灵感是打算请得一张小贩的执照，下乡做买卖去。这样生活有了着落，原来每星期的进款不是可以从容积聚起来了吗？况且贩卖鞋带针簪钮扣还难说有可观的盈余。这样要不了半年工夫就可以有办法。苔微士先生的眼前着实放了一些光亮。但要实行这计划也不是没有事前的困难。第一他身上这条假腿化他十几镑钱安上的，经了两三年的服务早已快裂了，他那有钱去买一条腿？好容易他探得了一处公立的机关，可以去白要一只"锥脚"，但这也有手续，你得有十五封会员的荐信。苔徽士先生这回又忙着买邮花发信了。在六星期内他先后发了一百多封信（这是说化了他一百多分邮花外加信纸费），但大半因为正当夏天出门的人多，他得到的回信还是不够数。在这个时候一个慈善机关忽然派人来知照他说有人愿意帮他的忙，他当然如同奉到圣旨似的赶了去，但结果，经过了无数的手续，无数的废话，受了无数的闷气，苔微士先生还是苔微士先生！不消说那慈善机关的贵执事们报告给那位有心做好事的施主，说他是一个不值得帮助的无赖！如此过了好些时日才凑齐了必需的荐信，锥脚是到手了，但麻烦还是没有完。因为先前荐信只嫌不够，现在来得又太多了，出门人回了家都有了回信，苔微士先生又忙着退信道谢，又白化了他不少的邮花！

　　锥脚上了身，又进齐了货，针、骨簪、鞋带、钮扣，我们的诗人又开始了一种新生活。但他初下乡的时候，因为口袋里还剩几个先令，他就不急急于做生意，倒是从容的玩赏初夏的风景——

　　　　"第一晚到了圣亚尔明斯，我在镇上走了一转，就在野地里拿我那货包当枕头仰天躺下了。那晚的天上仿佛多出了不少星，拥护着，庆祝着一个美丽的亮月的成年。肢体虽则是倦了的，但为贪着这夜景又过了三两小时才睡。我想在这夏季里只要有足够的钱在经过的乡村里买东西吃，这还不是一种光荣的生活？如此三四天我懒散着走着路，站在沟渠上面看那水从黑暗冲决到光明；听野鸟的歌唱；或是眺望远处够高的一个尖顶，别的不见，指点着在千树林中隐伏着的一个僻静的乡村。"

　　但等得他化完了带着的钱，打开货包来正想起手做生意，苔微士先生发现那包货，因为每晚用做枕头，不但受饱了潮湿，并且针头也钻破了包衣发了锈，鞋带有皱有疲的，全失了样，都是不能卖的了！他只能听天由命。他正快饿瘪的时候在路边遇见一个穷途的同志,他,一个身高血旺的健全汉子,问得了他的窘况,安慰他说只要跟他一路走不愁没有饭吃。这位先生是有本事的。喝饱了啤酒,啃饱了面包,先到了一条长街的尾精,他立定了脚步,对苔微士先生说,"看着,我就在这儿工作了,你只要跟在我后背检地上的钱,钱自会来的。""你只管检铜子好了,只要小心不要给铜子检了去!"他意思是只要小心巡警。这是他的法术:偻了背,摇着腿,嘎着嗓子,张着大口唱。唱完了果然街两边的人家都掷铜子给他们,但那位先生刚住口就伸直了身子向后跑,诗人也只得跟了跑,——果然那转角上晃过了一位高大的"铜子"来!

在这一路上苔微士先生学得了不少的职业的秘密,但他流浪到了终期重复回到伦敦的时候,他出发时的计划还是没有实现,三个月产息的积蓄只够他短时期的安息,出书的梦想依旧是在虚无飘渺间。穷困的黑影还是紧紧的罩住他,凭他试那一个方向,他的道是没有一条通达的。但在这穷困的道上,他虽则检不到黄金,他却发现了不少人道的智慧,那不是黄金所能买,也不是仅有黄金的人们所能希翼。这里是他的观察:

"家当全带在身上的人的最大的对头,是雨。日光有的时候他也不怎样在意,但在太阳西沉后他要是叫雨给带住了,他是应受哀怜的。他不是害怕受了潮湿在身体上发生什么病痛,如同他的有福分的同胞,但是他不喜欢那寒颤的味道,又是没有地方去取暖。这种尴尬的感觉逢空肚子更是加倍的难受。本来他御寒的唯一保卫就只是一个饱肚,只要肠胃不空他也不怎样介意风雨在他体肤上的侵袭。海上人看天边有否黑点，天文家看天上有否新光，这无家的苦人比他们更急急于看天上有否雨兆。为躲避未来的泛滥他托蔽于公共图书馆，那是唯一现成公开的去处；在这里空坐着呆对着一叶书，一个字也没有念着，本来他那有心想来念。如其他一时占不到一个空座，他就站在一张报纸的跟前施展那几乎不可能的站直了睡着的本领，因为只有如此才可以骗过馆里的人员以及别的体面人们，他们正等着想看那一张报纸。要能学到这一手先得经过多次不成功的尝试，呼吸疏了，脑袋晃摇，或是身体向着报柜磕碰，都是可能的破绽；但等得工夫一到家，他就会站直在那里睡着，外表都明明是专心在看一段最有趣味的新闻。……往往他们没有得衣服换，因此时常可以见到两个人同时靠近在一个火的跟前，一个人烤着他的湿袜子，还有一个烤着他那僵干的面包……就在这下雨天，我们看到只有在极穷的人们中间看得到细小的恩情；一个自己只有一些的，帮助那赤无所有的同胞。一个人在市街上攒到了十八个铜子回去，付了四个子的床费，买过了吃，不仅替另一个人付床钱，他还得另请一个人来分吃他的东西，结果把余下的一个铜子又照顾了一个人。一个人上天生意做得不错，就慷慨的这里给那里，给直到他自己不留一个大。这样下来，虽则你在早上只见些呆钝与着急的脸，但到中午你可以看到大半数的寓客已经忙着弄东西吃，他们的床位也已经有了着落。种种的烦恼告了结束，他们有的吹，有的哼，也有彼此打趣常开着口笑的。"

这些细小的恩情是人道的连锁，它们使得一个人在极颓丧时感到安慰，在完全黑暗的中心不感到怕惧。但我们的诗人还是索不着他成名的运道。如其他在早上发现一丝的希望，要不了天黑他就知道这无非又是一个不可充饥的画饼，他打听着了一个成名的文学家，比方说，他那奖掖后进的热心是有多人称道的，他当然不放过这机会，恭敬的备了信，把文稿送了去请求一看，但他得到唯一的回音是那位先生其实是太忙，没有余闲拜读他的大作，结果还是原封返回！这类泡影似的希翼连着来刻薄一个时运未济的天才。但苔微士先生是不知道绝望的。他依旧耐心的，不怨尤的守候着他的日子。

（五）

上面说的是他想在文学界里占一席地的经过的一个概况，现在我们还得要知道苔微士先生怎样从健全变成残废，他回到英国以前的生活。因为要不为那次的意外他或许到如今都还不肯放弃他那逍遥的流浪生涯，依旧在密西西比或是落机山的一带的地域款留他的踪迹。非到了这一边走到了尽头，他才回头来尝试那一边的门径。他不是一个走半路的人。

他是生长在英国威尔斯的，他的母亲在他父亲死后就另嫁了人，他和他的两个弟妹都是他祖父母看养大的。他的家庭，除了他的祖父母，一个妹子，一个痴呆的弟弟，还有"一个女佣人，一狗、一猫、一鹦鹉、一斑鸠、一芙蓉雀。"他从小就是大力士，他的亲属十分期望他训练成一个职业的"打手"。所以每回他从学校里回来带着"一个出血的鼻子或是一只乌青的眼睛"，他一家就显出极大的高兴，起劲的指点他下回怎样报复他敌手的秘诀。在打架以外他又在学校里学到了一种非凡的本领——他和他的几个同学结合了一个有组织有计划的"扒儿手团"。他们专扒各式的店铺，最注意的当然是糖果铺。这勾当他们极顺利的实行了半年，但等得我们的小诗人和他的党羽叫巡警先生一把抓住头颈根的日子，他挨了十二下重实的肉刑，他的祖父损失了十来镑的罚金。在他将近成年的时候他的二老先后死了，遗剩给他的有每星期十先令息金的产业。他已然做过厂工，学习过装制画框，但他不羁的天性再不容他局促在乡里间，新大陆——那黄金铺地的亚美利加，是他那时决定去施展身手的去处。到了美国，第一个朋友他交着的，是一个流浪的专家，从加拿大的北省到墨西哥的南部，从赫贞河流域到太平洋沿海，都是他遨游无碍的版图。第一个本领他学到的，是怎样白坐火车：最舒服是有空车坐，货车或牲口车也将就，最冒险是坐轨头前面的挡梗，车底有并行的铁条，在急的时候，也可以蜷着坐，但最优游是坐车的顶篷，这不但危险比较的少，而且管车人很少敢上来干涉他们。跳车也不是容易，但为要逃命，三十里的速度有时都得拼着跳。过夜是不成问题的，美国多的是菁密的森林，在这里面生起一个火还不是天生的旅舍？有时在道上发现空屋子，他们就爬窗进去占领（他们不止一次占到的是出名的鬼屋！）

"做了三年叫化子，连皇帝都不要做了。"但如其我们的乞儿要过三年才能认清此中的滋味，苔微士先生一到美国就很聪明的选定了这绝对无职业的职业。在那时的美国饿死是几乎不可能的事，因为谁家没有富余的面包与牛乳，谁人不乐意帮助流浪的穷人？只要你开口，你就有饭吃，就有衣穿。不比在英国，为要一碗热汤吃，你先得鹄立多少时候才拿得到一张汤券，还得鹄立多少时候才能拿那券换得一碗汤。那些汤是"用不着调匙的,吃过了也没有剔牙的愉快;就是这清清一汪,没有一颗青豆、一瓣葱或是一粒萝卜的影子;什么都没有,除了苍蝇。"他们叫化可纪录的一次是在鲍尔铁穆,那边的居民是心好的多,正如那边的女人是美的多。只要你"站定在大街上饱餐过往的秀色,你就相信上帝是从不会亏待你的。"他们是三个人合作的,我们的诗人当然经验最浅。他的职司是拿着一个口袋在街角上等候运道,他的两个同志分头向街两边的人家"工作"去。他们不但是有求必应,而且连着吃了三家的晚饭;不到一个钟头,不但苔微士先生提着的口袋已经装得泼满,就连他们身上特别博大的衣袋也都不留一些余地。这次讨饭的经验对我们的诗人来说,是"不容易忘记的"。因为他们回得家清理盈余的时候,他们又惊又喜的发现不仅他们想要的东西应有尽有,而且给下来的没有一个纸包是仅仅放着面包与牛油。"煎熟的蛤蜊、火鸡、童子鸡、牛排、羊腿、火肉与香肠;爱尔兰白薯、甜山薯与香芋艿;黑面包、白面包;油煎薄饼、各种的果糕、各式花样的蛋糕;香蕉、苹果、葡萄与橙子;外加一大堆的干果与一整袋的糖果"——这是他们讨得的六十几包的内容简单的清单。只有三家没有给的,但另有两家分付他们再去。

到了夏天他们当然去"长岛"的海滨去消夏。太阳光,凉风,柔软而和暖的海水,是不要钱也不须他们的募化。他们不是在软浪里拍浮,就在青荫下倦卧,要不然就踞坐在盘石上看潮。但如其他们的消夏计划是可羡慕,他们的消寒办法更显得独出心裁。美国北省的冬天是奇冷的,在小镇上又没有像在英国乡里似的现成的贫人院可以栖息或是小客寓里出四五个铜子可以买一席地。但如其这里没有别的公开寓所,这里的牢狱是现成的。在牢中的犯人不但有好饭吃而且有火可以取暖,并且除非你犯的是谋杀等罪,你有的是行动的自由,在"公共室"里你可以唱歌,可以谈天,可以打哈哈,可以打纸牌。苔微士先生的同志们都知道这些机关,他们只要想法子进牢狱去,这一冬天就不必担心衣食住的问题了。但监牢怎么进法?当然你得犯罪。但犯罪也有步骤,你得事前有接洽。你到了一个车站,你先得找到那地方的法警,他只要一见就明白你的来意,他是永远欢迎你的。你可以跟他讲价,先问他要一饼的板烟,再要几毛钱的酒资。你对他说你要多少日子,一个月或是两个月,这就算定规了。回头你只要到他那指定的酒店去喝酒玩儿,到了将近更深的时候乘着酒兴上街去唱几声或是什么,声音自然要放高一些。法警先生就会从黑暗里走过来,一把带住了你,就说"喂,伙计,怎么了?在夜深时闹街是扰乱平安,犯警章第几百几十条,你现在是犯人了。"到了法官那里,你见那法警先生在他的耳边嘱咐了几句话,他就正颜的通知你说你确然是犯了罪,他现在判决你处七元或十五元的罚金,罚不出的话,就得到监牢里住一个月或两个月(如你事前和法警先生商定的)。从这晚上起你什么都有了,等到满期出来你还觉得要休养的话,你只须再跑几里路到另一个市镇里再"犯一次罪"。你犯了罪不但自己舒服,就连看守监狱的、法警先生、乃至堂上的法官,都一致感谢你的好意;因为看监牢的多一个犯人就多开一支报销,法警先生捉到一名犯人照例有一元钱的奖金,法官先生判决一件犯罪,他照例另得两元钱的报酬。谁都是便宜的,除了出租税的市民们,所有的公众机关都是他们维持的。但这类腐败面有幽默的情形,虽则在那时是极普通,运命是当然不久长的。

但苔微士先生有时也中止他的泊浮的生涯，有机会时也常常歇下来做几天或是几星期短期的工。乡里收获的时候，果子成熟的时候，或是某处有巨大的建筑工程的时候，我们的诗人就跟着其他流氓的同志投身工作去。工作满了期，口袋里盛满了钱，他们就去喝酒，非得喝疯了才完事。他最后一次的职业是"牲口人"，从美国护送牛羊到英国去。他在大西洋上往还不止一次，在这里他学得了不少航海的经验，也身处与牲畜受虐待的惨象，这些在他的诗里都留有不磨的印象。

在这五年内，危险是常有的，困难经过不少，但他的精神是永远活泼而愉快的。在贼徒与流丐们的中间他虚心的承受他的教育。在光明的田野间，在馥郁的森林中，在多风的河岸上，在纷呶的酒屋里，他的诗魂不踌躇的吸收它的健康的营养。他偶尔唯一的抱憾是他的生活太丰满，他的诗思太显屯积，但他没有余闲坐定下来从容的抒写。他最苦恼的一次是他在奥林斯得了一次热病——

"我不知道为什么我不上火车，却反而向着乡里走，这使我十分的后悔。因为我没有力气走了，路旁有一大块的草沼，我就爬进去，在那里整整躺了三天三夜，再也支持不起来走路。这一带常见饿慌的野豕，有时离我近极了，但它们见我身体转动就呶吼着跑了开去。有几十只饿鹰栖息在我头顶的树枝上，我也知道这草地里多的是毒蛇。我口渴得苦极了，就喝那草沼的小潭里的死水，那是微菌的渊薮，它的颜色是天上的彩虹，这样的水往往一口就可以毒死人的。我发冷的时候，我爬到火热的阳光里去，躺着寒战；冷过了热上了身。我又蜒回到树荫下去。四天工夫一口没有得吃，到这里以前的几天也没有吃多少。我望得见火车在轨道上来去，但我没有力气喊。很多车放回声，我知道它们在离我不到一里路停下来装水或是上煤。明知在这恶毒的草沼里躺下去是死，我就想尽了法子爬到那路轨上，到了邻近一个车站，那里车子停的多。距离不满一里路，但我费了两个多钟头才到。"

他自以为是必死了，但他在医院里遇到一个同乡的大夫用心把他治好了。这样他在他理想中黄金铺地的新世界飘泊了五年，他来时身上带着十多镑钱，五年后回家时居然还掏得出三先令另几个便士。但他还不死心于黄金梦，他第二次又渡过大西洋，这回到加拿大去试他的运道。正好，他的命运在那里等候着他。他到了加拿大当然照例还是白坐火车，但这一次他的车价可付大了！他跳车跳失了腿，车走得太快，他踹了一个空手，还拉住车，给拖了一程，到地时他知道不对了，他的右脚给拉断了。经过了两次手术，锯了一条腿，在死的边沿逗停了好多天，苔微士先生虽则没有死，却从此变成了残废。他这才回还英国，放弃了他的黄金梦，开始他那（如上文叙述的）寻求文学机缘的努力。

（六）

这是苔微士先生从穷到通的一个概状。他的自传（*The Autobiography of a Super Tramp*）不是一本忏悔录，因为他没有什么忏悔录。他是一个急性的人,所以想到怎么做就怎么做,谨慎的美德不是他的。在现代生活一致平凡而又枯索的日子念苔微士先生自传的一路书,我们感觉到不少"替代的"快乐,但单是为那个我们正不少千百本离奇的侦探案与耸动的探险谈。分别是在苔微士先生的不仅是身亲的经验,而且他写的虽则是非常的事实,写法却只是通体的简净,没有铺张,没有雕琢,完全没有矜夸的存心。最令我们发生感动的尤其是这一点:他写的虽多是下流的生活,黑暗肮脏、苦恼的世界,乞儿与贼徒的世界,我们却只觉得作者态度的尊严与精神的健全。他的困穷与流离是自求的,我们只见他到处发现了"人道的乳酪"。融融的在苦恼的人间交流着,任凭他走到了绝望的边沿,在逼近真的(不是想象的)饿死与病死的俄顷,他的心胸只是坦然。他不怨人,亦不自艾,他从不咒诅他所处的社会,不嫉忌别人的福利,不自夸他独具的天才,不自伤他遭遇的迍邅,不怨恨他命运的不仁——他是一个安命的君子。他跌断了一只腿,永远成了残废,但他还只是随手的写来,萧伯讷先生说他写他自己的意外正如一只龙虾失了一根须或是一只蜥蜴落了他的尾过了阵子就会重长似的。不,他再不浪费笔墨来描写他自己的痛苦,在他住院时他最注意最萦念的是那边本地人对待一个不幸的流浪人的异常的恩情。

　　有了苔微士先生那样的心胸,才有苔微士先生那样的诗。他的诗是——但我们得等另一个机会来谈他的诗了。

四月

图书在版编目（CIP）数据

徐志摩经典散文/徐志摩著.—济南:山东文艺出版社,2018.8
ISBN 978-7-5329-5636-4

Ⅰ.①徐… Ⅱ.①徐… Ⅲ.①散文集—中国—现代 Ⅳ.①I266

中国版本图书馆 CIP 数据核字(2018)第 097168 号

徐志摩经典散文
徐志摩 著

主管单位	山东出版传媒股份有限公司
出版发行	山东文艺出版社
社　　址	山东省济南市英雄山路 189 号
邮　　编	250002
网　　址	www.sdwypress.com

读者服务	0531-82098776（总编室）
	0531-82098775（市场营销部）
电子邮箱	sdwy@sdpress.com.cn

印　　刷	山东临沂新华印刷物流集团有限责任公司
开　　本	880 毫米×1230 毫米　1/32
印　　张	9.75
字　　数	219 千
版　　次	2018 年 8 月第 1 版
印　　次	2020 年 4 月第 2 次印刷
书　　号	ISBN 978-7-5329-5636-4
定　　价	35.00 元

版权专有，侵权必究。如有图书质量问题，请与出版社联系调换。